万家亲友团

黄蓓佳 著

中国书籍出版社

图书在版编目（CIP）数据

万家亲友团 / 黄蓓佳著 . —北京：中国书籍出版社，2018.1（2023.3 重印）
ISBN 978-7-5068-6678-1

Ⅰ . ①万… Ⅱ . ①黄… Ⅲ . ①中篇小说—小说集—中国—当代
②短篇小说—小说集—中国—当代 Ⅳ . ① I247.7

中国版本图书馆 CIP 数据核字（2018）第 024191 号

万家亲友团

黄蓓佳 著

图书策划	牛　超　崔付建
责任编辑	成晓春
责任印制	孙马飞　马　芝
出版发行	中国书籍出版社
地　　址	北京市丰台区三路居路 97 号（邮编：100073）
电　　话	（010）52257143（总编室）（010）52257140（发行部）
电子邮箱	eo@chinabp.com.cn
经　　销	全国新华书店
印　　刷	三河市华东印刷有限公司
开　　本	650 毫米 ×940 毫米　1/16
字　　数	272 千字
印　　张	17
版　　次	2018 年 4 月第 1 版　2023 年 3 月第 2 次印刷
书　　号	ISBN 978-7-5068-6678-1
定　　价	68.00 元

版权所有　翻印必究

目录

爱某个人就让他自由 / 001

宠物满房 / 091

玫瑰灰的毛衣 / 112

万家亲友团 / 162

我母亲的学生 / 177

长夜暗行 / 194

枕上的花朵 / 214

万家亲友团

爱某个人就让他自由

星期天,木子到我家里来打秋风。他单身一人,总是轮番着对朋友们搞突然袭击,不请自到。他跨进我的家门之后,就像鬼子进村一样,神经紧绷,面色冷峻,一声不响地往楼梯上跑,径直闯入阁楼上我的画室,把我近期完成和未完成的画作一幅幅翻开来,仔仔细细看,掏着耳朵,挖着鼻孔,挪前退后地看。看完之后,他松一口气,嘴巴一咧,自己对自己笑起来。我的画作还是那个水平,没什么创新,也没什么突破,位置介于画匠和画家之间,勉强能卖几个小钱。他放心了。

木子是个鬼头鬼脑的小个子男人,心眼儿也小,自己在事业上一筹莫展,就总是担心朋友们一夜成名,把他一个人孤零零地抛在原地。

他的担忧实在有些多余。吃艺术饭的人,三十岁之前还没有折腾出什么动静,以后的日子,纵有出息也不会太大。像法国画家亨利·卢梭那样，五十岁从海关退休才献身艺术，而后在主流之外独树一帜，成为大师，恐怕是艺术史上少之又少的特例。我今年已经四十岁了，成名家的好梦早就止息不做，有一门手艺能够令我月月小有进账，全家衣食无忧，我已经心满意足。

木子从楼梯上轻轻松松下来，到厨房监督我做饭。他对饭菜的精美程度要求不高，一般情况下，油水足一点就行。也难怪他，平常一日三餐总用微波炉食品打发日子，嘴巴里肯定寡淡至极，对大鱼大肉的迫切向往是可想而知的事情。

他叉开双腿，反身骑坐在一张靠背椅上，下巴垫着椅背，笑嘻嘻地盯着我看，把我心里看得发毛。

"有毛病啊！"我把菜刀重重地剁在砧板上，指责他。

他说："我没有毛病。我要是出毛病，那就是有了情况，你该为我庆贺。"

"那你什么意思？你不正常。"

他"嗤"地笑出来："是马宏。"

我说："马宏？"

他点头，非常肯定："马宏。"他又说："马宏这个家伙啊！"

我愣愣地张开嘴，一时间都忘了砧板上还搁着一块等待切割的肉。用不着木子再说，我已经明白了大概是怎么回事。马宏一定又被哪个女人黏上了，他有了新的爱情。不管他愿意还是不愿意，爱情漫溢的最后结果，他将要再一次步入婚姻殿堂。

"谁？不会是又一个待业女青年吧？"我问木子。

"不，人家在外事单位工作，正经八百的法语翻译。"木子语调怪怪的，显而易见地带着一种嫉妒和酸涩。

我又一次惊讶："学法语的？"

"是啊。"木子说,"不是因为法语,他们之间还接不上茬。"

我在心里长叹了一声。可怜的马宏啊,哪怕他跟一百个女人缠绵交欢,爱了再恨了,结婚而后离婚,他心里始终横亘着居真理的影子——去法国读书,在法国定居,漂亮的、现代的、思想自由的居真理。他是一个生活在梦里的人,他的身子在现实的世界里随波逐流,好脾气地把迎向他的女人一一地接纳过去,抚慰和安置她们,不让任何一个人失望而去。他的灵魂却站在高高的云端,凝视居真理的身影,想她,爱她,渴望着有一天能够跟她终成眷属。他们一次次地相会,见面却又分手,完全是马宏个人的悲剧,性格的悲剧。

八十年代中期,马宏是市里一家历史最悠久的影剧院的职工,专门从事影院大门外电影海报的制作。木子刚从师范美术系毕业,教中学美术。我在出版社画封面插图。我们三个人分住在三家单位的集体宿舍里,在一次画展上偶尔相识,成为朋友。马宏的女友居真理那时候大学在读,学的是法语,高高的个子,有两条小马驹一样健壮漂亮的长腿,脑后束成一把的长发也总是像马尾巴一样快活地扫来扫去,把我们看得眼睛发直。马宏很为他的女友骄傲,他常常坐在城中广场的石凳上,眯起眼睛看身边来来往往的年轻女孩,而后挺直了腰板,不容置疑地向我们宣布:"走遍全城,你们找不出第二个像居真理这样的,绝不可能!"

这话我们同意。好女孩子可遇而不可求。我们很羡慕马宏的手段和运气。但是公平地说,马宏自己并不比居真理逊色。马宏那时候已经是本市美术界小有名气的人物,一颗冉冉上升的新星,年纪轻轻地就加入了中国美术家协会,接下来有望成为新一届市美协的理事。他体型颀长,衣着整洁,常年跟颜料打交道的那双手总是洗得干干净净,手指修长柔韧,显得敏感而又多情。他的发式不像大多数年轻画家们那么夸张,长短修剪得恰到好处,发梢微微有一点自然卷曲,仰天或低头的时候,柔软滑顺的头发会跟着他的动作无声流动,时而披散时而聚拢,黑色细沙从指间簌簌泻下那样的感觉。最出奇的是他的眼睛,羊羔一样漂亮和温顺,眼中总含着笑意,温润和略带羞涩的笑,瞳仁的颜色还特别浅,眼皮四周是一圈油润的光晕,这就使他的目光特别温暖而朦胧,带着冬夜炉火的诱惑,会把女孩子的身心看得发软、融化、战栗,甚至迷乱。

马宏自己并不清楚他目光的杀伤力,那时候他只对居真理忠诚,对别的女孩子,无论是妖娆的,娇媚的,还是清纯的,似乎都没有太多兴趣。这使得我和木子嫉妒得咬牙。我们一直都渴望得到哪怕只有他十分之一的体貌上的优势,这样就不至于让我们在对女孩子的进攻中屡战屡败。

认识我们不久,马宏遭到了他人生中的第一次打击。

那一年,省外文书店在新落成的营业大楼里举办了一次规模甚大的国际图书展。无论从展览的内容还是形式来看,那一次的活动都是盛况空前的,是令我们这些没有机会出国见世面的小人物大开眼界的。

我们三个人结伴去看过一次。而后马宏陪居真理去看过一次。最后一次马宏是一个人去的。马宏在一本图文并茂、装帧精美的法文图书前徘徊良久。那本书的题目是《Le Souterrain de Paris》,翻译成中文,应该是《巴黎的地下世界》。前一天居真理跟他一块儿翻看这本书的时候,对他讲过这本书的大致内容:在巴黎的城市街道下面 30 米的深处，还有另外一个被禁止通行的地下城，面积七百多公顷，纵横延伸近三百公里。过去的几百年间，这个神秘的地下世界里吸引了众多的走私犯、密谋革命者以及年轻的洞穴爱好者、酷爱猎奇的先锋艺术家。每年都有成千上万来自世界各地的人秘密潜入进去，或者企图在非同寻常的世界里从事艺术创作，或是为了享受那里寂静的氛围，甚至为了举行某种神秘的仪式。这本书里写的就是巴黎地下的故事。书中大量的图片，拍的也是这个幽秘神奇的地下世界。

马宏徘徊在法文版图书展销柜台前的时候，心里有了一个激动人心的念头：他要得到这本漂亮得像圣诞礼物一样的书，为居真埋。他认为学法语的居真埋会渴望拥有这样的一本法文原版书。

马宏指着书问书展的工作人员："它卖吗？"

工作人员不屑地瞥了马宏一眼。马宏穿一条皱巴巴的卡其布裤子，手织的腈纶毛衣，鞋跟磨损得半边高半边低的猪皮船鞋。工作人员从牙缝里挤出一个字："卖。"但是他接着又说："你不会买。"

"你怎么知道？"马宏好脾气地问。

"太贵。"

"有多贵？"

"四百法郎。"

"……"马宏不说话了。画海报的马宏别说四百法郎，就是四个法郎都拿不出来。他连常见的美金都没有摸过，法郎对于他来说该是一个多么遥远的东西。

但是马宏没有死心。他一心一意要得到那本书，其念头强烈得近似魔狂。趁展台工作人员转身去招呼另外一个顾客的当儿，他居然鬼使神差地抓起书来，迅速地塞进毛衣胸前，两只手交叉抱在胸口，面色紧张地往展厅大门处突围。

他不知道国外图书那时候都用上了条形码，购买之后要进行消磁。他走到门口，一只脚刚刚迈出门边，报警器嘀嘀地响了，他被展厅里的保安扑上去逮个正着。

在派出所拘留他的那段孤苦无助的日子里，他尝试着给他认为靠得住的所有朋友们打电话，寻求大家的帮助。结果去探望他的人只有我和木子。我给他带去一只烧鸡。木子带给他一套换洗衣服。木子的衣服他穿着太小，上衣紧绷绷绑在身上，裤子可怜巴巴地吊在脚踝处，这使他看上去更加落拓和悲惨。我给他带去烧鸡的同时，还带去了一个报社的记者朋友。我的用意十分拙劣：想借报社的势头吓唬一下派出所民警。我当着那些监督我们会见的民警的面，故意粗声大气地问他："你有没有受到什么不公平待遇？"我看见他一边的脸颊肿了，眼眶处有一块青紫，嘴唇还留有血痕。我这么问的意思，是要他自己当记者的面痛诉其不人道的遭遇，让一旁聆听的民警们自惭形秽。可是他不敢说。他用眼角的余光瞥着旁边穿制服的民警，一再地强调，他在拘留室过得很好，人们对他都很客气，彼此之间相敬如宾。他反反复复提醒我的是，千万别把这件事告诉居真理，一点点口风都不能透出去。一个戴眼镜的民警同志听了之后问他："谁是居真理？女朋友吧？"他又冷笑说："要得人不知，除非己莫为。"马宏就悔过似的低下头，面红耳赤。

木子找他在市公安局搞宣教工作的同学帮忙说情，我卖掉了一幅林散之的草书条幅和一只下乡支农时收集来的古董笔洗，凑齐必要的罚款，这才把马宏领出拘留室的铁门。

马宏出门之后，被头顶灿烂的阳光照耀得无比幸福，他一手抓住我，一手抓住木子，感激涕零地说："从此以后，我只有你们这两个朋友，我们是同甘苦共患难的兄弟。"

居真理很快知道了这段喜剧式的偷书故事。居真理知道之后非但没有疏远马宏，反而对他更加迷恋。她告诉我们说，马宏是为她的需要而犯罪的，世界上有多少男人肯为他们心爱的女人做出为人不齿的事情？她还说，如果有第二个肯为她偷书的男人，她也一定会毫不犹豫地爱上他，她把自己的身子一劈两半，一半给他，一半给马宏。

居真理这么说的时候，我看到了木子在旁边偷偷摩拳擦掌的样子，好像他已经决定了也去为居真理偷上一本书，他要靠这本偷来的书得到居真理的半个身子。可是我知道，木子不是马宏，他没有这种奇思异想的浪漫，更没有这样孤注一掷的疯狂，所以他是得不到居真理的。

很久以后，我们三个人又一次说起这件事情的时候，马宏坦白道，其实他偷书的动机不完全是为居真理，他自己也对书中的内容十分好奇。他看见图片上拍摄出来的巴黎地下世界石壁上的涂鸦，那些流浪者和先锋艺术家们写上去、画上去、喷涂上去的五彩缤纷的文字，心里有非常强烈的愿望，想弄明白那些文字的内容是什么，那些人出于什么样的动机和心理，想要面对这片幽冥之境表达出什么样的奇特心声。他对我们描绘出一幅温馨至极的情景：他和居真理双双脱光了衣服，躺在床上，他的光裸的胸口上竖着这本精装豪华的法文版图书，每翻到一幅图片，居真理就用她细长的手指点着图片中横七竖八的文字，一句句地读出来，半猜半蒙地读出来。然后他们为那些文字的荒唐和混乱而大笑。居真理会笑得把头埋进他的肩窝，抽筋样地喘不过气。

那样并肩读书的一幕该是多么有趣！

不管怎么说，经历过这样一件令人尴尬的事情之后，我们不约而同地明白了一个真理：人在世界上必须有尊严地活着。怎么样才能获得尊严？一是有钱，二是有名。有钱，多贵的东西都可以不眨眼皮地买下，小至一本《巴黎的地下世界》，大至罗浮宫的藏画。不光在中国的书展和画展上买，还可以亲自出国，雇人出国，到巴黎去买，买得痛快淋漓，尽兴而返；有名，那就更加简单。名气虽然不如钱来得直接，但是在需要一本书的时候，只要稍稍地张一张口，暗示一下，自然会有人替你买下，恭恭敬敬送到你的手上。起码在误入警局之后，人们会客客气气地请你说明情况，绝不至于上来就是一顿老拳，打得你鼻青眼肿。

就我们这样的三个人来说，钱和名如何才能得到？靠家庭无望，靠天上掉馅饼是梦想，只有老老实实奋斗，面壁十年，终成正果。

其时我们的生存环境都不尽如人意，我们住的都是单位宿舍，一个十五平方米的房间起码塞着三四个单身小伙子，不说是随意作画，连看书都受着灯光和时间的制约。这样，我们决定共同出资，到城乡接合部租农民的房子住。我们必须给自己创造出施展拳脚、大干一场的自由天地。

八十年代的城市建设远不如今天这样完美和辉煌，我们租下的那个农民小楼坐落在一片开着金黄色油菜花的庄稼地中间。农民盖它本来是自用，好歹改善一下家居条件，听到我们报出来的还算丰厚的租金，农民就动心了，生活暂时不作改善，先收上几年租金再说。

农家的小楼，简陋是肯定的，四壁水泥墙之外，我们住进去的几乎就是一个空壳子房间。好在我们也不是什么讲究生活的贵人雅士，我们自己动手，把楼下隔成三间住室，楼上隔成三间画室，每人都摊得上"一楼一底"，可以算得上奢侈。农民为了挣他的租金，对我们简直就是言听计从，让他在楼顶开个天窗，他二话不说拿锄头捅个窟窿；让他打掉墙壁安上半面墙的透光玻璃，他立刻叫来兄弟子侄，叮里咣啷动手砸墙。当然我们决不是无理取闹，我们反复跟农民解释，明亮的自然光线对画家是多么重要。农民两眼茫然，并不能懂，但是一脸肃穆的面容表明了他对我们三位艺术家是多么的崇敬。

为鼓舞士气，我们为自己封了一个爵号：画坛三剑客。我们还抄录了1917年在巴黎诞生的"达达运动"的一段宣言，贴在我们餐室的墙上：

> 达达就是我们的强力所在，正是这一强力将德国婴儿的头颅挑在刺刀尖上；达达就是既无拖鞋也无类似东西的艺术……我们十分清楚我们的头脑将要成为柔软的靠垫，我们反对教条主义，同样也反对官僚阶层，我们唾弃人道说教。我们没有自由，所以我们坚信没有纪律管束、没有道德教唆的自由是十分必要。达达主义仍然局限于欧洲弱者的范围之内。虽然它现在十分弱小，但我们希望从现在起让艺术的动物园被装点得五彩缤纷。咚咚锵！嘿啵哈啵！嘿啵哈啵！

万事俱备，现在我们要拼命地作画，狂热地作画，画出我们崭新的人生和光辉灿烂的前程，画出马宏和居真理的幸福，我和木子以及我们未来女朋友的幸福。

我们三个人当中，无论从年龄还是画坛的地位来说，马宏都是老大。马宏已经是中国美协会员，作品参加过画展，上过杂志的封二和封三，甚至还卖出过钱，说明这世界上已经有相当数量的人在肯定和欣赏他了。相比之下，木子的色彩感总是欠缺，画面上经常是乌糟糟的，说不出来的一种混乱，他怀疑自己的眼睛是不是有什么问题，不能说色盲吧，色差，有没有这种说法呢？他经常长吁短叹，对自己的前景不十分看好。当然他后来还是摸索出了一种画风，能够把他那些混乱的色彩恰到好处地包容进去，成为另外一种和谐。这是后话了。

我呢，因为本职工作是出版社的书籍装帧，基本上是个杂家，什么都能够学上两手，什么都学不出精髓。好在我这个人本性平和，是个随遇而安的人，我不着急，慢慢画，时间长了，也有了自己的一些市场。实际上，在我们出版系统内部，我的作品和成就还是能够让众多的编辑和作者趋之若鹜的，点名找我设计封面和插图的人如此之多，需要排队等候，一定程度上缓解了马宏作品对我的压力。

我绕了一个圈子，把我们三个人的情况作了一个大概介绍，最终还是要回到马宏身上，我还想对他作一些进一步的说明。

我一向认为马宏是个有实力的画家。如果他愿意，他可以比现在更加轻松地出名，比如把色彩弄得更热烈一些，把笔触弄得更狂野一些，往当下各种各样的"主义"和"流派"上靠拢得更近一些。不管他内心对这一切是否苟同，现实当中这就是出名的捷径，你只有被人们归纳入某一个"主义"或者"流派"，人们对你的作品才能够有话可说，你也才能轻而易举地跟着这些潮流一荣俱荣。

马宏想出名，却没有学会借势出名。相反，在我们租下了农民的房子，生活在简单、平静、自然的环境之中，某种程度上避开了城市的喧嚣和骚动之后，马宏的画风慢慢地趋向淳朴和稚拙。他喜欢用纯色，绿就是绿，黄就是黄。他的人物基本是平面的，大大的脑袋，笨笨的手脚，木偶一样的眼神，透着儿童画的稚气和可爱。他哪怕是画一棵树木，用的都是儿童画的笔法：从根到梢一笔不差，每一片树叶和每一串花朵都是脉络清楚，轮廓鲜明。他的想象力和画面变形的程度都有孩童的率真，完全的不受约束，那样一种简单和大胆，常常令人匪夷所思，只有不谙世事的儿童才能有那样的尖锐和荒诞。

暂时还没有人欣赏马宏的画风。他需要等待。连我和木子对他都不能理解。我们认为艺术家都是攒着劲儿往前走的，只有马宏闭上了眼睛一步步地退缩，退到原始和童稚，退回他的内心深处，那一片幽秘昏暗不可知的世界。

我们集体雇了一个钟点女工，帮我们打扫卫生和做饭。是房东家的女儿，名字特别朴实，就叫丫头。

丫头在家里是老巴子，平常挺受宠。那年她二十出头，初中毕业，在乡办厂里做工，好像是缝制劳保手套吧。我们租下房子搬过来的那天，她刚好休息，很勤快地帮我们楼上楼下洒扫除尘。她身材小巧结实，腰肢胳膊圆鼓鼓的，胖胖的手背上有几个可爱的梅花坑，引得我们的眼睛老是要往她手上瞄。那一天她好像也特别卖力，丢了水桶拿扫把，身子蹲下去又直起来，腰眼里安了弹簧一样，没有一点疲倦的意思。干到最后，她热得脱剩一件紧身棉毛衫，脸颊浮着两团艳艳的红，头发粘在额头上，鼻尖上的汗珠子一颗一颗米粒一样排列着。我们都很感动，觉得农民的女儿就是跟城里姑娘不一样，她们想要帮你的时候，那就真是掏心窝子的帮。

第二天我们就对房东提出来，要请他帮我们找一个钟点工。丫头听说后，连工钱多少都没有问，自作主张地辞了厂里的工，到我们小楼里上班来了。她的理由是：钟点工活不累，跟文化人相处着还能长学问。丫头来了之后的确是尽心尽责做她分内的事，为把我们的那顿晚饭做得丰盛可口，她还自己掏钱报了商业学校的一个烹饪学习班，每星期两个晚上，骑车进城上学。

丫头刚来时，还不懂得装扮，穿的衣服比较土气，而且还总是把好好的衣服穿出乱七八糟的效果。比如说吧，她新买了一件浅绿色格子的上衣，本来挺不错，高高兴兴穿到小楼里给我们看。可是她为这件上衣配了一条深绿格子的裤子，这就很可怕了，颜色绿到了一块儿不说，大格子小格子又连到了一块儿，南美洲沼泽里的绿蜥蜴一样，效果令人恐怖。再比如说，她有一件粉红色的尼龙花边衬衫，颜色非常娇嫩，是她的一个表姐从上海带给她的，也是她最引以为自豪的出客衣服。粉红颜色本来就难搭配，偏偏她别出心裁地配上一条铁锈红的裙子，好端端的衣服一下子变得万般俗气，简直就有了暴殄天物的意思，让我们气不能平。

但是丫头的爱美之心非常强烈，她勇于学习。

有一回，马宏要去参加美术界的一个会议，穿戴整齐了走下楼来。丫头站在楼梯口，她先看见从高处踩下来的一双咖啡色半旧的皮鞋，又看见一条咖啡色的灯芯绒裤子，再看见一件磨得发了毛的驼色花呢短大衣。丫头看得目瞪口呆，也对马宏佩服得五体投地。她第一次明白了衣服不可以随便穿着，颜色和质地、款式的匹配非常重要。回家以后，她把身上的那条深绿裤子换掉了，浅绿格子的上衣配了一条黑色裤子。过一天再穿绿格裤子时，又配了一件纯色毛衣。粉红色衬衫很难配色，她虚心请教马宏，马宏建议她配一条乳白长裤。果然是好，清新，而且娇嫩，很符合丫头的年龄和身份。

居真理的大学同学中有一个法国女孩，是到中国学汉语来的，跟居真理结成了互帮互学的对子。那一年圣诞节，她回法国度假，居真理托她在巴黎买了四顶法兰绒的贝雷帽，一顶浅灰色，三顶墨绿色。浅灰色的那顶她戴了，墨绿色的三顶送给了我们三个。那个冬天里，我们的四顶贝雷帽在全城出尽了风头。居真理给她的浅灰色帽子配上了黑色高领毛衣，黑色的直筒呢裤。她淡妆素抹，再加身材修长，穿戴上这样一身行头，优雅得叫人惊叹。而我们三个男人从小楼里走出来的时候，三顶墨绿色的帽子齐刷刷扣在头顶，帽子下面是艺术家特有的苍白而颓废的面容，随随便便搭配上一件毛衣夹克什么的，回头率都是百分之一百。

我们第一次戴着帽子出门，刚巧丫头拎了满篮的青菜从外面进来，她一下子吓住了似的，一只手飞快地捂住嘴巴，眼睛瞪成了两个铃铛。我们得意地朝她笑笑，有点炫耀，也有点恶作剧的使坏，不约而同地挺起胸脯，甩开胳膊，迈出了军队出操时的整齐正步，从她的眼前昂扬而过。

她的那只手一直捂在嘴上，着了魔一样地跟着我们走，穿过菜地，转上大路，一直跟到公交车停站的地方。在她的一辈子当中，可能还没有见到过如此帅气、如此不羁的男人。

后来她又看见了戴浅灰色贝雷帽的居真理。她的震惊更加明显，因为居真理出现在门口的那一瞬间，我看见丫头的脸都红了，她的眼珠像是粘在了那顶帽子上一样，手里的抹布一个劲地滴水，把她自己的鞋袜都滴湿了，她浑然不知。

居真理进门之后，把她的帽子摘下来，挂在门后。那里已经挂着我们的三顶，现在又多了一顶。四顶帽子一般大小，活像放在那里接受检阅，很有威势。

丫头打扫卫生的时候，眼睛就不住地往那门后墙上瞄。她还借拭擦门框的机会凑过去，伸手在那些帽子上摸了摸。

当天回家后，丫头就拆了她妈妈的一条紫红色毛线围巾，照葫芦画样子地织成一顶扁圆形无檐帽，第二天得意扬扬地戴到小楼里给我们看。

不能不说丫头是个手巧的姑娘，可能她从前缝制那些劳保手套也为她积累了经验吧，她织出来的帽子圆圆扁扁无可挑剔。但是那不是法国贝雷帽，只是一顶普通的中国毛线帽。细微的、说不上是哪儿的一点点区别，使得二者迥然相异，有了本质的不同。而且，丫头圆圆的脸型和过于健康的肤色不适合戴这种款式的帽子，这使得她的脑袋像一颗过于饱满的紫红色的葱头。

丫头把身子扭来扭去，羞涩地笑着，问我们："好看吗？"

我们朗诵一样地齐声答："好看！"

可是丫头不傻，在居真理戴着帽子第二次出现在小楼里之后，丫头对着镜子认真地比照了自己，觉得情况不对。后来她就把她的帽子藏了起来，再也不戴了。

在很长的一段时间里，丫头都对住在小楼里的我们充满好奇和敬畏。尤其对马宏，她认为他简直不是人，是神。他精细的生活，考究的衣着，修剪整齐的头发和指甲，都使她惊叹，着迷。她为他服务时，要比为我们另外两个人服务多加十倍的细心。她察言观色，举止小心，注意不留指甲，不掉头屑，棉毛衫的领口没有污痕。她要努力以自己的优雅来适配他的优雅。

纵然如此，出错的情况还是不能避免。

我们楼上的画室是水泥地面。水泥地面的特点是任何时候都能够扫出灰尘。灰尘这玩意儿，你不动它时，它静静地待着，对你没有妨碍。你的脚步一动，或者扫帚一起，它就活跃起来，四处飞扬，无孔不入。有一天，马宏画了一幅桌面大小的油画，是透明花瓶和玫瑰。他把画布摊在地上晾干时，人出去了，丫头趁他不在进画室打扫，灰尘扬开，落到了没有干透的油画上。

马宏从外面回来，看见画面上他精心调配的色彩不再纯净，透明花瓶的玻璃显出混浊，凝着露珠的玫瑰花瓣也变得污糟糟的，滞重得令人难以容忍。他绝望地发一声大叫，脸色顷刻间发白，连肩膀都耷拉下去，痛不欲生末日将临的模样。

丫头哭着站在他的门外，一声又一声地道歉："对不起，对不起。"

马宏隔着房门，嗡着鼻子答："这不是你的错，因为你不懂，我事先没有告诉你。"

丫头说："你要是原谅我，就下楼去吃饭吧，今天有你最喜欢的清蒸鱼。"

马宏回答她："我不饿。我吃不下。"

丫头说："你吃不下就是生我的气。"

马宏答："我生我自己的气，我要处罚我自己。"

丫头哭着下楼，守着她做的清蒸鱼，哀哀地告诉我们说："他这样不吃不喝，又不肯出门，我真是心疼死了。"

我们都笑话丫头的单纯。我们安慰丫头说，马宏生气是生不长的，他也不会为一幅画绝食，饿狠了的时候，自然会出门。

丫头决定要赔马宏的画。木子逗她："你又不会画，你拿什么赔？"丫头说她可以赔给他颜料，让他自己画。她说完真的出了门，骑车进城买颜料了。

她买回来的是水彩颜料，不是油画颜料。

但是马宏没有说破，他站在门口，郑重其事地接过颜料，道了谢，放进一只画箱，然后下楼吃饭，吃清蒸鱼。第二天，他画了一幅小尺寸的油画送给丫头，作为对她赠送颜料的回礼。

马宏就是这样一个不肯委屈别人的人，尤其当对方是女人时。

最早发现丫头情况不太正常的是居真理。女人对女人就是有那么一点非同寻常的直觉。

那天马宏把居真理带回到农家小院吃晚饭。在此之前，居真理来过，停留的时间总不太长，更没有吃饭和留宿的先例。马宏是个很义气的哥们儿，他怕居真理的存在给我们过多刺激。我们搬过来的时候曾经约法三章，谁都不能带女朋友在这个小楼里过夜。

居真理的到来使我们快乐异常。我们最喜欢仰起脑袋看着她上楼下楼，因为她那两条包在牛仔裤里的小马驹一样的长腿如此性感，她每抬升一次腿面都能使我们心中一颤，就像心脏的某个部位被牵扯在她的腿踝上一样。还有她脑后扎成一束的马尾似的长发，总在她笔挺的后背和深凹的腰窝里飘来荡去，飘出一片风光无限的迷离之景。居真理的为人还特别爽气，一点点小事就会哈哈地大笑，面孔仰起来，肩膀放松，眉眼如花，直笑到我们每一个人都咧开大嘴，眯缝着眼睛，一副傻乎乎毫无立场的样子。

丫头当时在厨房里给我们做饭。

那一天，我已经不记得马宏说了一句什么好笑的话，居真理仰面朝天地笑，开心得像个孩子。于是我们全体都笑，小楼里一片嘻嘻哈哈声。这时候厨房里忽然砰的一声响，有瓷器落地破碎了，是砸在劣质地砖上的，尖锐得让人惊心。我们一下子止住笑，奔到厨房里看丫头。丫头打破了一只粗瓷碗，手指上也割伤了一道口，正在渗出红豆样的血珠子。居真理惊叫一声，奔上楼，找出马宏画室里的一张"创可贴"，撕去包装纸，急慌慌地要为丫头处理伤口。丫头冷着脸，一把推开她，自己把受伤的指头含进嘴巴里，吮一口，吐出血水，再吮一口，连血带口水咽下去。伤口很快止了血，泛着一层灰灰的白。她翘着那只手指，不声不响接着干她的活儿了。

傍晚六点钟，我们都围坐到饭桌前，准备由丫头开饭。丫头好像才知道居真理这一天会留下来，"哎呀"一声说："我没有做第四个人的饭。"马宏赶紧说："没关系，她吃得少，我们一人省一口就行。"丫头不吭声，开始一碗一碗地上菜。其中有一碗炒青菜，颜色是不正常的黄，木子尝一口，皱眉叫起来："丫头你今天怎么回事啊？你炒菜放的不是盐，是糖！"我们都伸筷子去夹炒青菜，果然尝出一嘴的甜。

丫头被木子这一叫，愣了愣，盯住木子的脸，忽然之间眼泪就出来了。她流着眼泪拔腿就跑，出了大门，穿过菜地，不见了影子。

我们面面相觑，不明白怎么回事。闷闷地吃完那顿饭，居真理扑哧一笑，说："知道吗？她肯定爱上你们当中的哪一位了。"

她坐在桌前，目光调皮地在我们脸上轮番地扫，从马宏看到木子，又看到我，然后再回过去，意味深长地扫视第二遍。

我们紧张地接受她的审视，一声不响，气氛很严肃。

她盯住了我，莞尔一笑："就是你，没错。她是因为爱你才失态。"

我慢慢地张开嘴巴，眼睛瞪出一副惊诧的模样。居真理的指认使我刹那间受宠若惊，又觉得啼笑皆非。我开始细想我跟丫头交往的每一个细节。我感到不可思议的是，我从来没有招惹过她，她怎么可能会不声不响地爱上了我？然后我再想，这屋里的三个男人，马宏已经有了女朋友，剩下来的我和木子，易而显见我在丫头的眼睛里比木子要优秀，起码是更帅更有男子气吧。我心里得意起来，乐滋滋的，不知不觉中有了一点踌躇满志的轻狂。

居真理问我说："有人爱你，你幸福吗？"

我绷起脸，矜持地皱一皱眉头："一般吧。"

木子扑上来挠我的痒痒，趁机发泄他的酸意。我们又一次在小楼里笑成了一团。

从那之后，我和木子开始留心丫头的每一个举动和神情。不是用陷入情网的恋爱者的目光，是用另外一种比较暧昧的隐私偷窥者的目光。木子比我更加热衷于这件事，有时候他会故意给我和丫头制造机会，把我们两个人单独留在一个房间里，然后他躲在门背后，尖着耳朵听，扒着门缝看。我知道门外有耳，就会特意对丫头说几句有情调的话，或者做一两个滑稽的动作，逗丫头笑。木子这时候会在门外听得咬牙切齿，恨不得冲进屋去，把我和丫头的爱情扼杀在萌芽之中。

我知道我和木子这样的行动不太光明,从丫头的角度来说也有欠公道。可我们正当年轻,渴望爱情,所有一切与这个词有关的事物和联想都能够使我们兴味盎然。

丫头爱上我之后,并没有太多的开心,反倒显得抑郁。可能她明白我对她没有太多的兴趣吧。从前她是个傻乎乎的直肠子的女孩,现在她有话不肯说出来,却喜欢在干活的时候独自发愣。一旦发现我们注意到她发愣的样子,又慌忙做出满不在乎的动作,把尘土扫得四处飞扬,或者把厨房里的水龙头开到最大,弄得水花四溅。木子认为她这是欲盖弥彰。有一次她给我们洗衣服,木子看见她抱着马宏的一件衬衣嗅了很久,模样非常陶醉。木子跑来告诉我,笑得东倒西歪,说丫头真糊涂啊,认错心上人的衣服了,她抱着马宏的衣服嗅个什么劲儿啊,那是人家居真理的专利。

我这个人不像木子这么促狭,丫头如此爱我,痴情至此,我就觉得如果不做出回应有点对不起她。那时候我们三个人经常喜欢聚在一起争论问题。有一天晚上我们的话题是:爱一个人和被一个人所爱,哪种情况更加幸福?我说可能是被人所爱更好点吧,像丫头这样,她爱我,我又不爱她,显而易见地她是在痛苦着。

马宏慢悠悠地说:"我们的确冷落她了,这样不好,女孩子总是需要有一些温暖。"

木子异常兴奋:"怎么温暖她?跟她上床?"

马宏指责他:"可不可以想问题不要这么形而下?"

木子嘀咕:"我只是比较爽直而已。"

马宏出了一个主意,由我们集体雇她做模特儿,给她提供一个融入我们集体的机会。马宏说,丫头跟我们在一起的时候总是自卑，我们要尽量培养她的自信。马宏特地扫我一眼，又说，其实，卑贱者最聪明，高贵者最愚蠢。

我知道马宏是在责备我，他知道我看不上丫头，还知道我和木子常常拿丫头的感情开心。平心而论，我们这样的行为挺不厚道。马宏这个人，天生就有那么点不合时宜的骑士精神，他不能容许这世上有任何一个女人在他的眼皮子下面活得委屈。

马宏以为他请丫头做我们的模特儿是体恤了丫头，其实他自己不知道，体恤的背后就是高高在上，是精神上的不能平等。这就像天鹅和老母鸡，天鹅即便拿绳子捆住鸡脖子，要吊着它一同上天，事实上也是徒劳。老母鸡上天不成，反而会徒生悲伤，意识到自己天生的蠢笨和无能。

一开始，丫头做的是肖像模特儿。我们请丫头侧身坐在马宏画室的窗户前，头上装模作样地罩一块蓝印花布头巾，额前刘海梳下来，剪得整整齐齐，弄成水乡姑娘的打扮。然后我们三个人在她的对面呈半圆形地散开，分别从她的左前方、右前方和正前方为她画像。

我们总是画不出想象中的力度和神韵，因为丫头的面部轮廓过于平淡，线条含糊不清，圆不溜丢的像块稍事雕刻的马铃薯。她的眼皮还有点泡，肿肿的，眼角下垂，这就使得她整张面孔更缺乏神采，叫我们打不起精神。所以我们在画板上随意涂抹的过程中显得三心二意，眼睛并不多看丫头的脸，而是信马由缰地胡乱发挥，一边还扯闲话，争论问题，互相之间善意攻击，热闹得很。

撑过半小时的时间，马宏先站起来，宣布休息，郑重其事地代表我们向丫头道谢。丫头脸红红的，绞着双手，一副很兴奋很受用的模样。她提出要求想看我们画出来的"相片",但是画板一打开,我们三个人画了三张不同的面孔,没有一张跟她本人相似。

在短暂的沉默之后,我们异口同声地告诉她:艺术源于生活,高于生活。

她似懂非懂,心存疑虑,但又不敢深究。

月底,马宏要付给她一百块钱的"模特出场费",她推让,死活都不肯要,几乎要发火。她说,她是喜欢我们才给我们帮忙,收钱的话,就成了"卖脸蛋",她不能接受。

有一次,我们三个人合伙请回了一个真正的模特,关起门来画了她整整一天。我们画的是裸体,各种姿态,各个角度,画得淋漓尽致,激情飞扬。一直到送走模特,聚在厨房里吃晚饭的时候,我们仍然兴奋不已,在饭桌上把我们的画稿传来传去,交换着看,一张张地点评,欣赏。

丫头给我们端菜盛饭,听我们眉飞色舞的谈话,也探头看了我们手里的画稿。她一声不响,却多多少少显得神色黯然。

又到了她给我们做模特的那天。一早,她走向马宏画室窗前为她准备的那张椅子的时候,就开始心神不宁。她手抚着椅背,迟迟不肯落座,头低下去,又抬起来,脸颊绯红,呼吸粗重,眼睛里还闪着难得一见的光亮。

我们三个人把画板搁在膝盖上,屏气静气地看她,闹不清楚她如此挣扎是什么意思。

她用手揪着胸前的纽扣,终于从牙齿缝里挤出一句话:"我也能够……脱了衣服让你们画吗?"

我们先是一怔,面面相觑。接下来之后,我们的反应便是兴奋。想想吧,在我们面前横陈玉体的将是跟我们朝夕相处的女孩,这跟面对一个陌生的、把模特当职业的女人是多么地不同！而且，从画家的眼光来看，丫头做肖像画的模特不尽如人意，但是她极有可能会成为一个理想的裸特女模，她的胸脯高耸，腰窝深陷，屁股浑圆，隔着衣服都能够感觉到她身体上呼之欲出的美妙曲线，这真是上帝送到我们手上的宝贝。

木子仍然怀疑，结结巴巴问她："你确信？你真愿意？"

丫头点头，不等我们表态，便背过身去脱衣服。她三下五除二地扒去外衣，又松了裤扣，褪下那条皱巴巴的蓝布裤子，身上只剩一件白底小圆点的乳罩背心，和一条自己缝制的花布短裤。她的肌肉果然结实，皮肤也算光滑，浅褐色的光泽显得很有质感，非常棒。

我们手忙脚乱地安置座椅，争抢最好的角度，准备画纸画笔，现场忙成一团。

可是丫头保留着花背心和短裤，不肯再往下脱了。她有点害羞地告诉我们："我不想让你们三个人画。"

我们抬头，张嘴，愣愣地看着她，不解其意。

她紧抿着嘴，用手掌把背心的下沿卷起来，又放下去，然后说："一个人。只能有一个人。"

我跳起来，非常激动，张开两只手臂，老鹰赶鸡似的把马宏和木子往外赶。"请吧，"我说，"请你们自觉地回避，对不起了。"

丫头睁大眼睛，有点着急地纠正我："不是你，是他。"

她的右手低低地放在胯前，手指翘起来，摆出一个兰花造型，指尖朝向马宏。

马宏很突然。我是气愤和不服。木子朝我吐舌头，有点幸灾乐祸。一时间我们全体都尴尬。

丫头开始反客为主地催我们："你们怎么还不出去呢？快走吧。"

我上去把木子用劲一拉，扭头出门。丫头跟过来，把门仔细地关上。木子不死心，还想从宽宽的门缝里往里面偷看，我硬是把他拉走了。

闹了半天，丫头看上的人居然不是我，这使得我深受打击。此前我从来没有喜欢过丫头，这样一来，我又觉得丫头也不是一无是处，起码她脱光衣服的身体是能够让人怦然心动的。

关于马宏和丫头的事，我不想多说。马宏是个心地善良的人，又是一个意志薄弱的人，面对一个野性女孩的主动进攻，他守不住阵脚是意料之中的结局。

很显然，他们双双都没有从这件事情中得到满足。在唯一的一次上床之后，马宏非常后悔，自怨自责，觉得对不起居真理。他开始故意地疏远丫头，不光禁止她踏入他的卧室，连晚饭也常常地不回家吃了。他告诉我们说，怕跟丫头见面。不了解马宏的人会以为他在"作秀"，明明他是刺破了丫头下体的第一个人，听上去怎么好像他的贞操被丫头夺走了一样？然而马宏的为人确实如此，他总是与人为善，不想伤害对方，到最后又总是鼻青脸肿落入别人的暗道。

丫头自然也不高兴。她爱慕马宏到了主动献身的程度，却好心得不到好报，被马宏看成仇人，心里的怨气是怎么也顺不过来的。马宏不在家的时间，丫头干活儿就不老实，摔摔打打，死眉死眼，对我和木子爱理不理，做出来的饭菜也很是糟糕。

终于有一天，丫头走进我们小楼的时候，头脸收拾得光鲜照人，身上穿着一件新的宽松型蝙蝠袖衬衫，一屁股在厨房餐桌边坐下来，鼻尖渗着汗，神采飞扬地说："我怀孕了。"

她说完这句话，抬着头，目光在我们三个人脸上来回地扫，观察我们的反应。

马宏的脸色涨红了片刻，而后就变成死白，站起身，一声不响走出厨房，回他的卧室，房门砰的一声关上。

我瞪着丫头，没有说话。我想，她接下来要做的事情，差不多就该是威胁，恐吓，撒泼，寻死觅活，要马宏承担责任。我心里鄙夷着丫头，她用自己俗不可耐的行动把一种美好变成了丑恶。同时我心里还不无自私地庆幸：亏好丫头看上的不是我。

木子自然是要帮着马宏说话的，他眼珠一转，假作关心地为丫头大出主意："你可以打胎。让马宏出钱，我帮你们找人。我有学生家长在医院工作。"

丫头眉头一扬："谁说我要打胎？我要生下这个孩子。"

木子又结巴起来："你你你是未婚先孕。"

"这又怎么样？我是个能生孩子的女人。"丫头很自豪的样子。

木子咽一口唾沫，开始循循劝诱："丫头，你听我说，马宏的心上人是居真理，他不会娶你……"

"我一个人能够养活孩子。我根本就没有想过要跟他结婚。"

"不妥当吧？单身母亲的生活是很困难的，何况你的户口还在农村。可是如果你一咬牙，把胎儿打了，我负责找最好的医生帮你补上处女膜，以后你再结婚，鬼都不会知道你把身子给过别人。"

"不，"丫头扭着身子，一脸决绝地说，"不，我想要生个马宏的孩子。我都到庙里求过签了，是个男孩。我想要。"

木子碰一个钉子，气得鼻孔里哼哼着，第二个离开厨房。

剩下我，我对丫头的决定感到吃惊，因此盯着她的脸琢磨了半天。听上去，丫头并不打算从马宏这里讨要什么。她到底是什么意思呢？世界上真有丫头这样痴情又愚蠢的人？我起身回房间，准备把这事好好想一想。

丫头一个人在厨房里，自得其乐地做出了好几个菜，摆好在饭桌上。可是我们为表示对马宏的声援，谁都没有去吃，各自拿方便面充了一顿饥。饭桌上的菜当夜爬了蚂蚁，只好便宜了房东家的肥猪。

马宏把自己关在房间里一天一夜后，出来宣布了他的决定，是我和木子谁都没有料到的：他要跟丫头履行结婚手续。

"如果我的孩子没有名分，是私生子，在农村里根本就无法健康成长。我不能让他生下来就受委屈。"他满眼血丝地解释给我们听，好像在反过来哀求我们的同意。

我立刻想到了居真理，我问他，是不是打算跟居真理分手？我当时的私心杂念是，如果他们分手了，或许我还能有一点机会。谁都看得出来，居真理对我一直也都不错。

马宏立刻堵死我的路："我先跟丫头结婚，然后再跟她离婚。"

我说："恐怕没这么简单。"

马宏回答："她会同意的。她既然不肯打胎，结婚再离婚是最好的办法。总能找到让她有面子的理由。"

我还是觉得这是马宏的一厢情愿。可是马宏却认了死理，非如此不可。他还说，最多离婚时再付她一笔钱，钱总是一样重要的东西，可以买回另外的幸福。马宏说了个数目："我给她两万元。每月另付孩子的抚养费。"

我吓一跳。那时候两万元可是一个不小的数目，我敢断定马宏抽筋剥皮也拿不出这笔钱。

"我会挣的。"他两眼望天，面色凝然，有那么点背水一战的沉重。

居真理对这一切的惊变反应平静。这也许是出于她对马宏这个人的非同寻常的了解。她对我说，搞艺术的人，要是谨小慎微地活一辈子，一点儿风流韵事都没有，那才叫不好玩呢。她在这里别出心裁地用了"不好玩"三个字。她还说，只要马宏最终爱的是她而不是别人就行。很显然她对这一点甚有把握。

可是，居真理毕竟又是个有自尊心、爱面子的女孩子，如果让丫头在她的眼皮子底下跟马宏结婚生子，她还是无法忍受。正好她毕业前夕申请去法国留学的事情有了结果，便选择一走了之，眼不见心不烦。她想，三四年之后她学成回国，马宏跟丫头的事情肯定已经了结，那时候他们还是一对琴瑟相合的爱人。她略去了过程，只享受结果，这样最好。

马宏把婚事的每一个步骤都安排得无可挑剔。拍结婚照，领取大红结婚证，广发喜糖，还在丫头家的村子里摆下几桌婚宴，故意把事情做开了给丫头的亲戚邻居们看。他要顾丫头家人的面子。只是新房有点简陋，不过是把马宏床上的被褥换了一套新的。只有我们小楼里的人知道，新被褥也是个摆设，马宏从来不让丫头留宿。

婚事弄完，房东家门口满地的鞭炮屑还没有扫掉，马宏已经开始琢磨挣钱的事情。

他的一个朋友给他递过去一个信息：无锡的外事车队要更换车

辆，其中一辆老旧的伏尔加轿车，作价一万元，问马宏要不要？马宏当即应承：要。要下来干什么，他没有想，反正是要了再说。

马宏东挪西借凑了一万块钱，拉上我，到无锡提货。拉上我的原因，是他不会开车，"伏尔加"买到手，得求着我开回来。没钱，也不会开车，却偏要买下那部车，这就是马宏。

我们坐火车去无锡。我们是分头从各自单位出发去火车站的，结果我一个人上了车，马宏没赶上点，被列车甩在了站台上，急得跺脚。我到了无锡之后，两眼一抹黑，根本不知道去哪儿，找谁。这一切事先都没有沟通，一环脱节，环环相脱。我只有傻乎乎地坐在出站口的石墩子上等。偏偏我身上还没有带钱，钱和行李包都在马宏那儿。天已经入冬，很冷了，我又冷又饿，伸着脖子，望眼欲穿地望着出站口涌出来的一拨一拨的人流，心里把马宏骂个贼死。

马宏到傍晚时分才出了站门。那时候的车次稀少，车票很不好买，他到最后还是借了人家的站台票混上车的，一直站到了无锡。

当天是提不到轿车了，我们找个五块钱一晚的小旅馆安顿下来。我受了风寒，当晚开始发烧，额头热得烫手。马宏张罗着送我去医院，挂了一天一夜的水，才算缓过了劲儿。我对马宏说，出师不利，恐怕不是个好兆头，那车我们还是不要了吧。马宏责备我说："你还信这一套！"他没有摸着车门，已经对那车走火入魔，这也是男人的通病。

几番周折，我们总算把车开回到家里。车虽然老旧，倒也没有太大的毛病，猛一看还是挺像回事。村里人都涌来看稀罕，啧啧地称赞，说马宏到底脑子好，会想主意挣钱。

其实马宏是真没有想好拿这车怎么挣钱。

当务之急的事情，是学会开车，再弄本驾照。说起来马宏这个人也真是聪明,他拜我做师傅,刹车油门离合器一一弄清楚之后,上车在村里废弃的打谷场慢慢开了几圈,就踩着油门上了乡镇公路,而后又一鼓作气冲上国道。也就是一个下午的时间吧,速战速决,他已经把一辆"伏尔加"玩得进退自如。而后他还是托朋友,从下面县城的车管所里弄出一本驾照。他怀揣驾照,开着私家车进城,脸上笑眯眯的,感觉好到不能再好。

他用这辆车为各家影剧院跑片。

时间倒回去十五年,录像机没有普及,英特网从未听说,电视连续剧少之又少,人们喜欢的消闲和娱乐方式还是看电影。电影院的生意非常红火,逢到好片子上映,拷贝要在各家电影院之间鸡毛信一样地传递。马宏的"伏尔加"这时候派上用场了。他收钱:汽油费、折损费、人工费,甚至还有加急费,一晚上跑下来,收入很可观。他后来还跟好几家影剧院签了"包车跑片"的合同,收入就更加稳固。

马宏还是觉得财富增长的速度太慢,他急于攒足钱离婚。丫头已经足月生产,果然是个儿子,只不过模样不像马宏,像丫头。马宏认为现在他离婚的事情更有把握,几乎就是距他咫尺之遥,因为农村女人再婚时带着儿子不犯嫌,相反倒是个有利筹码。丫头有一个儿子,儿子每月有一笔固定的抚养费,任何农村家庭都会把这母子俩视为福星。

马宏想要把白天所有的时间利用起来。那时候城市里出租车还没有普及,普通市民没有这样的消费习惯。马宏跟一家家外事宾馆联系,希望人家雇他的车做外宾生意。遗憾的是"伏尔加"太过老旧,形象不佳,宾馆不予接纳。后来他三弄两弄,跟机场挂上了钩,被允许到机场拉客。机场离市区较远,拉客的油水很大,马宏一时间踌躇满志。

老话说得好,"欲速则不达"。马宏一心一意要快快地挣满两万块钱,命运就偏要跟他开个玩笑。

他有一次在通往机场的公路上试图超车时,被迎面而来的"东风"卡车撞个正着。七老八十的"伏尔加"顷刻间分崩离析,马宏血人儿一样被抬进医院。

我和木子去医院看他,都以为他活不成了。马宏偶尔清醒过来,也以为自己活不成了。他给我们口述了遗嘱:全部财产留给儿子,全部画稿留给居真理。马宏一点儿都没有想到,他那时候的全部财产还不够还清欠朋友们的一万元车款。

所幸他大难不死,断断续续昏迷十几天后,生命重新回到他的身上。出院之后活动活动腿脚,竟然没有留下丝毫的后遗症。

他出院之后做的第一件事,是打听到宝贝"伏尔加"的废弃地点,千辛万苦地找了过去,在堆积成山的废铜烂铁中把他的车辨认出来,看了又看,摸了又摸,那副难分难舍的劲儿,引得我这个旁观者都为之动容。

车没了,钱还是要挣的。马宏通过他的朋友结识了一个香港过来的画商,开始了为港商复制大量西方现代名画的幽秘生涯。

最早他的胃口很杂,几乎有一点饥不择食,什么样的订单都肯接受,任何一个画家和画派的作品都愿意临摹、复制。他炮制出来的作品中有莫奈和雷诺阿的,也有梵高和高更的,更有马蒂斯和毕加索的。我前面说过,马宏是个绝顶聪明的人,他想做的事情,总能够做得漂漂亮亮。港商每月都来一次,开车到我们楼下,从马宏的画室里搬出一幅一幅绷好在画框上的油画,运出国门,销往东南亚各地。港商赚了大钱，马宏赚了小钱。

　　港商偶尔也会迫于马宏的压力收购我和木子的几幅画作。他总是皱着眉，翘着肥肥的小指头，在画面上点点戳戳，说这儿不好，那儿不行，总之是不能入流。然后他把价钱压得极低，比马宏弄出来的仿制品的价钱还要低。他一边数钱付款，招呼他的马仔搬画，一边在心里窃笑。

　　马宏拍拍我们的肩膀说："已经很好了。梵高在世时一幅画都没有卖出去。毕加索刚从西班牙到法国时，住在蒙马特高地的廉价租屋里，一幅画才卖二十个法郎。我们这样已经很好了。"

　　的确如此。人在没有成名之前，金子贴在脸上人家都会当狗屎看。

　　可是马宏毕竟又是马宏，在大量炮制仿制品的狼狈日子里，他也没有忘记自己的追求。他在仿制了无数的名家名作之后，坚定不移地爱上了马蒂斯。他喜欢大师作品中的自由、奔放和华丽，喜欢他的平衡、纯粹和宁静。有一段时间，他嘴巴里总是着魔似的念叨着"色彩"这两个字。色彩，色彩，色彩。除了色彩，还是色彩。马蒂斯有什么样的魔力，能够把那些红、蓝、黄、绿调配得那样绚丽和谐？仅仅是一个墙面石块的颜色，到底是粉笔白呢，还是银白？石膏白？抑或是铅灰色？他只要是睁着眼睛，就分分秒秒地揣摩和思考着，在脑子里把马蒂斯的画作一幅幅地重现和还原着。他慢慢地让自己的仿制菜单不再杂芜，而专攻马蒂斯，连大师的那些胶彩和剪贴画都不肯放过。他的仿制品渐渐地能够以假乱真，使我们这些专业搞画的人都莫辨真伪。据说这类仿制品在国外的市场很好，因而他的酬劳也跟着水涨船高。有一次画商对他刚完工的一幅《花园里的雕像》赞不绝口，结果他慢吞吞地道出事实："这是我的创作。马蒂斯从来没有画过这幅画。"画商面红耳赤，先是生气，而后却又大喜，宝贝似地把这幅画买走了。听说画商在香港为这幅画做了很好的包装，拿到某个级别不太高的拍卖会上，谎称是新发现的大师作品。真就有马蒂斯的发烧友拍走了这幅画。

不过这事也难说，有那么一些有钱人，明知东西是假的，却偏偏将错就错，买的就是这份独一无二。不存在什么欺骗之类的说法，彼此心照不宣吧。

就这样，马宏几乎是一分一毛地攒够了离婚要用的两万块钱。他甚至还存下一笔去法国探亲要用的路费。他终于跟丫头协商离了婚。丫头拿到这笔钱的反应是大喜过望。丫头说："我当初真没有想图你什么，我只是喜欢你这个人，想留下你的种。"丫头还说："儿子的抚养费我不要了，你给我的钱足够我养大他。"马宏不容置疑地回答："不，我做的事情，我会负责到底。"

这一天，距居真理离家出国的时间整整三年。

马宏拿到了三个月的旅游签证，办齐结婚要用的一切文件，坐上中国民航飞巴黎的班机，跟居真理鹊桥相会去了。

在巴黎戴高乐机场见到居真理的一瞬间，他惊讶地发现分别三年的女友有了太大的变化。不是容貌，女孩子过了二十岁，容貌已经基本定型，岁月只会在这张面孔的神情气韵上作一些雕刻，眉眼不会有什么改变。居真理的变化是渗透在她的骨骼、皮肤和每一根头发丝里的。从前那个长发长腿、笑容明朗的阳光女孩，现在的举手投足间开始暗藏风情，说话的声音低柔含混，带着一点性感的鼻音，让听话的人不可能不屏息静气全神贯注，因而不自觉地处于一个从属的地位。笑容从眉梢间一掠而过，而后只固定在嘴角的一小块地方，变成一种令人捉摸不定的笑意，你绝不能说她是傲慢，可也不能误解为她对你有什么好感，你只能认为自己面对的是一张普遍意义上的公关面孔。就连她的打扮，也已经非常的巴黎化了：一件朴实无华的黑色直腰长大衣，下摆处露出穿薄丝袜的纤细小腿，只在脖颈处松松地系一条艳色丝巾，使一切显得漫不经心，却又绝不寒酸，是巴黎街上最常见到的不动声色的优雅。

居真理含笑着拥抱了马宏，礼节性地亲吻他的脸颊，一只手搭在他推出来的行李车上，引领他走出机场。上机场班车时，司机帮他们安置那个超大的行李箱，一边对居真理说了几句玩笑话。居真理含笑作了回答。她的法语讲得轻柔好听，语调拐弯的地方像白帆从海面上轻轻滑过去一样，流畅漂亮得令人惊叹。

马宏坐在车上，嗅着居真理耳后飘出来的法国香水的味道，忍不住地就想，居真理在法国生活得如鱼得水，她的人已经和她暂时共存的社会融为一体，她会不会认为他的到来毫无必要？

不管怎么说，在他熟悉了巴黎地铁的构造，拿着居真理为他找来的标有巴黎大大小小博物馆艺术馆位置的图册，每天早出晚归辛辛苦苦读完这本大书之后，他不能不承认巴黎的伟大。他明白了巴黎何以被称为艺术家的天堂，在这个一石一木都浸透了浪漫和情趣的城市里生活，每天耳濡目染的都是经典和崇高，想不艺术都难。

他不止一次地去到蒙马特高地，那个自由艺术家们聚集的场所，想为自己寻觅一些能赚钱的活儿。在他随身带来的巨大皮箱里，放着他出国前特意购买的成包的画纸，成盒的颜料，成把的画笔。他期望自己能够凭借实力，在这个艺术家的天堂里占据一个很小很小的栖身角落。

然而他最终还是放弃了这个不切实际的打算。他每次走到高地上，看到方圆不过篮球场大小的广场上密密聚集的男男女女、老老少少、前卫或传统的画家们，看到他们为争抢一个画肖像的游客而摇唇鼓舌、施展浑身解数、甚至不惜扮出小丑的模样时，他就知道自己绝对不行。不是他手上的功夫不如他们，是他的语言拖了后腿，他不能跟游客沟通，无法了解他们的想法和要求，连必要的讨价还价都不能进行，他又怎么能指望自己从这么多画家的碗里抢出一口饭来？

时不时地他会想起很早以前那一次盛大的外国图书展销会，他因为走火入魔地想得到其中一本图文并茂的书籍，而羞愧难容地进了派出所拘留室的事。他记得那本书的名字《巴黎的地下世界》。他渴望了解神奇的地下世界里到底有一些什么。现在，他已经身在巴黎，有了亲身进入那个地下世界的机会。应该去作一次探险，他想。

但是居真理没有兴趣了。"就那么回事吧。"她用一种见怪不怪的口气回答他。

是的她到法国已经三年，见识过了太多的东西，古老的地下世界就显得微不足道。何况那里面会充满阴气，潮湿肮脏，机关重重，即便有幸没碰上抢匪，也有可能误入岔道，永难再见天日。她劝马宏不要孩子气地去冒那个险，不值。

世界上什么是值，什么是不值，马宏觉得这个问题很难界定。但是居真理不支持的事情，马宏就不可能办到，这一点毫无疑问。他在巴黎是一个活生生的哑巴和盲人，离了居真理，他将一事无成。

他心里有一点哀伤，淡淡的，不多也不少，恰好把他在巴黎客居的日子调节得阴晴相间。

几乎每晚做爱，他和居真理。把三年中欠下来的爱做完了，把一辈子将要有的爱也做得差不多了。在法国就有这样的好处：除了杀人放火，每个人的生活都是充分自由的，结婚也好，同居也罢，彼此都以快乐为准。

有一段时间，马宏几乎已经忘了登记结婚这档子事情。他拥着居真理甜蜜入睡的时候，感觉是他们的婚姻早已存在，当中做梦一样地跳过去三年，续上之后一切如故。

一天居真理枕着他的胳膊问他："你是不是觉得同居比结婚更加宽松和自由？"

他茫然了好久，好像思绪飘浮在很远的地方，怎么也扯不回来。后来他猛然一惊：是啊，他们还没有履行结婚手续，是情人而不是夫妻。

他问居真理："你现在还爱我吗？"

居真理的回答是："爱。"

他问她为什么？像他这样的一个人，把他放在法国这样的环境里，毫无优势可言，很有可能成为居真理的负担，她为什么还要爱他？

"我爱你脸上的沧桑和皱纹。"居真理捧住他的脸，轻轻地吻着，用的是法国女作家杜拉斯小说中的一句名言。

马宏不免失望。他原先以为居真理会一二三四地列出一堆爱他的理由。

居真理开始筹划一个只属于他们的婚礼。来宾将是她的导师和留法中国同学会的朋友，租用房东太太的草坪，借两只烧烤炉，买足肉食、蔬菜、水果、饮料，再加一个像模像样的婚礼蛋糕，一切就都齐了。居真理还说，她不要婚纱，也不要婚戒，那只是形式上的东西，跟真正的爱情无关。

马宏从心底里为居真理感动。他认为她在本质上是一个有道德的人，守信用的人，纯粹和可爱的人。他知道她在法国不是没有爱别人和被别人爱的机会，他亲眼看见那些法国人跟她说话时闪烁的目光，他们亲吻她的手背时流露出来的浪漫念头，甚至她的单身导师对她也总是另眼相看。可是居真理在等待三年之后仍然选择了他。不管相爱的理由是多是少，是崇高还是平淡，事实就是居真理要跟他履行婚约。

马宏反过来想，他在法国以一个无业游民的身份跟她结婚，是对她的负责任吗？他既然爱她，就应该给她自由，让她拥有更多的选择。离开她是痛苦的，可是如果结婚之后她感到痛苦，他的痛苦会双倍地增加。他把轻率的婚姻视同为谋杀，作为一个热爱自由的艺术家，他绝对不可以谋杀一个人的前途和幸福。

马宏对居真理提出来，他要走，回国。他说，在她毕业之前，如果没有更好的婚姻选择，如果她毕业之后还愿意考虑回国发展，他会以最大的快乐跟她举行婚礼。他要租国内最好的饭店，买最时髦的婚纱，最漂亮的婚戒。他想他有这个能力。只要回到中国，他就跟居真理在法国一样的如鱼得水。

居真理答应了。她说："你是自由的，我尊重你的一切想法。"分别的时候，她眼泪汪汪地吻着马宏的眼睛，信誓旦旦答应他，最多一年，一年之后她肯定回国，找他结婚。

马宏回到国内，发现很多的事情都有了变化。

其实变化早就开始了。在他拼命为港商工作赚钱的时候，我和木子把更多的精力投入到对艺术的追求之中，我们也在拼命地画，画自己想画的东西，这样，由量的积累到质的飞跃，我们悄悄走过了一个小有成就的画家必须要走的路。

开始有画商上门收购我的作品。

画商姓钱，叫钱运，名字很男性化，长相也透着男人气。尤其她的眉毛，卧蚕一样，长而且直，在眉心处几乎连成整条，使她脸庞的上半部分看上去黑压压一片，很沉重也很压抑。为了抵制这种压抑，她上衣的颜色总是选择鲜艳的色彩：红、蓝、黄、绿。遗憾的是，她的皮肤本就晦暗，过于鲜艳的颜色夸张了她身上的明暗对比，使她的整个人看上去有点古怪，透着一种说不出来的冷漠，决绝，以及与世人绝不合作的傲慢。

她第一次被我的朋友带到小楼里来看我的画，似乎是很不情愿、被人胁迫之后勉强而来的。我记得她穿一件很古怪的披肩式样的鲜黄毛衣，腋下有毛线编成的绳扣，下摆短及腰部，配一条带毛边的牛仔裤。她走路的步幅很大，男人式的往前一耸一耸，脚底不带停顿，跟"轻摆杨柳"之类的描写完全对不上号，跟居真理上楼时那种性感十足的体态也差之甚远。她居高临下地伸出两根手指让我握了一握，然后就问我："画在哪儿？"

她在楼上我的画室里一声不响看完了我全部的画，包括我的一些草图和未定稿。我朋友在旁边喋喋不休吹嘘我的伟大，最起码是我将来的伟大。她脸上没有笑容，五官纹丝不动，自己动手，从我的画作中挑出四幅，放到了旁边。她的眼光很毒，这四幅画都是我的得意之作。

"五百。"她说。

"每幅吗？"我心中一喜。

"不，全部。"她伸出胳膊画一个半圆，四幅画全部被她囊括怀中似的。她那件披风式的毛衣被她的胳膊带动，鸟翅般地一扇，我闻到了画室里特有的松节油的气味。

"太便宜了。"我说。"这都是最好的作品。"

她把横贯脸部的卧蚕般的黑眉凭空抬上去半寸："最好和最坏都是对你自己而言。我认为它们只值这个价。"

朋友开始帮我讨价还价。但是她咬定了价钱绝不松口。我们之间的这笔生意没有做成。当时她哪怕每幅加价十元，最起码也是对我的一个尊重，我就会让步。毕竟我那时每月的工资数还不到三百。但是她就是不松口，真叫气人。

过了一个星期，我父母要添置一台彩电，责成儿女们凑钱。月月总是捉襟见肘的我只好找到钱运的门上，带着我心爱的四幅画作。

"四百。"她很不屑地从齿缝里吐出这个数字。

我愣住了，开始据理力争："上星期你还说五百。"

"那是上个星期。你要是第三次来，我还要再降一百。"

"你怎么可以这样！"我愤怒。"我画这四幅画用的材料钱都不止这个数。"

"可是，你如果卖不出去，不是连材料钱都扔进了垃圾堆吗？"

我咽不下这口气，扭头就走。

又过了一星期，我想不出筹钱的办法，还是腆着脸皮去了她的画廊。反正我年轻，又是个不出名的小人物，丢点面子也算不上耻辱。

她果然只肯出三百。我气得几乎要当场晕倒。

最后我还是咬牙切齿地把这四幅画脱手了。人在矮檐下，不能不低头。君子复仇，十年不晚。

果然，在这个不十分光彩的开头之后，我的画作便打开了销路，逐渐被市场接受，画价随之节节上扬。钱运再去小楼收我的画，就开始要看我的脸色，受我的揶揄了。

木子给我出主意说："谈价钱你还是不行。这样吧，我来做你的经纪人，下次钱运再来，由我接待。"

下一次，在钱运约好过来的时间里，木子事先约了另外一个画商，两个同行加冤家几乎是在同一时刻跨进我们的楼门。

木子笑容满面地迎出来，对钱运说："请你稍等。"对另一个画商说："请跟我上楼，他在画室里恭候。"

这里的"他"指的就是我。

钱运的脸立刻就白了，两条浓眉越发的漆黑、阴郁。

木子使出浑身的解数，尽可能地拖住楼上的画商，给他泡茶，请他抽烟，还拆开一包瓜子，就差没有打电话叫上一桌酒宴。我们三个人天南地北地穷聊，从画坛现状聊到画家逸事，又把我的画作一幅幅地拖开来看，评论，欣赏，随意地估价，好像时间这玩意儿在我们之间根本就不存在。当中木子下楼看过一次钱运，发现她双眼闷红，笼中猛兽一样地走来走去，神情非常失落也非常愤慨。木子就上楼对我挤挤眼，意思是事情有眉目了。

好不容易等我们送走那个画商，钱运三步并作两步地奔上楼去，扑到靠墙堆放的我的那些画作前，双手飞快地翻动，一口气挑中了其中的十幅。木子双手抱胸在一旁看着，故作矜持地开出了一个很高的价钱。钱运昏头昏脑，一口答应。回去之后再仔细想这件事，她又觉得后悔，怨自己太不冷静，打电话过来骂木子做出圈套给她钻。木子用肩膀夹着话筒,一边对我做鬼脸,一边乐哈哈地说:"你还是别吃后悔药的好,否则等你下次再来,每幅涨价一百。哥儿们今非昔比,伸脖子挨宰的时候早过去了。这也是即以其人之道还治其人之身吧。"

钱运在电话里"嗷"的一声怪叫。是木子形容给我听的。木子说,就像老母鸡下不出蛋来的惨号。木子形容一个他不喜欢的人时,用词通常都这么尖刻。

在这段时间里,木子有过一次短暂的、可以说是毫不成功的恋爱。

起因是木子收下了一个年幼的学生,那学生有一个姿色还算不错的母亲,年龄比木子大五岁,单身。学生到小楼里来学画时,母亲就跟随过来作陪伴。木子跟这个女人同坐一起,被她丰满身体中的强烈的荷尔蒙气息迷倒了,他开始对她想入非非。有一次,女人不经意间遗在木子画室中一条束发的丝带,木子拣拾起来,如获至宝地藏进衣橱。女人下一次来,又遗下一管口红。木子依然收藏了,不肯还她。女人心里有了数,再一次来小楼时,是独自一个人袅袅婷婷走进门的,没有带着她学画的孩子。他们没有去楼上画室,去了楼下木子的房间。木子关上房门就把她扑倒在床。不,准确一点说,是女人在木子扑过来之前,自动倒在了床上。女人是离异之人,木子还是处男,云雨之中,她让毫无经验的木子大长见识,此后木子便对她爱到疯狂。

女人对"模特"这个职业有特别的迷恋,她主动提出来让木子画她。她在他的画室里脱光衣服,摆出各种各样迷人的姿态:纯情的、羞涩的、性感的、夸张的、淫荡的……她让木子不停地画她,一张又一张，而她自己长时间地对着木子保持一个姿态，毫无怨言。

有一天她过来的时候，木子正好出门，她就敲开我的画室，问我需不需要模特？她展露了一个风情万种的笑容，说："免费的。"我想，既是免费，不画也对不起她。我为她画了一张半裸体：衣服从肩膀滑下，刚好滑到乳房附近，露出香肩和若隐若现的一侧乳房。

木子回来看到了这张画，他当时阴沉着脸，没有吭声。第二天，他从玩具市场买回来两把威力足够大的钢珠手枪，扔了一把给我，说："我要跟你决斗。除了眼睛，哪儿都可以打，伤着了活该。"我没有想到他对这个女人如此认真，只好自认理亏，赌咒发誓从此不再看她一眼。

他们曾经热络到了谈婚论嫁的地步。木子给所有的朋友都发去一份"预备请柬"：

值此良辰美景，我和我的女友将在一个月后举办订婚喜宴。

一个月过去了，木子毫无动静。我试图提醒他有这么一个宴请的许诺，他神色愤怒地说："我们吹了。"

好多年后，有一个下午我们在临湖的茶座里喝茶聊天，木子的目光不断逡巡湖边走过的年轻姑娘，满足他对美色的那一点可怜要求。忽然他脖子一僵，下意识地挺直身体，一动不动。我好奇地顺他的目光看去，发现从远处走过来一个肥胖的女人，穿一件面料极薄的真丝连衣裙，乳间、肚腹和大腿的赘肉从衣裙下鼓出来，一块块的历历在目。我看了好久之后，才恍然醒悟：这就是木子当年的女友，比他年长五岁的学生母亲。

我说："木子，你要为你的今天喝一杯。"

钱运又一次来到我们的小楼。那一次在木子的成功运作下，她从我这儿高价拿走的十幅画，已经全部脱手了，虽然赚头不多，毕竟没有赔本。我的画基本由线条和色块组成，装饰意味很浓。恰逢中国第一轮家庭装饰的热潮开始，很多人喜欢在客厅和房间里悬挂我这样的画：价钱不是太贵，风格现代，色彩亮丽，不必担心所谓的"品位问题"。相比用同样的价钱买下那些蹩脚的原创油画、中国画或匠气十足的仿制品，当然是买我这样的作品更为妥当。

总之，是广大人民生活质量的改善给了我发财的机会。

钱运坐在我们的饭桌前，双腿曲起来，膝盖顶住桌边，同时身体舒舒服服地往后靠，把椅子的两条前腿顶得离开了地面。她喋喋不休地责备我和木子的忘恩负义。用她的说法，我和木子都是由她这个伯乐发现的，包装的，推向市场的，没有她的慧眼识画，就没有我们今天的幸福生活。某种意义上来说，她可以算是我们再生的娘亲。

"娘亲啊！"木子嘻嘻哈哈地喊了她一声。

钱运尽管作风泼辣，被木子冷不丁这么一喊，还是愣了一愣，暗黄色的面颊上慢慢浮出两团红晕，显出从未有过的羞涩，多少有一些可爱。

就在这样一种气氛微妙的时刻，马宏从楼梯上梦游一样地走下来，端着一只大号的雀巢咖啡瓶，到厨房里找开水泡茶。

那一天距马宏回国不到一个星期。他好像一直都没有倒回时差似的，整个人总是恍恍惚惚，人在心不在，所有的事情都反应迟钝。我知道，其实是因为他在巴黎看了太多的名画真迹，灵魂上受到震撼，回来之后又目睹了朋友们的小小成功，一时间不能调整好自己的心态，对将来要走什么路感觉茫然。

那天，马宏穿着黑色的针织套头衫，一条白色纯棉灯笼裤，脚上是轻软的泡沫拖鞋，走起路来飘飘欲仙，完全是不食人间烟火的样子。他的目光内敛，甚至是虚浮，从钱运身边走过去的时候，对眼面前坐着的这个人视而不见。我认为他当时脑子里是在构思什么作品，或者重现在巴黎看画时的某些场景和感受。他走过钱运身边之后，又从我和木子之间穿过去，进了厨房，提起一只热水瓶，往大号雀巢瓶里注满开水，退出小半截袖管，包住滚烫的瓶身，端着回到楼上。

但是在那短短的一刻钟内，钱运注意到了他。或者说，她一下子被他吸引了，迷住了。我前面说过，马宏这家伙是很有女人缘的，从来不见他主动地招蜂惹蝶，偏就有那么多长相和性情各异的女人喜欢往他的身边靠。她们到底是喜欢他的外表整洁呢，还是性格的柔顺呢？或者是他目光里的温暖和朦胧？他笑容中的温润和羞涩？我实在说不清楚。

总之，钱运看见了马宏走过来的刹那，下意识地放下顶住桌沿的膝盖，让椅子恢复平衡。而后她坐直身体，脑袋抬起来，脖子扭过去，目光跟着马宏身体的移动而移动，脸上浮起一种并不常见的惊讶、好奇和专注。

马宏上楼之后，钱运马上向我们提出了一连串问题：他是谁？从前怎么没有见过？他画什么画？画得如何？最后一个问题是：他结婚了吗？

钱运在第二天又来到我们的小楼。如此频繁的拜访实属罕见。并且那天钱运还将自己好好地收拾了一番。她把头发松松地挽到脑后，盘成一个乌油油的髻，髻上别着一枚银制发夹，好像是蜘蛛形状的，造型有点怪异。她穿着一身做工考究的连衣裙，翠绿底子，撒满大朵的红花。如此冲突的色彩，却因为衣料和款式的精美，显出一种相得益彰的和谐，而且非常跳眼，让人一见难忘。想必这是从国外带回来的大师手笔的服装，普通成衣店根本驾驭不了这样喧闹热烈的色彩。

还是一句老话，钱运穿上这件连衣裙并不合适，怎么看都是怪怪的，眉毛更浓更黑，鼻子嘴巴的线条也更加生硬。这衣服让居真理穿，会高贵脱俗。让丫头穿，会有村姑的可爱。唯独钱运穿，不合适。

但是钱运偏就穿着这样一身衣服，感觉良好地来到我们小楼。

"他在吗？"钱运问这句话的时候，脸上掠过一丝丝的羞涩和温柔。

"谁？木子？"我逗她。

"别这样，我不会喜新厌旧的，放心好了。"她马上就恢复了商人的本性。

我只好往楼上指了指，说："右手那间画室。"同时心里多多少少有那么点失落。

钱运用两只手拎起连衣裙的下摆，小心翼翼地往楼梯上走，脚步是从未有过的轻柔。

钱运敲响马宏画室的门时，马宏正坐在窗前发呆。出国之前为跟丫头离婚而拼命赚钱的那股子狂热劲没有了，画坛这段时间的重新整合因为他的缺席而令他出局，他感觉郁闷而痛苦。

钱运敲开他的门，手扶着门框，直截了当地说："我想买你的画。"

马宏眼睛都没有抬："我很久没有画了。"

"我可以看看你的旧作。"

"我对旧作不满意，不想拿出去。"

钱运有点没撤。但是钱运是个画商，商人都有点死缠烂打的劲儿。钱运低头想了一想，很快有了主意："这样吧，我想请你给我画一幅肖像画，价钱肯定会让你满意。"

"请我？画你？"马宏抬了头。

"对，请你，画我。"钱运说得斩钉截铁。

"为什么？"

"直觉。我相信你能够令我满意。"钱运扬起脸，递上一个灿烂的笑容。

马宏这时候才突然发现，眼前这个女人的面孔非常特别，不是通常意义上的醒目，而是一种向内审视的阴郁，尤其她那两条连成一条线的卧蚕般的黑眉，使她整个的面部有一点尖锐，有一点荒诞，又有一点狂野。这样的面孔又匪夷所思地配上一条艳丽夺目的连衣裙，更加具有马宏非常熟悉的野兽派风格。

马宏冷不丁地有了冲动，感觉他能够画出一些不同寻常的东西。他请钱运在一张靠背椅上坐下，他自己趋前退后地看着，调整了几次角度和姿势，一直到十分满意。他开始在绷好的画框前工作，弯着腰，利索地运动他握笔的小臂，勾勒肖像的底稿。

那段时间里，钱运几乎每天都来，每天都穿着那件绿底红花的连衣裙。来了之后她就上楼，坐在椅子上，摆出熟悉的姿势，一动不动，很有耐心。她明白画一张肖像油画必须要有的时间和过程，所以她非常配合，显得温顺和乖巧。

肖像画完之后，钱运非常满意。马宏在画作中恢复了他从前那种儿童画风格的淳朴和稚拙，大红大绿的色彩显出孩童的率真，人物的眉眼有一点夸张的变形，这反而掩盖了钱运容貌的短处，而突出了她脸上的坚毅、野性和一种不屈不挠的气质。

钱运付了马宏可观的一笔钱，用一块毛毯包着油画，心满意足地带回画廊，挂在进门最显眼的地方。

"这是马宏为我画的。他是个很有前途的画家。"钱运逢人就这么介绍，眉眼里甚至还透着莫名其妙的幸福。

很多年后，有一次我在杂志上看到墨西哥女画家弗里达的介绍，看到画家的一幅自画像。我突然想起来，钱运的那幅肖像跟弗里达的自画像有某种相似的地方。弗里达的眉毛也是同样的浓黑，并且在眉心几乎相连。她头上的花朵，她的墨西哥民族风格的艳丽衣裙，同样令看画的人产生出视觉的震撼，有着惊世骇俗的效果。

当年，弗里达画的是她自己，马宏画的，不过是他想象中的钱运，他赋予了画面很多主观内容的钱运。

肖像画的成功唤起了马宏的信心，他意识到他还不是一个无可救药的蠢材，在英雄辈出、硝烟弥漫的世纪末的中国画坛上，通过搏杀，他应该能为自己赢出一小块立脚的地盘。

马宏又一次将自己逼入绝境。这回他不是按订单批量生产复制品，而是按自己的意愿、自己的喜好、自己的观点随心所欲地创造。相比那段疯狂生产复制品的日子，他的精神更加亢奋，劳作也更加艰辛。

钱运像一个万恶的监工,不断过来监督马宏闭门造画的过程。她来了之后总是不跟我们招呼,一头钻进马宏的画室,咔擦一声将门反锁,而后房间里悄无声息。

　　木子按捺不住心里的好奇,到厨房里洗了两个苹果,用一个托盘郑重其事地装着,端到楼上马宏的画室门口。

　　"开门!"他喊,"给你们送点吃的。"

　　"自己吃吧,马宏他没空。"钱运在门内发话。

　　"吃点儿吧,是水果,补充营养的。车开久了还要加油呢。"木子死皮赖脸,不温不火。

　　钱运高声斥责他:"你烦不烦?"

　　木子于是也火了:"马宏首先是我们的朋友,其次才是你的控制对象。"

　　钱运只好来开门,一边嘟囔:"说些什么呀?不要挑拨离间啊,这可是嫉妒行为,不光彩。"

　　她把门开了一尺来宽的缝,用半边胸脯顶住门页,伸手把装苹果的托盘接了过去,随即就又把门关死,一点余地不留。

　　但是,片刻工夫她就主动地开了门,嗵嗵嗵地冲下楼,到厨房里东张西望。

　　"还有苹果没有?"她问。

　　木子阴阳怪气:"说是不吃不吃,吃得比兔子还快。"

　　"我们没吃。"她解释。"苹果太漂亮了,马宏要拿它们画静物。还有没有?"

　　"没了。"木子摊摊手。"都被我们吃下了肚,快变成屎了。"

　　钱运狠狠地瞪木子一眼,像是责怪他的粗俗和不文明。然后她就出门,打一辆车到果品市场,买来一箱等级最高的苹果,巴巴地送到楼上马宏的画室。

房东的女儿丫头带着她的丰厚嫁妆和儿子嫁人之后,改由丫头她妈来为我们打扫和做饭。

在楼里的三个房客中,丫头妈对她的前女婿明显偏爱。炒三碗蛋炒饭,马宏吃着吃着,会在他的碗里吃出两个埋藏很深的油煎蛋。炖鸡汤,两只肥肥的鸡腿总是盛在马宏的那一大碗汤中,盛给我们的却是脖子、脚爪和翅膀。哪怕是煮一锅粥,老太太都要给马宏捞干的,让我和木子喝稀的。

我们因此而提出严重抗议,理由是大家都交一样的钱,手心手背都是肉,丫头妈不可以将事情做得如此明显,伤害了我和木子的感情。

老太太理直气壮地说:"马宏是我外孙子的爸,他让丫头生了儿子,你们谁有这个本事?"

我和木子就面面相觑。我们心里说,何以见得没有这个本事?是没有运气罢了。

丫头隔二岔五回娘家的时候,会抱着她的儿子来小楼看看我们。丫头从生了儿子开始一年年地发胖,原本丰满结实的身体像发面团一样酵开,整个地成了一只圆不溜丢的皮球。冬天有衣服罩着还好一点,夏天穿短衣短裤时,她胸前背后的肉简直晃得人眼晕。我们都说,丫头现在的生活太幸福了,马宏的好运气起码被她分走了一半,所以马宏迟迟出不了名,也抓不住钱。

马宏的儿子不像马宏,像丫头,也生了一张略微扁平的面孔,一双肉泡泡的眼睛。木子有一回跟马宏开玩笑,说:"马宏你真应该去做个亲子鉴定,如果这孩子不是你的,你每月还要辛辛苦苦养他，岂不是太冤枉？"

马宏很不高兴，认为木子是以小人之心度君子之腹。他痛心疾首地说，丫头当初来到小楼的时候是个多么淳朴天真的小姑娘，如果不是耳濡目染，她甚至不知道什么叫"模特"，当然就不存在主动要求脱光衣服让他画裸体的问题。总之一句话，丫头的问题都在他身上，他令她失去了贞洁，所以心甘情愿为这一切结果买单。

木子原本是好心，怕马宏心太软上大当，谁知讨一个没趣，还被说成是"小人"。木子冷笑着对我说："成也萧何，败也萧何，你看着好了，马宏这个人，一辈子都跳不出女人的手心。"

钱运终于为马宏筹办了他的第一次个人画展。为此钱运租下了市美术馆的一个大厅，光请柬就发出了三百余份。加上给来宾赠送的礼品，给记者递过去的红包，和一个中等规模的冷餐会，七七八八，花了不小的一笔钱。效果是有的，那就是第二天的早报晚报都在文化版上刊发了茶干大的消息。市电视台的"文化新闻"中也播出了画展开幕式的一个镜头。

画展过后，马宏倒还是那个马宏，钱运却从此有了居功自傲的本钱，俨然成了马宏的经纪人、代言人、形象顾问、服饰参谋、营养专家。她甚至自作主张地偷配了一把马宏卧室的钥匙，有一次趁马宏去外地两天，把他的衣橱里春夏秋冬的衣服来一次彻底清除，留下一部分她认为好的，又去商场配齐了不足的那一部分，当然花的是她自己的钱。马宏回来之后跟她大吵一通，因为她扔出去的衣服中有几件是居真理在法国买的。居真理绝对不是一个没有品位的女人，她不会给马宏买乱七八糟的衣服。钱运之所以把这些衣服排斥在外，无疑是因为女人间的嫉妒。钱运本能地从衣橱中识别出了居真理的印记，她要及时地、不遗余力地给予消除。

马宏从未有过的暴跳如雷，立逼着钱运要把他的衣服找回来，哪怕一直找到旧货市场，找到垃圾焚烧场。钱运气得小脸灰黄，两道浓眉紧锁在一起，完全地连成了一条直线。他们两个人在楼梯口剑拔弩张，看上去简直就是势同水火。马宏对女人向来宽容温和，有求必应，此番这样的大动肝火，想必也是因为居真理的缘故。每个人的心里总有一块圣地是私闯不得的。

丫头妈在厨房里做着晚饭，听清楚他们争吵的原因，颠颠地跑回家去，把马宏的一包衣服背了过来。原来那天是她捡了破烂。钱运给了丫头妈两百块钱，算是对她的奖励和补偿。钱运逃过一劫，不必千辛万苦追到垃圾场去。

衣服回到身边，马宏仔细查点一遍，发现居真理给他买的衣服都在，情绪才恢复正常。他对钱运道了歉。他认为无论如何男人都不该对女人动火。

钱运就像缠在许仙身上的白蛇一样，始终把马宏缠得死紧。以我的看法，马宏那段时间的感觉应该不是幸福，而是窒息，因为马宏明显地瘦了，人变得更加飘忽，也因此更多了一点颓废和迷茫的味道，更能够让女人疯狂。以马宏的性格，如果不是钱运的严防死守，他这一年中又不知道要多少次地误入人家的温柔乡中，欠下一堆孽债。从这一点来说，钱运倒又是个有功之臣。

但是，钱运和马宏之间的关系到底纠缠到何种程度？比如说，他们上床没有？偶然一次，还是固定下来成为程序？我和木子始终无法确认。木子认为钱运肯定已经把马宏拉进了怀中，这娘儿们不可能做活雷锋，放着一个活色生香的马宏不用。我说那也不一定，人若是对一样东西着迷过分，反不敢轻易亵渎。

　　有一点非常奇怪，在我和木子思考问题的出发点中，不约而同地把钱运当成了主体，是两性关系中起决定作用的一方，决定了事情朝哪个方向发展的一方。事实上，马宏在跟所有女人的相处中都是一个被动的人，一个被支配和被利用的人，被人迷恋而后又深受其害的人。唯一被他迷恋的是居真理，偏偏就是这个居真理距他迢迢万里，天水相隔。

　　有一次，钱运和马宏又把他们自己悄无声息地关在楼上画室里，半天都没有动静。我正好上楼去自己画室，在楼梯口偶尔一抬头，发现马宏画室门上的气窗是开着的，整块的玻璃窗成一个倾斜的镜面，恰好映出了马宏对着一块立起的画板专心作画的身影。他画的是一些静物，画布上已经有陶罐、水果、咖啡杯的轮廓。他的神情异常专注，似乎画室里除了眼中的静物之外再无其他。

　　我很奇怪钱运在场景中的缺席，想弄清楚她此时此刻的确切位置和她在干些什么。我轻手轻脚地在楼梯口踱躞，往前一步，再往后一步，往左偏偏，再往右偏偏，调整各种仰视气窗玻璃的角度，希望能发现那个干瘦女人的哪怕一条胳膊和半片屁股。可是玻璃映照的面积有限，我踮脚或蹲下都没有任何收获。

　　我就脱了鞋子，赤着脚下楼，在厨房里找到一节竹棍，又赤着脚上去，尽量不发出任何可疑的声音。我上去之后站在那片气窗下方，小心地举起竹棍，顶住窗框，上上下下轻轻移动。这样一来，窗玻璃终于捕捉到了钱运穿黑色软底皮鞋的脚，然后是她的蓝印花布的裤子，蓝印花布的对襟小袄。她整个人像一条色彩斑斓的菜花蛇，冷峻而又招摇地立着。其实她站立的位置距马宏并不远，也就在一米开外吧。她手里举着一把刀，是细长的水果刀，紫红色的刀柄，尖尖的刀刃上戳着削得光溜溜的苹果，苹果皮透迤着挂下来，弯弯曲曲，也像一条蛇，青绿色的小蛇。看那个架势，她费心替马宏削好了苹果，差一步就要喂进马宏的口中，但是又不敢造次，不敢惊动马宏作画时的神思，只好委屈自己在一旁等待。可惜的是，在气窗玻璃上钱运脸部的位置，有一片发亮的光斑，她的五官在光斑中漫漶不清，还有些许的变形，所以我无法看清楚她此时的神情。她屏息静气站在马宏身后的时候，眼睛里有怎样的期盼和渴望。

我走进自己的画室，随手涂抹了一些东西。半小时之后，我再赤脚出门，站到马宏画室的气窗下方。马宏仍然全神贯注于他的作品，而钱运已经不在原先的位置了，地上只有一条掉落的果皮。我用竹棍重新调整窗玻璃的角度，最后在靠墙的角落里找到了钱运。她蜷缩在一堆麻袋片似的废弃画布上，歪着头，闭着眼，已经进入了工间小寐的状态。她身上盖着一件马宏的工作服，睡梦中的一只手紧紧抓住了衣服的一只袖子，生怕那衣服会不明不白飘然飞走一样。

我不敢断定这件衣服是她自己盖在身上的，还是她睡着了之后马宏帮她盖上去的。

时间又过去半年。钱运到小楼里来的次数日渐稀少，大概是马宏对她的进攻既不作抵抗、又不肯受降的缘故吧。想必钱运也没有足够的耐心跟马宏打一场持久的攻坚战。她在做退却的准备。我们都替马宏庆幸，他总算可以摆脱这个试图控制他的可恨的女人。

忽然有一天，马宏把我和木子叫过去，语气沉重地向我们宣布说："我要跟钱运结婚了。"

我们两个大张着嘴，被这个突然而至的消息惊得说不出话。

"别这么看着我。"马宏把他的脸深埋在两个掌心之中，"我受不了你们这种目光。"

木子小心翼翼问他："你最近没有感觉有什么不好吧？神经方面？脑子里没有觉得有小虫子在咬？"

我喝住他："木子你瞎说什么？"然后我接替木子开始盘问："是不是你让她怀孕了？你老实跟我们说，任何事情我们都能够接受。"

马宏放下他的胳膊，一脸无辜地看着我们："什么事情都没有发生。我只是想帮她一个忙。"

"结婚能算帮忙？有没有搞错？"木子学着时下流行的广东腔调。

"真的是帮忙。她有个姑姑在国外，病了，想她去照顾，可能还要继承遗产。可是她的探亲申请被拒签，因为她是单身，被认为有移民倾向。"

马宏说了那个国家的名字，好像是瑞士还是荷兰吧，我已经记不清了。

木子冷笑："你们就想出这个结婚的主意？结了婚再去签证？"

"怎么办呢？"马宏困惑地摊摊手。"她已经帮过我很多，我不能不帮她这一次。她在这里是孤身一人，挺可怜的。再说，反正我已经有过婚史，有一次和有两次没有本质的区别。居真理那里，我会跟她解释清楚。"

我和木子无言。马宏就是这么一个人，他有这样与众不同的思维方式，一点也不奇怪。

万家亲友团

马宏给居真理写去一封很长的信,信上反反复复说的都是一句话:我爱你,这世上我爱的人只有你,唯独死亡可以阻止我们的结合。

马宏写在信上的这句经典名言,是居真理回国之后告诉我们的。居真理说,我相信他,因为我也爱他。我爱他才让他自由。他可以做他想做的任何事,我不会强令他违背自己的意愿。

一对奇怪的情侣。这世界上,恐怕只有死去的萨特和波伏娃与他们的行状相似。

登记结婚之后,马宏搬到了钱运的房子里。钱运的房子有一百平方,做过装修,在当时算是豪华。马宏非搬过去不可的原因,是钱运有个七岁的儿子,在钱运出国的这段时间里,马宏要担负起照顾孩子的责任。

钱运有过婚史,还有个儿子,这又是令我们无比吃惊的事。之前马宏一直对我们隐瞒了这个情况,大概是怕给我们增添更多的反对理由吧。这事情确实够窝囊的。

没有举行任何的婚礼仪式。但是马宏执意要在钱运家里搞一个朋友聚会,也是强迫我们大家都来接受这段婚姻的意思。我和木子都收到了请帖。同时收到请帖的还有另外六七个朋友。

不想让马宏难过,我们还是去了。进门之后才发现钱运的家里冷锅冷灶,一点没有请客吃饭的意思。马宏解释说,钱运不太会做饭,他已经订好了外面餐馆的菜,下午六点钟会准时送上门来。

也没有太多要说的话,我们就拉开桌子打牌,客厅里一桌,厨房里一桌,闹哄哄地把气氛调节起来。玩到八点钟,饭菜还没有送到。马宏说:"接着玩接着玩,餐馆做事不总是那么守时守刻的。"

七点钟,大家都已经饥肠辘辘,仍然不见饭菜的影子。马宏把电话打到餐馆里责问,餐馆老板惊讶道:"你不是订的明天吗?今天几号? 6号不是?你这儿写的是7号,你自己写的。"

　　马宏慌了手脚,觉得很对大家不起。幸好都是知根知底的朋友,都能理解这种糊里糊涂过日子的荒唐。我们撇下了钱运和那个孩子,拉马宏出门,找地方喝啤酒去。

　　马宏基本上是个没有酒量的人,那天却豪气万丈地喝了许多。我不知道他是不是心里郁闷,借酒发散。我们都劝他说:"别喝了别喝了。"他两眼血红,大着舌头坚持:"还能喝还能喝。"

　　到最后他已经瘫软到桌子下面,是我和木子一边一个硬把他架着出门的。我们招手打了一辆的士送他回家,结果他上车就吐,把人家的车子里弄得一塌糊涂。木子多付了司机一百块钱,才算是摆平。

　　马宏第二天酒醒出门,巧巧地又碰上那个司机,司机见了他心有余悸,吓得把油门一踩,呼地一下子从他身边掠过去了。马宏对我们讲到这件趣事时,自嘲地摇头说:"居然也有人怕了我。"他感觉到不可思议,好像还有那么点惊喜莫名。

　　钱运如愿以偿地签证出国了。

　　钱运在出国之前,完成了另外一件令马宏、令我和木子、令我们所有的朋友们都目瞪口呆的壮举:她去派出所找了熟人,把她儿子的姓改成了"马"。马宏的马。

　　马宏向我们转述钱运为儿子改姓的那段故事,很有戏剧性。

　　马宏搬进钱运的小楼之后,两个人一直分住两个房间。我们去参观新居时,马宏毫不隐瞒地对我们公布了这个秘密。他先推开一个房间的门，指着东西方向并列的一张大床和一张小床说："这是钱运和她儿子的卧室。"又推开另一个房间的门，指着唯一的一张大床说："这是我的卧室。"当时我和木子曾经交换过一个心照不宣的眼色。我们由此知道马宏和钱运的关系比我们想象中的要更加复杂。马宏是个心地单纯的男人，如果不是实际情况如此，他不会故意制造出这样繁复的假象。

钱运拿到了签证、要走未走之前，有一天早晨马宏在他自己卧室的床上睁眼，赫然发现身边多了一个孩子，是钱运的儿子。他蜷着小小的身体，柔软的头发披散在额头，睡得天使一样安静。马宏惊跳起来，刚要叫出声音，旁边坐着的钱运将一根食指放在唇上，提醒他不要吵醒孩子。

钱运眨巴着眼睛，非常满意地告诉马宏："昨晚你睡熟之后，我就把他抱了过来。你们父子俩在一张床上睡了一夜，相安无事。"

马宏听到了"父子俩"这个陌生的词。他觉得十分别扭。

"你一直宣称不习惯跟别人同床睡眠，事实证明不是这样。你跟这孩子很投缘，你们以后会相处很好。"

马宏说："不，只说明我们男人睡觉很死。"他还开了个玩笑："你不怕我翻一个身压死他？"

钱运很有把握："我观察了你们夜里睡觉的样子，你们两个人都是蜷着身子，相向而卧，说明你潜意识里是在保护着他。"

马宏哭笑不得。碰上这么一个自作聪明的女人，他实在无话可说。

孩子这时候醒了，睁开眼睛，对自己置身在一张陌生的床上充满惊讶。

钱运抓住孩子细细的胳膊，一把将他拉了起来："快叫人，叫爸爸。"

马宏慌忙阻拦："哎哎你别……"

钱运斩钉截铁说："从今以后，他必须叫你爸爸，因为我已经给他改了姓，他姓马，是你的儿子。"

马宏惊愕："你这是什么意思？"

钱运嫣然一笑："不好吗？方便你跟他相处，免得那些陌生人说三道四。"

马宏眉头紧皱，看着面前这个瘦弱、文静的男孩，心里有一种本能的抗拒。

"不行。"马宏说，"真不行。我既没有播种，也没有除草施肥，不能够凭空收获。"

钱运站起身，居高临下地看着马宏，把一本棕色封面的户口簿啪地扔在床头柜上："户口我已经改了，你不能够逃避责任，算你为社会献一份爱心，培养一个祖国的接班人，行吗？"

就这样，世上多了一个姓马的男孩。马宏成了两个儿子的父亲。

我们都感叹钱运这一手做得太绝，她用"姓氏"这根看不见的缰绳，轻轻地就把马宏拴在家里，成了她儿子不花钱的保姆。

钱运走了，居真理却完成学业从国外回来了。

马宏得知居真理将要回国的消息，心里面轰然一声爆炸。他知道事情有点糟糕，不，简直就是十分糟糕。他不可能让居真理平白无故接纳一个被称为"儿子"的孩子。

我们聚集在马宏家里，为他出着各种主意。大家一致的看法是，马宏应该在居真理踏上国土之前，重新去派出所改回钱运儿子的姓，他该姓什么还姓什么。大家还说，如果派出所嫌事情麻烦，我们大伙儿去帮忙搞定，总是能找到关系的。

马宏优柔寡断，手指插进头发缝里，使劲揪扯着，模样非常为难："这对孩子的心理会有什么影响？改来改去，是不是让孩子觉得谁都不想要他？"

马宏偷眼瞄着儿童房里钱运儿子写作业的身影，脸上开始浮出慈父才有的怜爱。

我知道马宏堕落了，他真的是堕落了，年轻时候对自己的亲生儿子都没有过多关注，如今却对一个莫名其妙的继子施以爱心，这绝对是一个男人开始衰老的标志。

马宏因此而不敢去见居真理。居真理回来一个星期了，给马宏住的房子里打电话，马宏拿起话筒，听到居真理的声音，赶紧把电话挂断。去影剧院马宏的工作单位找他，他躲到放映间里，叫人家传话说他不在。没有办法，居真理请我和木子吃饭，再通过我们去请马宏。马宏一点都不上当，推说拉肚子，急性肠胃炎，拒不赴席。

马宏知道他对不起居真理，辜负了居真理，所以做贼心虚。"我做贼心虚。"他自己在电话里对我坦白。"在我跟钱运的婚约解除之前，我不能见她，也无脸见她。"

我说："你就不怕居真理一怒而去，你们这一对人间佳偶从此劳燕分飞？"

马宏在电话里静默了很久，然后开始说话，语气十分忧伤："你知道我有婚约在身，还多了个姓马的儿子，在这样的情况下，我对她作什么解释都是虚伪。我只有一个愿望，那就是希望她感觉自由。她如果对我彻底失望，选择跟我分手，我会尊重她。"

"你不难过？"

"我肯定难过。"

"难过到什么程度？"

他在电话里又一次地静默，而后轻轻地说："如果她嫁给了别人，我今后的日子就是生不如死。"

我约见居真理，把马宏的这番话转告了她。居真理手里端着一个玻璃的茶杯，对着阳光，转了一圈，又转了一圈，杯中的茶叶就随着水波荡漾起来，一片浮起，一片落下，起起落落，像电影中慢镜头的舞蹈。

"我能理解他。还是那句话：我爱他，所以我愿意给他自由。"居真理扬眉对我说了这句话后，一仰脖子，把一杯茶水喝得干干净净。

茶叶失去水的滋润，立刻变得干瘪，瑟缩着贴在杯壁一侧。她放下茶叶，对我点一点头，起身便走。她的背影依然娉婷，臀部的线条浑圆紧致，两条紧包在牛仔裤里的长腿性感得让人呻吟。

居真理在国内住满一个月之后就走了，还回法国去了。在一年之前，马宏离开法国的时候对她说过，如果她毕业回来，他会以最大的快乐跟她举行婚礼，要租国内最好的饭店，买最时髦的婚纱，最漂亮的婚戒。结果便是，居真理回来了，马宏却没有履行诺言，他又一次眼睁睁地看着他的恋人从他面前失望走开。

马宏一心一意地盼望钱运探亲归来，彼此皆大欢喜地解除婚约，他交还她的儿子，搬出她的房子，做回居真理所希望的"自由人"。

但是马宏只盼来了钱运的一纸离婚协议和一封信。信上说，她已经决定嫁给一个荷兰的画家，所以不再回国，房子和儿子都归马宏，房子折算为儿子的抚养费，马宏应该不算吃亏。

马宏接信后火冒万丈，当即用特快专递回过去一封信：我有什么义务要替你抚养儿子？你有什么权力对我提这个要求？

钱运回信说：那怎么办？既不能把儿子杀了，又不能带到国外让老外做父亲，你说我应该怎么办？

两个人往返写信，彼此都是怒气冲冲，又都是理由十足。特别是钱运，没有一丝一毫的羞愧之意，她大概觉得领养一个孩子跟领养一条小狗一样，顺带的事儿，费不了多大的精力。

信件往来的结果，自然是马宏认栽。钱运她人已经到了国外，马宏就是想把那孩子送过去都没有可能。

木子对我说："钱运是不是出国之前就有了这个安排啊？要不然她怎么想起来要把儿子的姓改成'马'？"

我不敢乱猜，可我的心里又忍不住地嘀咕：如果真是这样，钱运这个女人就太阴险了，她简直就是一条缠人的毒蛇。

再想一想，钱运真是毒蛇吗？在这漫长的一年当中，她对他的欣赏、仰慕、柔情和痴心，都是设计好了的表演吗？想起她举着削皮苹果站在马宏身后苦等他张口的样子，她盖着马宏的外衣蜷缩在墙角画布里的幸福和满足，我觉得钱运未必有木子所说的那么复杂，充其量她也就是个心血来潮或说是我行我素的另类女人。

不管怎么样，事情的结局是：钱运对马宏构成了伤害，某种程度上她毁掉了马宏一辈子的生活。正因为此，好长时间里我看见马宏就心生愧意，说来说去，是我和木子把钱运引领进了他的命运圈，我们是对他有罪的人。

马宏的生活变得沉重起来。那个八岁的小男孩成了他肢体上新长出来的一块赘生物，顽固而醒目地存在着，割又割不掉，甩又甩不脱。

比如说，影剧院的工作一向自由，马宏早晨是习惯了睡懒觉的，为了孩子的上学，他不能不买回一只报时准确的闹钟，以便一清早能够挣扎起床。开始的时候，起床到学校上课之间的时间，他只吝啬地留了半个小时，两个人穿上衣服，上完厕所，刷牙洗脸，剩下十来分钟只够马宏骑自行车一路急奔，把孩子送到学校门口。马宏自己一向都不吃早饭，他以为孩子也可以不吃。结果一个月之后，那孩子得了胃病，时不时地捂着肚子，小脸煞白，叫人可怜。马宏才知道是自己照顾不周，酿成大错。他只好把闹钟上的时间往前再拨半个小时，而且记得提前一天买回牛奶和面包。于是每日一清早从梦中惊醒，头昏脑胀地钻出被窝，马宏的第一个念头就是：生活痛苦不堪。

晚上和节假日的时间也不能属于自己了。要么他出门必须把孩子带着，弄得跟真的似的；要么他只能窝在家中，看孩子读书。他有过一段在国外生活的经历，知道把这么小的孩子长时间留在家中是违法，也有违人道。为此他不止一次地放弃了聚会的快乐，呼朋唤友结伴云游的快乐，昏天黑地玩牌和醉酒的快乐。他从来没有这样深切地认识到婚姻的艰辛，生儿育女的艰辛，做一个有责任的男人的艰辛。

马宏终于熬煎不了这样的日子，登报找到一个退休的小学老师，把钱运儿子全托到那个老师家中。

接踵而来的问题是，马宏的经济状况立刻窘迫。全托要付不小的一笔开支，此外他还要付他另外一个儿子的抚养费，如果业余作画没有什么收入，马宏每个月就总是捉襟见肘。

马宏已经三十多岁了，他在艺术上肯定没有太大的指望了。关于这一点，我们都很清楚，他自己也很清楚。不光是他，我和木子的情况同样如此。我已经放弃追求，谈好了女朋友，准备结婚。木子的个人条件困难一点，也还是在不懈努力。从前我们曾经拼命地作画，狂热地作画，期望着画出我们崭新的人生和光辉灿烂的前途，画出马宏和居真理的幸福，我和木子以及我们未来女朋友的幸福，结果我们未曾如愿。我们依然活得普通而又平凡，艰辛而又暗淡。

有一天我们三个人买了一箱啤酒聚集在小楼，喝到酒酣耳热的时候，忽然发现当年贴在餐室墙上的"达达运动"的宣言还在，虽然纸质暗黄，有大大小小虫咬的洞眼，字句还能够辨认：

达达就是我们的强力所在……达达就是既无拖鞋也无类似东西的艺术……我们没有自由，所以我们坚信没有纪律管束、没有道德教唆的自由是十分必要……

我们希望从现在起让艺术的动物园被装点得五彩缤纷。咚咚锵！嘿哟哈哟！嘿哟哈哟！

"我的天哪，这真是我们当年头脑发热写出来的东西吗？"木子龇着牙，像个历经沧桑的老头儿一样摇着脑袋。

马宏纠正他："是我们抄录下来的别人的东西。"

"不管怎么说，往事不堪回首。"木子闭上眼睛。

我们陷入沉思，都觉得被一种尖锐的东西穿透了身体，感觉到疼痛。

又过了不久，木子跑来找我，忧心忡忡地说："你不能只顾过自己的小日子，也要关心关心朋友。"

我以为他指的是帮他介绍女朋友的事，就如实相告："人选暂缺。"

他说："我无所谓，有人够呛。"

"谁呀？"我问他，"还有谁比你更加狼狈？"

他一脸认真："据不少人向我反映，马宏经常在一些熟识的餐馆和茶馆里混吃混喝。"

我觉得不太可能。马宏生性浪漫，却绝不流氓，他怎么会堕落成一个黑社会的角色，到人家的餐馆里吃霸王餐？

木子说："我给你说过这事了，信不信由你。万一哪一天在街上碰到他，你不要吃惊。"

还真是被他不幸言中，有一次我陪女友在一家兼营简餐的茶馆里喝茶，亲眼见着了令我啼笑皆非的一幕。

当时我和女友坐在大厅比较昏暗的一个角落，旁边还有棕榈之类的高大盆栽半遮半掩，不注意的人基本上不可能发现我们。选择这个隐秘的地点，目的非常简单：能够做一点公开场合允许的小动作。

我们并肩倚在沙发式的圈椅里，她的头靠在我的肩上，右腿沉甸甸地搁在我的左腿上。我的左胳膊从后面绕过她的腰肢，手腕以下的部位穿山甲一样地迂回插进她的裤腰，掌心紧贴住她柔软滑腻的小腹。她的呼吸开始急迫，而我则在思量下一步的动作做到何种程度，才能让她舒服而又可以接受。

这时候我看见马宏从外面走进来。他穿着一件纯棉布的立领宽袖白色衬衣，一条质地柔软的黑色休闲裤，进门的瞬间，洒落下一身的灿烂阳光。我吃惊地注意到马宏的外表一点都没有变老，乌黑柔软的头发依然会在耳后细沙一样滑动，羊羔般漂亮的眼睛里含着湿润、谦和、羞涩的微笑，带光晕的眼圈使他的面部表情非常温暖，温暖而且有贵族气，因而十分迷人。

我的女友是认识他的，所以一下子挺直身体，一边把右腿从我的左腿上放下，一边抓住我伸进她裤腰里的手腕，恶狠狠地拔出来，看样子是要迎上前去招呼。此时我猛然想到木子说过的话，就眼疾手快地摁住她，对她做了个"嘘声"的示意。

马宏根本就没有打算往茶馆的大厅深处看，所以没有发现我们。他在近门的一张小方桌上坐下，拎一拎裤腿和衣袖，好让自己更舒适一些。然后，他用细长的手指推开面前的杯碟和茶垫，变戏法一样地从袖筒里取出一小卷速写纸和素描笔，纸铺好在桌面上，笔握在手中，抬头捕捉柜台后面的人。他抓到了戴着眼镜、脸型略胖的茶馆老板，眯眼看了对方约莫一分钟的样子，埋头动笔。从我坐的地点，只看见他握笔的手在速写纸上急速地移动。三分钟过去，他抬头，面带微笑，看也不看地在纸的右下角签上他的名字，交给好奇地朝他走过去的老板："送给你。请上一份简餐。"

我的女友再也按捺不住，冲过去要看那张肖像速写，我只好跟着过去。

马宏看见我，并没有惊讶，稳稳地继续坐着，问我："你鉴定一下，水平如何？"

肖像的确画得不错，线条简洁准确，人物神情捕捉得恰到好处。

老板笑起来，挥手喊一个服务生："给这位先生上一份牛肉烩饭。"他还客气地问了我们一声："二位也需要吗？"

我连忙摇手，表示我们已经吃过了。老板就叫人把我们泡的那壶茶送到马宏的桌上。

我坐下来之后，对马宏的行为表示不解："不至于需要这样吧？"

马宏笑眯眯地舀一勺烩饭送进口中，抿着嘴巴略嚼一嚼，咽下，说："是不至于。我只是觉得很有意思，好玩。"

我说："没这么玩的。"

他做了个满不在乎的手势。"我在巴黎的时候，每天都看到街边和地铁里有吹拉弹唱的艺术家。我想他们也不会是没有饭吃，只不过是喜欢，开心，需要有这么一个展示自己的机会。我的情况同样如此。我每次用一幅肖像画换来一顿饭吃，就感觉自己成功了一次，舒服得很。"

"不是所有的老板都有这种幽默感。"

他耸耸肩："那是他的损失。"

"你不怕别人说三道四？"我女友一脸好奇。

他温和地笑着，眼角堆起细密的、有几分优雅的皱纹："什么是最大程度的身心自由？"

我女友瞪大眼睛，无比崇拜地看着他。如果不是我已经早早下手和她做成了好事，没准儿她又是一只死心塌地撞到马宏身上去的飞蛾。

居真理一去了无踪影，没有信，更没有电话。科技和文明已经发展到令人惊讶的程度，有了"全球通"的手机，又有了电子信箱和邮件，网络在地球的表面四通八达，可是居真理从这个世界上消失了。有一阵子马宏发疯一样地找她的家里人，找她的老师、同学和朋友，试图打听到她在法国的地址。不知道是事先约好了还是怎么的，谁也不肯告诉他，都回答不知道，不清楚。

马宏猜测她是不是嫁人了，嫁给法国人了。他非常忧伤，经常把自己喝得烂醉，或者半天半天地坐在影剧院里看电影，朱丽叶.庇诺什主演的法国电影。

可是，不知道为什么，我总觉得居真理的眼睛始终在看着他，隔着蓝色的地中海、黑海、里海，隔着广袤的俄罗斯大地，一时一刻也没有错过地看着他。

上帝是存在着的，当我们缺席的时候，上帝从不缺席。

马宏把自己漂泊放逐了一段时间之后，不知道是经济上的需要，还是精神上的需要，他决定辞职下海，办公司。

从专业特长出发，他办的是一家广告公司，用钱运留给他的房子做抵押，从银行贷了一笔款，三两张桌子，四五个人，小小不然地折腾起来。

他来找过我和木子，问我们愿不愿加入？我是因为刚结婚，需要安定，更需要时间满足老婆的各种浪漫要求，木子则因为懒，都对他摇了头。我们说："要发财就发你一个吧，发了财之后别忘了到海边盖间大画室，让我们都沾沾你的光。"

他笑，目光柔柔的，眼角的皱纹碎碎的，标标准准的一个新好男人。

早些时候的广告公司还没有普遍用上电脑之类的高科技制作，尤其是马宏这类资金微薄的草台公司。他们打出来的是"传统"牌：如果接下一单户外制作的大型广告，就在广告牌前搭起高高的脚手架，人爬上去，一手拿画笔，一手拎颜料桶，农民工一样地爬上爬下，把自己弄成一个油彩斑驳的猴儿。

马宏是老板。马宏这样的老板是需要亲自上阵干活儿的老板。马宏有一手干活儿的绝技：他哪怕猴在脚手架上整整一天，手里的颜料红的换成绿的，黄的换成蓝的，他的手上和身上依然干干净净，不见一星颜料点儿。他最后从脚手架上一步一步后退下来的时候，头发和衣服一丝不乱，脸上是永恒不变的微笑，眼睛里的目光像冬夜温暖的炉火。

有一次他在闹市区做一幅化妆品的大型广告。从竖广告牌、搭脚手架开始干起，前后忙了二十多天。

第二十天的黄昏，太阳落山了，街上的玉兰花灯亮起来了，光线已经改变，影响了画家对广告画面色彩的判断，马宏才恋恋不舍地拎着颜料桶从高处下来，准备收工回家。

一个年轻的女孩子忽然从街角幽暗处闪了出来，手里捧着一只带保温功能的银色茶杯。

"你在上面待了一个下午，肯定渴了，喝口热茶暖和暖和吧。"

季节已经是深秋，高处不胜寒，马宏的确觉得身子有点发僵。

"你认识我？"马宏惊讶地问了一声。趁着黄昏橙色的光线，他上上下下打量这个女孩，拼命回想他曾经在哪儿和她相识。

"不，我们不认识。"女孩笑起来，露出两颗雪白的小虎牙，面相非常生动。"我每天都在这里看你画画，看了一星期了。"她抬手指指广告上的浓妆女郎。"她真漂亮。你怎么能把一个人画得这么漂亮啊！"

马宏觉得这女孩很逗。他揭开杯盖，喝了几口保温杯里滚烫的茶水。是福建乌龙茶。他想她还挺会挑选茶叶，如果泡进去的是苏州碧螺春，在保温杯里闷一个下午，就有烂熟气了。

"要把一个人画得漂亮，再容易不过，不算什么本事。"马宏随口答了这么一句。

"啊，真的？"女孩露出一脸的敬佩，"难吗？我是说，学会画这样一幅画？"

马宏笑着，没有回答。问题太过幼稚了，他没法回答。对一些人来说轻而易举的事情，对另外一些人也许难过上天入海。他心里想，她问这话什么意思？难道她想要学画？

女孩叫常宝，高中毕业，没考上大学，待业在家。想找的工作找不着，能找到的工作又不想去干，就这样踟蹰了下来。因为没有工作，有大把的时间在外面闲逛，有一天逛到马宏的广告牌下，抬头看见马宏攀爬在脚手架上的山鹰一样的身影，她着迷了，停了下来，痴痴地一看就是几个小时。她从马宏一笔笔地在广告牌上勾勒出模特脸部线条开始，一直看到他给人物着色，向满大街的行人展示出一张冷艳性感的巨大面孔。她目睹了美女诞生的全部过程，因此而对诞生美女的画家充满景仰。

马宏喝过常宝的茶水之后，常宝还是每天都来。现在她不在街角的幽暗处躲着了，她一身阳光地成了马宏广告公司的义工，任劳任怨地守在脚手架下，按照高高在上的马宏的吩咐，递上各种型号的画笔，各色标号的颜料，各样用途的刮刀，以及钉、锤、剪、尺各种工具。她总是快快乐乐，呲着两颗雪白的虎牙，穿一件淡绿色的滑雪棉袄，把脚手架前的风景弄出几分青春明亮。

第二十五天的傍晚，全部工作宣告结束，脚手架已经拆除，美女头像的化妆品广告在落叶凋零的深秋街头凌空高耸，无比醒目。

马宏收拾了他的全部画具，背在肩上，准备骑车回他的公司。他转过身，用目光寻找常宝，跟她告别。马宏是个重情重义、彬彬有礼的男人，哪怕一个闲荡街头的小姑娘，他也不会表现出一丝一毫对她的轻慢和冷漠。

常宝躲在广告牌后，身子一耸一耸，哭得非常伤心。

"嗨，怎么啦？"马宏弯下腰，勾着脑袋，问她。

"你要是走了，我就再也不能看你画画了。"常宝抬起泪水涟涟的小脸，眼睛和嘴唇都哭得有些发肿。

"傻丫头，你也不能一辈子站在大街上看人画画。"马宏温和地劝慰她。

"可是，可是……"常宝抽抽噎噎说："我就是想天天看到你，我喜欢看你站在高处画画的样子。"

马宏被女孩的痴情打动，他的本就柔软的心一下子浸得化开了一样，他走上去，揽住了常宝的肩："走吧，我请你吃晚饭。你帮了我们好几天的忙，我都没有开工钱给你。"

常宝破涕为笑，高高兴兴地跟在背画具的马宏身后，伸手拉住他的一只衣袖，一步不离地，走进巷子里的一家"川妹子"菜馆。

他们点了"水煮肉""夫妻肺片""麻婆豆腐""毛血旺"，还要了一小瓶酒，是四川酒，烈性的。喝完酒，两个人的身体里都涌动起了滚烫的激情，马宏就把常宝带回到钱运的那套公寓房里。

马宏并不清楚男女间的事情对于常宝是不是第一次。当他温柔地解开常宝的衣服，温柔地进入她身体的时候，他看见常宝那双毛茸茸的眼睛蝶翅一样眨了一眨，嘴角一咧，小虎牙微微露了出来，不知道是因为痛楚还是快乐。马宏给她垫在身下的浴巾上有血,蚕豆大的一块,很淡,稀释过了一样。马宏记得他跟丫头有第一次的时候,丫头流出的血有茶杯大的一块,而且鲜红浓艳。所有的迹象都是似是而非,这样,马宏就无法判断常宝在性方面的启蒙程度。

马宏不很在意,无所谓。反正他也不打算跟常宝结婚,她的既往历史他没必要关心。

常宝在马宏的床上自得其乐地躺着,她指着对面木架上一个灰扑扑的土罐,问马宏:"这是什么?"

"汉罐。出土文物。"马宏答。

"这个呢?"

"捷克的玻璃酒杯。"

"这个?"

"俄罗斯的单筒望远镜。"

"……?"她不说话了,只用手指。

"非洲木雕。"

"……?"

"扇面条幅。×××的真迹。"他说了一个已经去世的当代大书画家的名字。

所有的东西林林总总,杂乱无章,东西方文化并存,古今历史遗物共享空间。这是马宏生活的痕迹。

常宝抬起光裸的、浑圆的手臂,划了一个大大的圈:"它们都很值钱吗?"

马宏温和地一笑:"对于我个人来说,它们都是无价之宝。"

"哪样最贵?"常宝孩子气地盘根究底。

马宏摇头:"不知道。我没有做过比较。"

马宏第二天下班回家时，常宝已经早早地在他门外等着了。她穿得非常单薄，鼻尖冻得红艳艳的，有一点点透明，却把一件厚实的外衣脱下来，抱在怀中。

"不冷吗？"马宏摸摸她的脸。

"不冷。"她回答。

她跟着他进门之后，从怀抱的外衣里变戏法样地剥出一只大号保温瓶，又熟门熟路地去厨房里拿碗，倒出一碗黄灿灿香味扑鼻的鸡汤。"你喝。"她把滚烫的鸡汤碗送到马宏手中，就差没有喂进他的嘴巴。

马宏有滋有味地喝完了那碗鸡汤。他的身体从内到外地温暖。

放下汤碗，马宏觉得有必要回报给常宝一些什么。他浑身上下一通乱摸，摸到了脖子里挂着的一块玉佩，立刻解下来，塞到常宝手中："送给你。"

常宝热泪盈眶，马上把带着余温的玉佩挂到自己脖子上。紧接着她把手伸到腰间，抽出一条大红丝络编成的腰带，不由分说地掀开马宏的衣服，给他系到了腰上。"是我的本命年腰带，希望带给你好运。"

马宏被眼前的恩爱和幸福熏蒸得头昏脑涨，感觉上好像扶着常宝的身体飘飘忽忽进入了天堂。"天哪，"他嘟囔，"心意太重了，我受之惶然。"

常宝指着挂在墙上的扇面条幅，嘻嘻笑着："那你就奖赏我一次，把这个东西送给我。"

马宏想都没想，欣然摘下墙上的字画，递给对方。

过了一星期，马宏偶然去城南的"书画一条街"办事，路过拐弯口的一家小店时，他眼角瞥到了一件熟悉的东西。驻足扭头，看见他送给常宝的扇面条幅赫然挂在墙上醒目处，标了一个相当高的价钱。

马宏哑然失笑。原来常宝懂得字画的价值，她给他送上那罐鸡汤的同时，目标已经瞄准了她想要的东西。

马宏觉得常宝的这种索取非常可爱，简单，透明，直达目标，不拖泥带水，又不失天真烂漫。他喜欢这种通俗化的行为方式。所以几个回合之后，他宣布跟常宝正式同居。

马宏私下里对我和木子说，女人总归是要有一个，只是他现在不想再找居真理和钱运那样的人，那太累，还是小常宝这样的，简单一点的好。

我们附和说，是啊是啊，简单一点好，只要你确认她足够简单。我们又警告他说，但是你不能让她生孩子了，你已经有了两个儿子，再添一个的话，负担太重，难以对付。这一点你一定要注意。

马宏感谢我们的提醒。在正式确定了他跟常宝的同居关系之前，他们之间签订了一份由马宏起草的协议，其中的一条是：永不结婚，双方拥有随时提出分手的自由。另外一条是：不要孩子，无论男孩女孩。协议由我和木子做证人，签妥之后，马宏就带着常宝去了医院，请医生在她的子宫里放进一个节育环。

常宝带着她的全部衣物和一套琼瑶小说，搬到了马宏家里。

谁都没有料到常宝是一个非常能干的女孩，爱干净，手脚勤快，做得一手可口饭菜，心甘情愿地伺候马宏，从来也不跟他甩脸子，使性子，耍那些疯傻痴娇的心眼子。她不工作，但是她一时一刻也不闲着，家里总是擦得镜面一样光亮，马宏的衣服一件件洗过，熨过，该叠的叠好，该挂的挂起，晚饭桌上的几个小菜，红是红，白是白，汤汤水水毫不含糊。逢到我们去马宏家里打个秋风什么的，常宝总是笑嘻嘻出来欢迎，给我们泡茶、拿烟、上水果，然后拎上菜篮出门采购，到饭时就会有一桌子的美味让我们惊喜。

木子在马宏家里喝着小酒，嘴巴里嚼着常宝炸出来的油汪汪的花生米，意不能平地骂了一句："他娘的，哥儿几个的艳福都让马宏你一个人享光了！"

马宏笑眯眯地看着他，给他把空了的酒杯倒满，又舀一大勺花生米到他的碟子里，像是为此而表示道歉。

"马宏啊，"木子感慨道，"大好的姻缘，你要珍惜啊！"

马宏温和地回答他："喝你的酒吧。"

木子就喝酒，一杯又一杯，猛灌。喝到八九成醉的时候，他终于把憋在心里好久的话说了出来："马宏，你现在还想着居真理吗？如果你的心是一间房子，你准备把她放在什么地方？"

马宏挺直了腰背坐着，脸色由红变白，由白变灰。他忽然站起身，一声不响地走进房间里，砰地关上门，把我和木子不客气地晾在了饭桌旁。

人心里的伤疤，有一些在隔了时日之后可以揭开，有一些却是终生都不能够去碰。

不知道是不是生活安定和心情快乐的原因，常宝慢慢地胖了起来，腰腹变粗，两只乳房沉甸甸的，屁股也往下拖，开始呈现出一个妇人而不是可爱少女的模样。我们都惊讶蝴蝶变蛾的过程怎么会如此短暂，开玩笑地让马宏逼常宝减肥，跳操跑步什么的都要开始去做了，别等到肥得不可收拾再动脑筋。马宏听我们胡言乱语，不觉唐突，只道好玩。他坚持他的观点，那就是：女人在性满足之后总是会胖的。

  有一天他们在床上脱光衣服做爱，马宏把头枕在常宝的胸口，慢慢地用掌心抚摸她肥软的肚腹。抚着抚着，他突然看见常宝肚皮的某个部位"啵"地一跳，鼓出一块东西。过两秒钟，"啵"地又是一跳，又鼓出一块东西。马宏大惊，不知道眼面前出了什么邪魔。他坐起来，盘腿在常宝身边，眼睛一眨不眨地盯紧她古怪精灵的肚皮，脸色不由得发白。

  常宝哭了，老老实实招认了她已经怀孕，六个月了，孩子已经会拳打脚踢，现在就是想打胎也找不到肯冒风险的医生。

  常宝说，是她母亲出主意要她这么做的，母亲带她去医院拿掉了节育环。母亲告诉她说，她只有跟马宏生了孩子，马宏才会下定决心娶她，一辈子不离开她。常宝眼泪汪汪地问马宏："我妈妈说得对不对？有了孩子你会跟我结婚吗？"

  马宏如梦初醒，懊恼得一夜都没有睡觉。他聪明了半辈子，结果却是被待业在家的常宝母女玩倒。他想，协议签了有什么用啊？没有公证处的公证，缺乏法律效应，完全是对君子不对小人的东西。他还想，早几个月怎么就没有听一听朋友们的话呢？如果及早注意到常宝不正常的发胖，做人流是来得及的。

  可怜的马宏，到那时才知道了人的一厢情愿是多么可笑。

  常宝在医院里生了一个大胖儿子，七斤二两。现在马宏总共有三个儿子了。我们都惊奇他在"多子多福"这方面的好命。木子说，要搁在农村，马宏会被全村里的人嫉妒得眼睛发绿。马宏却苦着脸说："别站着说话不腰疼啊，你们谁想要儿子？谁要，我肯定送他一个。"

我们谁也不要。这年头养孩子不是一件好玩的事。

常宝刚从医院回到家里,她娘家的父母、兄嫂、叔舅浩浩荡荡开进马宏的家门。三方四国会谈开始。常宝的母亲首先发难,问马宏到底准备拿她女儿怎么办?身子给了你,儿子都为你生出来了,你心里面到底拿她当什么?常宝叔叔比较有点文化,意味深长地看马宏一眼:保护妇女儿童的权益,这是写到我们国家法律上的,事情跟法律挂得上钩,就好办了,啊?常宝舅舅则流氓气地哼了一声:未婚同居,还弄出了孩子,派出所管不管?

马宏孤独地坐在审判席上,表面沉默不语,心里面却是在顽强地抗拒。他反感常宝家人的做事方式。他是一个内心柔软、骨头坚硬的人,如果要让他接受强迫去做某件事,他宁愿引颈被杀。

还好常宝的父亲比较识做,看出了马宏心底里的不屈不挠,站出来打个圆场,说是婚姻的事情怎么讲也是大事,可以再给一点时间让马宏从容考虑。

一干人马雄赳赳气昂昂起身撤退,留下马宏一个人"考虑"。

马宏同意结婚。不是迫于外力,是对常宝和孩子的负责。想想看,当年丫头生的儿子他都认了,常宝的这个怎么可以不认?不认,世上又多了一个可怜的私生子,这是他马宏的罪过。

木子得知此事后为马宏愤愤不平,认为他在这方面太好说话,简直就是软成了一块泥巴。木子最讨厌被别人强迫着去做某件事,也不能容忍自己的朋友接受强迫。我说,不是马宏好说话,是他不愿意为这样的凡俗小事弄得鸡飞狗跳。女人是带回来宠爱的,不是树敌的,何苦要把一朵原本鲜艳的花伤害成一根硬邦邦的刺呢?

木子深深地叹一口气:马宏在我们当中最有女人缘,可他前世里欠女人的债也最多。木子还说：从今以后，我一点都不羡慕他。

马宏和常宝结婚之后，有一段时间家里热闹得翻天。常宝的父母每天都要来看他们的宝贝孙子，来了就摆出老主人的架势，不是批评马宏抽烟，就是责备马宏喝酒，连马宏晚上出门应酬客户，都要对两个老人请假，忍受他们不满的唠叨。

马宏对常宝说，你爸妈这么喜欢孩子，干脆让他们把宝宝带回家领着算了，每月我贴他们钱。

常宝父母求之不得。他们两个退休的退休，下岗的下岗，闲得拿时间不知道怎么办才好，巴不得眼面前有个会哭会笑的玩物。于是一阵风的功夫，马宏家里床空人静，又恢复了从前那个温馨舒适的两人世界。

常宝却是静不下来了，没事老想着要往外面跑。她的几个小姐妹都在"青年休闲广场""环城市场"那些地方租了柜台，卖仿真首饰、化妆品、内衣裤，本小利不小，常宝去看了几次，心痒痒的。

一天晚上，马宏回家得比较早，准备好了要跟常宝来一次亲密接触。他把自己洗得很干净，又敦促常宝好好地洗，完了就躺到床上，反手到床头抽屉里拿安全套。现在他对所有的女人都开始不放心，觉得安全措施还是自己操心的好。

常宝腻在他身上，一把夺过他手里那个小小的塑料包装袋。

"马宏，你要先答应我一件事。"

马宏不愿意兴致被打扰："回头再说嘛，你的事情我总是答应的。"

"这回不一样，我要用你很多钱。"常宝一脸大孩子的稚气，光身子趴在他身上，眼巴巴地看着他。

"多少？"

"……两万。"常宝的声音很小，像是自己被自己吓住了。

马宏松一口气。他脑子里想到的数字起码是两万的倍数。

"要两万干什么呢？买衣服？那也没这么贵呀。"马宏和颜悦色。

"我不买衣服，我要卖衣服。"常宝吐字清清楚楚。

原来常宝的一个表姐在大学区里开了一间新潮时装店，最近要嫁人了，而且是嫁到浙江去，她要把小店盘给别人做，如果常宝想接手，表姐只要她两万块。

"两万啊，店租、装潢还加那些卖剩下的衣服，不贵的。"

是不贵，马宏同意这个说法。但是常宝选择在性爱前的微妙时刻对他提出这样的要求，就不上档次，有点要挟的意思，令马宏很不舒服。马宏心里已经答应她了，嘴上却矜持着："我想一想吧。"

那个晚上的娱乐活动，常宝就非常努力，非常巴结，小狗一样在马宏身上亲来亲去，非让马宏满意不可的样子。马宏却提不起劲，感觉上总好像花两万块钱找了个小姐，很昂贵。

常宝盘下那个小店之后变得异常安静，早晨九点兴冲冲出门，中午守着店铺吃一个盒饭，晚上九点之后才肯打烊回家。在家里也不闲着，不是拿出计算器按来按去地算账，就是捧一本时装书细细琢磨，有时候还找出马宏的速写纸，无师自通地创造一些服装的样式，用胶带纸粘得满墙都是。

马宏有点啼笑皆非，本来是从大街上捡回来一个崇拜他的稚气女孩，结果却在他家里诞生出一个雄心勃勃的时装店老板。现在他享受不到美食和熨衣的周到服务了,常宝没时间,她找了一个钟点工,每天两小时对付家务。

常宝总是要求马宏:"去看看我们的店子嘛,你花钱买的,你是老板噢。"

马宏没兴趣。马宏现在自己的生意也做得很大了,有了稳固的客户群,有了客户皆知的经典作品,气象欣欣向荣。马宏能够想象出来常宝那个小店的样子:开在大学边门处的小街上,一扇低矮的玻璃小门,推门时会有门铃叮咚一声响,给顾客带来一点小小的情趣。进去之后是窄窄的店堂,两边挂满奇形怪状做工粗糙的衣服,中间只留一个人侧身而过的通道。四五步走到通道尽头,是一尺见方的小木桌,下面有个带锁的抽屉,便是收银台。店堂里灯光不甚明亮,是故意的,这样,那些年轻的大学生们拿起一件衣服比画或者试穿的时候,不会注意到米粒长的针脚和裸露的线头这一类细节。

马宏拍拍常宝的脸颊说:"我出了钱,可我不是老板,老板是你。我们之间不分这些。"

常宝抱住马宏的脑袋亲了他一口,心情非常快乐。她趁着快乐的心情开始展望前程:"要是我们的资金再多一些就好了,我可以多进一些货,品种更齐全,回头客就会更多。"

马宏要出门谈一单广告生意,在对着镜子打领带,看着镜子里常宝那张欲望十足的脸,随口答:"可以。"

常宝猴上去:"真的可以啊?"

马宏从皮夹子里摸出一张卡,交给常宝:"去提两万块钱吧。"

常宝感激涕零,眼泪都要出来了。她使劲儿地抱住马宏,要把她的感激传递给他,弄得马宏一个劲后退,生怕新换上身的衬衣被她揉得不成样子。

"嗨，嗨！"他说，"不是什么了不起的事情，用不着这样。"

常宝说："当然是了不起的事情。从来都没有人对我有求必应，你是这世上对我最好的人。我以后一定会感谢你，报答你。"

常宝对马宏的奉承和感谢话总是一串一串，甩过去的时候根本不需要考虑。而且她说这些话的时候，身体的动作会同时搭配上来，千方百计让马宏舒坦和喜欢。

常宝其实是个很有点计谋的小女人。

两万块钱提走之后，仅仅才一个月，常宝又一次在家里长吁短叹。马宏问她是不是生意不好，进来的衣服卖不出去？常宝愁眉苦脸道："哪儿啊，是生意太好了，我每天都怕那些大学生们把我的店门玻璃挤破。"

马宏心里闪过一个疑问：既然生意这么好，怎么没见她往家里拿过钱？但是他只是略略想了那么一想，没有追究。他觉得一个做丈夫的查点这些小事有点猥琐。反正就那么点钱，只要常宝折腾得高兴，怎么都行。

常宝充满爱意地看着马宏坐在桌前吃饭，喝汤，忽然问他："马宏，你希不希望我把生意做大？"

马宏一时没有反应过来："做到多大？"

"比如说，"常宝双眸闪亮，"加盟一个休闲品牌，做成专卖店。"

"你从哪儿来这么多资金？"马宏觉得好笑。

"我没有，你有。"常宝笑微微地，龇出两颗可爱的虎牙。"你不是刚刚签到了二十万的合同吗？"

马宏倒吸一口凉气，开始吃惊："你想要我二十万？"

"我的不也是你的吗？你说过，我们之间不分这些，是不是啊，马宏？马宏你要是还不放心，法人代表可以写你的名字。马宏！"常宝站起来，离开餐桌，走到马宏身边，从背后抱住他的脖子，热烘烘的脸颊贴住了他的后脑勺。

马宏觉得自己的世界开始崩溃。从那个广告牌下的黄昏开始，他又一次地、彻头彻尾地失去自我，成为异性者的俘虏。

女人但凡打定主意要做一桩事情，十有八九是能够做成的。因为女人都比较坚韧不拔，她们除了本身的毅力之外，还拥有撒娇、眼泪、性和孩子，种种武器一齐上阵，男人少有不败。

常宝索要二十万创业资金的过程基本如此，写出来可能会跟别人的故事雷同，所以我不想赘述。

平心而论，常宝倒还真是一把会做生意的好手。有一次我路过大学附近她的某品牌服装专卖店，看到五六十平方米的店堂窗明几净，门前一边站着一位小姐，另一边站着一个小伙子，都是眉清目秀非常阳光的年轻人，看到来人有进店观望的意思，他们就同时弯腰鞠躬，唱歌似的喊出脆脆的一声："欢迎光临！"

常宝迎出来，亲热地招呼我："大哥你来啦。大哥你看中哪件衣服，我给你打折。我们这个品牌的衣服，歌星影星球星都喜欢买，穿出去很年轻的。"

她用"穿出去年轻"这句话来引诱我，显然是研究过了我这个年龄层的人的心理。而以马宏和我的交情，她不说"送"，只说"打折"，可见是个手指缝很紧的角色。做生意真是需要这样的清醒和冷静。

我称赞她："你把这儿打理得不错啊。"

她笑嘻嘻地："谢大哥夸奖。还行吧。混口饭吃呗。"

"马宏来看过吗？"我问她。

"来。"她点头。"终归他是老板，我做得再好，也是给他打工啊。"她说话的样子，像是表白，又像是委屈。我拿不准具体该怎么理解。

可是我听马宏说，他从来不管专卖店的事，常宝赚多还是赚少他根本就不知情，因为她从来不往家里拿钱。她对马宏的解释是：资金在外面周转着，钱是能够生钱的，拿出来花掉太不合算。

我认为马宏适当地还是要过问一下，亲兄弟还要明算账呢。

马宏坦白道："我没这份精力，也没这个兴趣。"他说话时的表情似笑非笑，有那么一点悲凉。"二十万买一份夫妻感情，还算值吧，你说呢？她要是成天窝在家里没事情干，想出花头跟我搅和，我不是更惨？"

马宏的语气里，对常宝已经谈不上感情，只有一份责任。

居真理又一次从法国回来了。这一回是她任职的那家跨国公司来本市考察投资项目，谈判，她随行当翻译。

她给我打电话："你来看看我，好不好？一个人来，不要叫马宏，否则我谁也不见。"

在此之前，她已经先给木子打了电话，有过约见。大概她认为木子是个碎嘴的男人，从他口中容易了解到关于马宏的一切。木子当晚就来电话，把会见过程对我做了汇报。木子说，居真理在法国一直没有嫁人。他猜她男朋友肯定有过，同居的事情也肯定有过，就是没有婚姻。她一直在等马宏，可惜她等到的是马宏和常宝结为夫妻的消息。可以想象这个消息对她会有什么样的打击。木子啧啧地哀叹说，居真理是个痴心的女人，也是个不幸的女人。她摊上了

080

马宏这样的男朋友，真是恼也恼不成，恨又恨不得的。

按照居真理报给我的地点，我在约好的时间里独自到达。居真理正在宾馆楼下的咖啡座里等我。她坐在紧靠通道、面朝大门的地方。选择这个位置，我猜她肯定是做了准备：如果她看见我跟马宏同时出现，可以很方便地起身撤退。如此看来，她已经对马宏彻底绝望，不想再跟他发生一点点藕断丝连的私情。

我在她对面坐下来之后，劈头就说了一句话："这样不好，你既然回来了，怎么也要跟他见上一面，把该说的话都说清楚。"

我的忧心忡忡的表情感动了她，她眼睛里刹那间有那么一点泛红。她赶快扭过头，招呼侍者给我上咖啡，借以掩饰她的悲伤。她说："一杯卡布奇诺。"她又回头问我："可以吗？"我点头表示：很好。她那天穿的是一件烟灰色长裙，配以点到为止的简单首饰，眼角和脸颊处有很细很细的皱纹，细到了有比没有更好，更见女人的成熟和风韵。

"一切都结束了。"她伸出一根涂了银色指甲油的手指，把侍者送来的热腾腾的咖啡往我面前推了推。"我只是不想再见他，可我没有一点责怪他的意思。我知道他是个什么样的人。性格决定一切，这是谁说的话来着？"

我在心里想了几秒钟，同样想不出来是谁说的。熟得不能再熟的话，就是想不到出处。我为此感到内疚。

她还记得丫头，很关心那个孩子的情况。我告诉她说，好像已经读高中了吧？马宏一直负担着那孩子的费用。她吃惊地睁大眼睛："读高中了？时间过得这么快呀！"她下意识地伸手摸了摸脸颊，好像要从脸上摸出时间流逝的痕迹。

我又一次试图劝她："还是见一见马宏吧，回来一趟很不容易。

你在他心中始终都是唯一的，没有人可以代替。"

她斩钉截铁地阻止我说下去："不，这个问题我们不要再谈。"

她脸上的表情，显见得是受伤严重，以至于往下的谈话中我不敢再提到马宏的名字。

马宏给我打电话的时候只问了我一句话："她在国内待多长时间？"

我说："可能有半个月。因为她那个公司要考察好几处地方，项目谈判也需要时间。"

马宏说："好。"他就把电话放下了，那副心急火燎的架势，弄得我莫名其妙。

我一点儿都没有想到，马宏问清时间的目的是为了离婚，他要在居真理逗留本市期间，十万火急地跟常宝分手。这个可怜的马宏，他的心是永远栖息在居真理的身上的，哪怕他跟一百个女人缠绵交欢，爱了再恨了，结婚而后离婚，他心里始终横亘着居真理的影子，他的灵魂一直站在高高的云端，凝视着远在法国的这个女人，想她，爱她，渴望着有一天能够跟她终成眷属。

常宝已经是一个八面玲珑的专卖店老板，她在自己的生意中游刃有余，面对马宏离婚的要求，她的态度总体上客观而且冷静。她同意签字，但是代价不菲：除了马宏投资的服装专卖店归入她的名下，她还要分享广告公司的一半股份，以及他们所有家庭财产的一半：房子、股票、存款、汽车。另外，她还要求儿子的每月抚养费。

这个貌似天真的女孩，关键时刻能有如此贪得无厌的胃口，如果不是她的家人在背后撺掇，那只能归结为人性之恶。

马宏像是疯了,豁出去了,不顾一切了,只要常宝同意在最短的时间内签字离婚,他什么都能够答应。

马宏拿着离婚证书走出民政局小楼的第一时间,用手机拨通我的电话。

"你替我约见居真理,无论如何要约到。"他一字一句说得清清楚楚。"你告诉她,如果她还不肯见我,我就在她走的那天赶到机场,吊在她的飞机翅膀上。"

马宏和居真理终于见面了。据马宏后来告诉我说,他们面对面地坐在宾馆房间里,谈了很久,很久很久。可是他们没有亲吻也没有拥抱,连拉手的动作都没有发生。不是刻意,是很自然的,在他们目光对视的最初一刻,他们就已经明白,性这个东西在他们中间不复存在了,风一样地飘去,云一样地散开,永远不能再回到从前。

他们回忆到了在小楼里发愤作画、一心一意要成名成家的日子,也顺便说起马宏为居真理偷书的趣事。马宏对居真理坦白,他偷书的目的之一是为了制造一个跟居真理并肩读书的机会。他那时渴望着跟她两个人双双脱光衣服,靠在床上,他把那本精装豪华的法文版图书砖头一样竖立在胸膛,而后他一页页地翻,居真理为他一页页地读,先用柔软好听的法语读,再用直白平实的中文讲。讲到图片中那些荒唐混乱的文字时,他们就乐,就大笑,就笑到抽筋和疯狂。

说到这里的时候,他停下来,两个人都开始微笑,为从前的率性纯真,为那件仅存于想象而实际没有发生的事情。居真理一笑,脸上的细纹就略微变深,弯弯的,像柔软和荡漾的水纹,美好得令人心动。

马宏趁这个机会，忽然地问出一句话："还能吗？"

居真理的笑容消失了，她明白他问的是什么。没有丝毫迟疑的，她摇一摇头："不能了。"

马宏沉默了一会儿，扭过头。他不想让居真理看见他脸上的眼泪。男人的眼泪。

居真理一眨不眨地盯住他侧面的轮廓。泪水也慢慢地盈满她的眼眶，亮晶晶地滚动，坚持了好几秒钟之后，才"吧嗒"一声落下来。

他们友好而忧伤地分别。居真理出境回法国时，马宏一直送她到机场。当着居真理那些法国同事和上司的面，马宏张开双臂拥抱了她，然后他们互相亲吻了面颊。他们一直是微笑着的，两个人都是。在外人看起来，男的潇洒体面，女的优雅漂亮，是一对经历过风雨而爱情尚存的幸福夫妻。

这样，我们又回到了小说的开始，木子不请自来地跑到我的家里，打秋风，要求吃红烧肉，水煮鱼片，什么什么的。他反身骑坐在靠背椅上，下巴垫着椅背，监督我烧菜的过程，一边笑嘻嘻地告诉我："马宏又出毛病了。"

马宏走到哪儿都会被女人喜欢，他自己也充满激情地喜欢、怜惜和接纳那些女人，木子把这称之为"毛病"，我不能同意。马宏对每一个女人都付出过真心，他把自己半生的精力、全部的财产都奉献给了她们，这是出于他天真、善良和骑士风度的本性，也是他身上最可爱最闪光之处。

马宏最后遇到的女人是市外贸公司的法语翻译,名字叫刘克拉。

马宏去小区里的美发店洗头,躺在椅子上等着洗头妹往他头上倒洗发液的时候,注意到了这个举止异常的女人。当时刘克拉躺在马宏身后的一排椅子里,背对着他。从墙上的大镜子中,马宏看见对面的镜子里映出她的全身。她脖子里围着一件紫红色的围单,头发上堆满了雪白的泡沫,拼命在湿漉漉的水汽中睁着她的眼睛,高举着一本薄薄的印着外国文字的诗集,大声地、充满喜悦和激动地叫道:"写得多好啊!多漂亮动人的诗句啊!你听你听……"

马宏转动着脑袋,四下里寻找这个"你听"的对象。结果发现店堂里除了他和为他服务的洗头妹之外,只有一个满脸憨气的农村小伙子,十六七岁的年纪,正站在刘克拉的身后,很专注很勤奋地替她抓挠头发中的污垢。刘克拉这个"你听"的对象,显然就是他。

刘克拉举着那本小书,脑袋动来动去,情绪不能自抑地开始朗读书中的诗句:

Sous le pont Mirabeau coule la Seine

Et nos amours

Faut-il qu'il m'en souvienne

La joie venait toujours après la peine

Vienne la nuit sonne l'heure

Les jours s'en vont je demeure

刘克拉刚一开口，马宏的心里就像有铜钟敲响了一样，发出震动他全部神经的"嗡嗡"的长鸣。他听出来了，她朗读诗句用的是法文，纯正的、优雅的、绵软而令人心碎的法文。他曾经在法国住过那么久，虽然不会讲，还是能够分辨得出来。

他屏息静气，听着刘克拉继续朗读：

　　Les mains dans les mains restons face à face

　　Tandis que sous

　　Le pont de nos bras passe

　　Des éternels regards l'onde si lasse

　　Vienne la nuit sonne l'heure

　　Les jours s'en vont je demeure

马宏从镜子里清清楚楚看见，刘克拉手舞足蹈，脸上的表情是喜悦、欣赏和全身心投入的陶醉。如果不是她戴着紫红色的围单，不是顶着高高的一头白色泡沫，她说不定就会忘情地站起来，在店堂里一边读，一边走，一边做那些辅助性的手势。

可惜她激动的情绪没有得到丝毫回应，她身后那个勤谨而憨气的男孩木然着一张肥厚的面孔，两只手只顾动作，在她的头发里抓来揉去。不知道他是很多次地遇上她，熟悉了她的性情和做派，因此而见怪不惊，还是天生的反应木讷，总之，他一丝不笑，一声不吭。刘克拉的周围仿佛只有空气，她是在对着空气赞美、冲动、发癫。

马宏情不自禁地为她难过，为优美的法语难过，为写出漂亮诗句的法国诗人难过。

刘克拉的头发终于在她自己的激动情绪中洗完，吹干。是一头很长的丝一般柔滑的长发。她摘下围单，付了小伙子十块钱，把那本小书放进提包，起身要走了。在这一瞬间里，马宏一把揪掉自己的围单，同样掏出十块钱拍到洗头妹的手中，顶着湿漉漉的头发追了上去。

"请等一等！"他对刘克拉说，"能问问你刚才读的是什么吗？"

刘克拉站住脚，惊讶地看着面前这个彬彬有礼的男人。她目光一闪，笑了，从提包里重新拿出小书，在马宏的面前扬了一扬："法国诗人阿波里奈的《米拉波桥》。不，其实他不是法国人，他母亲是波兰人，父亲曾经是西西里岛的军官，说不清哪国人。可是这不妨碍他成为法国最伟大的诗人。"

马宏做了个手势："你读得太好听了。可惜我不知道内容。"

刘克拉热情万分地表示："我翻译给你听。"

她咳嗽一声，清了清嗓子，开始照着诗集翻译：

米拉波桥下塞纳河滚滚地流

我们的爱情一去不回头

哪堪再回首

为了欢乐我们总是吃尽苦头

夜幕降临钟声悠悠

时光已逝唯我独留

我们脸对着脸手拉着手
那永恒的目光
在我们臂膀的桥下
漾着疲惫的涟漪消逝在心头

夜幕降临钟声悠悠
时光已逝唯我独留

刘克拉翻译到这句话时，马宏举起一只手，不无歉意地打断她："对不起，我认为这样的诗句不适合站在大街上朗读。这样好不好，我请你吃晚饭，我们去西餐馆，点一支蜡烛，要两杯波尔多葡萄酒，然后我听你读。用法文读。"

刘克拉合上诗集说："太好了，再好不过了。"

就这样，他们像彗星和地球相撞一样地碰到了一起。偶然，却又是必然。偶然是因为他们生活和工作的环境相距万里，之前不大有相遇的可能；必然是因为刘克拉会讲法语，这是居真理擅长的语言，是马宏的心上人一辈子都要使用的语言。

我的可怜的兄弟马宏，他一生注定了不能摆脱法语带给他的魔咒。

有一天，我和朋友们在餐馆吃饭，我们要了一瓶法国红葡萄酒。电视里正在播放新闻，今夏全世界普遍酷热，欧洲尤甚，过惯了优越生活的法国人不堪其苦，一下子死去上万人。一个惊人的数字。电视里同时又说，法国的葡萄酒商们却为此欢欣鼓舞，因为高温导致葡萄的糖分极高，会酿出历史上少有的优质葡萄酒。

朋友们嘻嘻哈哈说："记住这个年份啊，2003年。五年以后我们再喝法国葡萄酒，就认准这个年份的要。"

话音刚落，桌上的葡萄酒瓶突然地就炸了，毫无缘由地炸裂开来，蚕豆大的玻璃碎片纷纷散落，血一般的酒液在白色桌布上流淌得像一幅现代派画作。

我的手机铃声就在这时候惊心动魄地响起来。我接到一个令人悲伤的噩耗：马宏死了。他在安装一个室外广告的时候从脚手架摔下来，头部着地，当场死亡。他是老板，做这样的粗活本来不需要亲自上阵，可是他嫌工人的安装质量不尽人意，发了火，把工人吆喝下来，自己爬上去，就失足落地。

在葬礼上，穿一身黑色长裙的刘克拉手捧阿波里奈的诗集，对他朗读了《米波拉桥》的最后两段：

L'amour s'en va comme cette eau courante

L'amour s'en va

Comme la vie est lente

Et comme l'Espérance est violente

Vienne la nuit sonne l'heure

Les jours s'en vont je demeure

Passent les jours et pssent les semaines

Ni temps passé

Ni les amours reviennent

Sous le pont Mirabeau coule la Seine

Vienne la nuit sonne l'heure

Les jours s'en vont je demeure

爱情如滔滔河水滚滚而去

永远不再回头

岁月是这样的缓慢

希望强烈难羁留

夜幕降临钟声悠悠

时光已逝唯我独留

日复一日周复一周

岁月滚滚

爱情已休

恰似这塞纳河水一去不回头

夜幕降临钟声悠悠

时光已逝唯我独留

宠物满房

一

周元珍老太太微耸了肩膀,身体往左侧倾斜,好平衡右手里的重量。那是一个鼓鼓囊囊的超市购物袋。也没有什么说得出嘴的东西啦,两管牙膏,一卷垃圾袋,一包速冻水饺,一瓶"六月鲜"的酱油,还有两筒银丝挂面。七七八八加在一起,不知道怎么就有了分量,让她拎得这么吃力。

其实也不是吃力,是无奈和无趣,心气儿不高,做什么都寡淡,都疲软和慵懒。试想一下,如果她此时手里拎着的一兜子婴儿用品,是纸尿布,奶粉,奶瓶子,奶嘴儿,花花绿绿的塑料积木,她会是什么样的姿态呢?那不得身轻如燕,健步如飞?她哪里就老了?她才六十出头,血压血脂都没有问题,前看后看,都是女人家含饴弄孙的最好时光。

哎哟，不能想，想这些都没用，儿子儿媳不愿意，她又不能变出个小孩抱在手里养。

她脚步拖沓地走着。小区的草地刚刚修剪完，随风飘过青涩的草汁香。路边的桂花树也开花了，一树金黄，一树银白，有人拿报纸铺在树底下，是等着风吹花落，撮回家腌桂花糖吧？她一下子想起了过世的老伴儿，那人最喜欢的桂花汤团，那碗里飘着的一朵一朵橙红颜色的糖渍桂花……

不能想，还是不能想，想了心里会发疼。

是傍晚时分，夕阳柔软而明亮，小路上的树影斑驳又细长。有一个小男孩，穿着蓝白相间的校服，背着一个深灰颜色的书包，膝盖上放一只鲜黄色鞋盒，一脸严肃地坐在路边石凳上，远远地一直看着周元珍，像是在研究和考察她。等她走近时，那孩子把鞋盒抱起来，忽然地就窜到了她面前。

"奶奶，我想把这只小狗送给你。"

周元珍猝不及防，吓了一跳，脚底下不由自主地退一步，晃一晃才站稳。

"哎哟，哎哟，"她摇手，很和气也很抱歉地笑，"哪能要你的东西呢？谢谢你噢。"

小男孩个头很高，差不多跟她一般高了，眉眼还稚气，茸嘟嘟的，嫩汪汪的，额头上却长出了两道细细的抬头纹，活像出生时被手术刀刻出来的印记一样，很好玩。她估摸他至多十一二岁。

"奶奶，你必须要，不然你就成凶手了。"

周元珍心里一乐。小孩子才会说这种貌似深刻的话。

"求求你要了吧。"话语一转，又变成哀求。"要是你不要，它就要变成流浪狗了。它这么小,它会被大狗欺侮,然后它就会死掉。"

小孩子的理由,简单又务实,听上去无可辩驳。

周元珍俯下头,看鞋盒子的那只小狗。它真是很小,米黄色的茸毛还没有褪尽,小黑鼻子湿漉漉的,一双圆溜溜的黑眼睛,很无辜很热切地盯住了她,毛笔头粗细的那根小尾巴,竟然就能摇出一股子欢乐。

她伸出手,怜惜地摸摸小狗。"小可怜儿哦,真是个小可怜儿哦!怎么就没人要你了呢?"

狗狗吸着鼻子,像是嗅到了她手上的某种气味,居然伸出温乎乎的小舌头,一个劲儿地舔吮她的粗糙的手指头。吮着吮着,还不过瘾,嘴巴一张,没头没脑地把她的一根指尖裹进了口腔里。一股极细微的暖流,顺着这根指尖,麻丝丝地爬上她的头顶,使她的周身毛孔"噗"的一声绽放开来。

小孩子立刻欢叫:"奶奶你看,它喜欢你!它只对喜欢的人这样,真的!"

"可是,我没有打算想养一只狗。"她说。同时她在犹豫,要不要从狗狗的嘴巴里拔出手指头。

"你打算的!你现在就打算,来得及的,因为你们一见钟情!"小孩子在万般热切中,用了一个令她啼笑皆非的词。"我今天早晨起床的时候就想,要把狗狗送给一个喜欢它的人,我看见你走过来,就知道这个人是你,瞧,珠联璧合!"他又掉一个书袋。

周元珍的手指头,仍然被小狗湿漉漉地含在嘴巴中。她无力将它硬生生地拔出来。

小男孩忽然重重地叹一口气:"我的心都要碎了!"

周元珍实在忍不住，扑哧笑出来："带回你的小狗吧，心碎了补不上的。"

"可我妈说，要么送狗狗走，要么送我走。"

"为什么？"

"期中考试我没能进前十。我妈说我是玩物丧志。"

小男孩扭过头。就在这一瞬间，周元珍看见他眼睛里有泪花一闪。

当了一辈子小学老师的周元珍肃穆起来，觉得眼前这事情还真不能马虎对待。

二

周元珍把狗狗带回家，用纸箱和旧枕巾做了一个舒服的窝，然后重返超市，买了牛奶，买了狗粮，买了塑料的洗澡盆，还买了一只狗狗们都喜欢的小绒球。然后，她往塑料盆里注入温水，给狗狗洗了一个干净彻底的澡。正如那孩子说的，小东西很听话，让干什么干什么，温顺得像玩偶。洗完了澡，茸毛蓬松，神清气爽，它便亲亲热热依偎着周元珍，懵懵懂懂熟睡在她的腿边上，一生一世就这么交给她安排了似的。如此一来，周元珍对小东西是真心喜欢了。这世界上，真真切切依靠着她信赖着她依恋着她的，唯此一个了啊。

周元珍的晚餐很简单，比狗狗的食物还要简单，一碗葱花酱油挂面而已。其实她很愿意每天傍晚仔仔细细做上几个菜，焖上一锅饭，等着儿子媳妇下班回家，再看着他们风卷残云地吃光。可惜，他们总是不给她这个机会。儿子在一家五星宾馆做销售经理，晚餐时光是他最需要奉献隽言妙语、迷人笑容和无边酒量的关键点,一张张桌子,一个个客人,都是儿子的衣食父母,殷勤劝酒,周到送客,一举一动都不敢懈怠,从来就没有十点之前回家吃饭的道理。儿子不回来,媳妇当然不会回来,跟婆婆面对面吃饭多尴尬!媳妇下班之后,或者麦当劳,或者小吃店,或者去儿子那边分享他的一份工作餐,挨到客人散尽,小两口有说有笑地开着一辆QQ车回家,洗澡睡觉。

家的意义,也就是小两口的一张睡床。可惜了周元珍的一手好厨艺。

之前在苏北老家,老伴儿还活着时,情况不是这样,周元珍和老伴儿总是夫唱妇随地同进同出,买菜,逛街,打拳,做饭,看同一档喜欢的电视节目。后来,儿子要在大城市买房,一个电话打回家,老两口毫不犹豫地卖掉了自己几十年的老屋,钱汇给儿子做首付,自己拾掇拾掇搬进了郊区的农民出租房。

出租房也不能说不好,除了环境脏乱差,水电煤气什么的一概都齐全,菜场也有,超市也有,买点豆浆油条什么的,比原先更方便。

就是没想到,老伴儿会在六十出头的年岁上中了风。认真说起来,要算是轻度中风,因为他半夜起床发现自己情况不对时,还知道摸到她身边叫醒她,大着舌头告诉她说:"我恐怕中风了……"

她急急忙忙起身,安置老伴儿躺平,一边提醒自己:"不能乱,不能乱。"一边给120急救中心打电话。电话两分钟就打通了,描述病情、讲清楚居住地址的方位、路线和门牌号码,又花了三分钟,然后,漫长的一两个小时之后,穿白大褂的急救医生才敲开门。此时,中风的病人已经神志不清,大小便失禁。

不是急救中心的人渎职，是那片农民出租房盖得太拥挤太零乱，先是司机找不着地点，再是救护车开不进街巷，一来二去，时间耽误了，最佳机会错过了。

老伴儿在病床上躺了半年之久，磨尽了周元珍的精力和耐性之后，才毅然决然地与亲人告别。这个时候，周元珍已经疲惫得连一个骨灰盒子都抱不起来。

再一个心如死灰的半年，忽然一天周元珍接到高中同学的电话。同学曾经是她初恋的男孩，两个人曾经低吟浅唱地同度过三年青春秘密时光，后来同学考到北京读书，周元珍的成绩只够跌跌爬爬进入当地师专，自然而然地，他们就分了手，几十年再未联络。此番电话连线时，两个人都已丧偶独居，说起彼此的孤独清冷、惶惑无助，竟然又觉得气息相通。热线来往两个月后，同学终于邀请她北上首都，到他家里做客小住。

周元珍对此事的理解，是他们即将要再续前缘。彼此的现状就是这样，又知根知底，再加各人都有退休金可用，合并同类项生活，谁都不拖累谁，谁也不沾光谁，再正常不过的事。于是，她走之前把家中一切都做了清理，该卖的卖掉，该寄存的寄存，该带走的带走，最后跟房东结账退房，是准备着一去不回的意思。

跟同学的见面，很好，可以说一切都好。老了，脑袋花白了，眼皮耷拉了，嘴角瘪缩了，脖子上起了鸡皮，可是熟悉的东西还在，一个眼神，一声笑，几句老家方言里才有的土得掉渣的俏皮话……时间从来就没有流逝，不，它是可以转身返回的，从头开始，从他们十六岁的高中课堂开始。

肩靠肩，亲亲密密地，出门买菜，回来择洗削切，锅上锅下煎炒烹炸，上桌前还暖了一壶黄酒。两个人面对面坐下来，轻叹一口气：哎哟，这日子！

酒喝了两杯，菜还没吃几口，门锁响了，老同学的出嫁闺女闻讯赶过来了。周元珍心中忐忑，放下筷子慌忙起身。对方态度倒是不错，问寒问暖，礼数周到。周元珍一颗心刚要放回肚子里，一张巴掌大小的宾馆门卡已经隔着饭桌递到她手边："阿姨，房间给您开好了，四星的，离这儿不远，您赶紧吃饭，完了我送您过去。"

一口京片子，滑润中透着无可反驳的力道。

这是怎么说？八十岁的周元珍，这一点人情世故还不懂吗？人家女儿干脆果断，手法老到，不留余地，你还能解释个一言半语？

都是有儿女的人，周元珍对眼前局面想得明白。在宾馆留住一宿后，她谢绝了同学的苦苦哀求，带上大包小包的行李，怎么来，依旧怎么走了。临别时，同学眼睛里老泪涟涟，周元珍却没有哭，她递给他一张餐巾纸，微笑着劝一句："想开点。"

真是这样，人生若没有"想开"两个字，彼此都怎么活？

归途中拐到儿子家，原是要看看儿子新买的公寓房，儿子却孝顺，知道她老树昏鸦孤家寡人，征得儿媳同意，留她下来同住。这一下，周元珍踏实了，感觉人生一世有了"尘埃落定"的意思。回过头想，在老家的折腾，往返北京这一趟的折腾，冥冥之中倒像是冲着这个结局来的，道路无比曲折，前景万般美好。

三

周元珍搂着小狗，在沙发上昏昏欲睡之时，门铃响了。小两口回家总是勾肩搭背，黏糊得腾不出手掏钥匙，就连那门铃，也是儿子转过身用后脑勺去按响的。周元珍有一次在猫眼里见到了这情景，心里很想笑。黏糊到这模样，老辈子人只在电影里见识过。

情感好，自然是好事，就怕一个家里冷言厉面鸡飞狗跳呢。

话又说回来，情感好到这份儿上，怎么就不想生个小孩子？放着周元珍这个闲人在家，闲得手上都要长荒草，就不怕资源浪费吗？

腿边的小狗，听见门铃响，早已经站起身来，支棱起两只小耳朵，待两个年轻人一进门，它赶快摇尾巴，嘴巴里讨好地呜一声。

儿媳循声看，惊讶道："哎哟，哪儿来一只狗！"

儿子换了拖鞋走过来，在小狗背上撸一把。"蛮好玩。妈你弄回来的？"

周元珍心虚地嗫嚅："人家硬要送我，一个小男孩……"

儿子根本没在意母亲的话，随便"哦"一声，放开小狗，去厨房洗手。

儿媳倒是有兴趣，弯腰端详着一个劲儿朝她摇尾巴的狗，发表意见："其实，要么不养，要养就该养条名狗，金毛或者哈士奇什么的。"

儿子走回来揽住儿媳的肩，笑嘻嘻地："妈喜欢，我们就别管了。"

儿媳把头往后靠，脑勺搁在儿子胳膊上，声明："我没打算管。"

两个人，依旧是勾肩搭背，穿过清冷冷的客厅，闪进左手的大卧室。门锁嗒的一声响。亲亲热热的说话声，电脑启动时的音乐声，含混暧昧的各种声音各种气息，隔着薄薄一层门板，丝丝缕缕地氤氲了外面的客厅。

周元珍松松地呼出一口气。她很庆幸，这么简单，狗狗的去留问题就得到了解决。她起身，抱着怀里热乎乎的小身体，有点茫然地站立片刻，不知道自己是不是也应该进房间睡觉。

狗狗天生就是个奴颜婢膝的东西，才一夜，就识破了谁是这房子真正的主人，清早睁眼，吃过撒过，便巴巴地守着那间朝南卧室，等着两位年轻主人起床问安。晚上九点一过，它又苦等在大门后面，呜呜咽咽地盼望着小两口回家。待两个人一踏进家门，你看它那份激动，跑前跑后，翻跟斗打滚，就差没把尾巴摇断。如此勤谨巴结，弄得小两口想不理睬都不行。

小男孩在周元珍楼下按门铃，对讲机里晃动着一颗毛茸茸的圆脑袋。"奶奶，是我，请你带狗狗下来一趟好不好？"

周元珍就锁门下楼。狗狗颠着碎步子跟在她脚后，肉球儿一般往前滚。

男孩凝神审视他的狗，额头上的细纹深得像沟裂。片刻，他蹲下去抚摸狗脑袋，额纹展开了一点，显得不那么深沉和凝重。

"狗狗长大啦。奶奶你真好。你们家的人肯定都对它好。不像我妈妈啦……"

周元珍安慰他："妈妈也没有错，她是为你好。"

男孩蹙起眉头，两道额纹重新集合聚拢："为谁好啊？根本是为她自己好！她们家长每次考试完都要在博客上晒小孩成绩单，哎，真无聊。"

周元珍不清楚博客是什么东西，晒成绩单又是怎么个晒法，可是她看得出来这孩子心里的愤怒。她轻轻叹口气，心里想，要是她有个孙子，她不会让他小小年纪就有了抬头纹。

周元珍每天都去一回菜场，买鸭肝，买鸡杂碎，煮得香喷喷地给狗狗拌饭吃。她总觉得超市狗粮没营养。外国人懒，图省事，才弄出那些速食品，换了是人，天天吃那干巴巴的疙瘩豆，能受得了？至于她自己，依旧是菜煮面、水饺、蛋炒饭。她老了，自己做饭给自己吃，山珍海味也吃不出味道来。

现在的夜晚，有了之前所没有的快乐，因为儿子儿媳回家，会分出适当的时间逗弄小狗玩。他们手拿着火腿肠教它打躬作揖，指挥它绕着一根小木棍转圈圈，还逼迫它学习做算术，纸上写了"1+2"，它就得连着叫三声。最后一个项目比较难，狗狗又实在笨，教来教去不成功。幸好狗狗不是小孩子，学不会也就拉倒，没有人认真生它的气。

要是真有个孙子孙女在身边，怕也就是这个样子了吧？周元珍每每见到其乐融融的这一幕，心里就感慨，就慰藉，就心里发酸，眼睛发热。她感谢那个额纹深深的小男孩，当然更感谢男孩子的妈，要不然的话，她怎么知道日子还有这么多的过法？

可是狗狗毕竟是畜生，偶尔玩疯了头，就忘乎所以，没轻没重。有一回跳起来叼儿子手中的火腿肠，嘴张得猛了，牙尖儿一晃，刮破了儿子的大拇指，有血丝红艳艳地渗出来。儿媳惊呼道："哎哟，狂犬病！"两个人同时都变了脸，衣服都来不及换，急急忙忙去医院，打疫苗。

周元珍觉得小两口有点反应过度，才多大点小狗，奶娃娃一个，哪里就有狂犬病了？从前人家养狗养猫，抓着咬着是常事，哪里听说过"疫苗"这个词？哎哟，只能说，现在的人懂科学，也惜命。

狂犬疫苗要连打五次，一个月之内，掐着天数打完，之间不光要戒酒戒荤，前后时辰也不能讹差。儿子为打疫苗请事假，耽误了两单婚宴生意，戒酒戒荤又少不了影响陪客效果，惹得酒店老总不满意，扣了奖金不说，儿子自己也不开心。

厄运这东西，往往总是排着队的来，儿子的疫苗才打完，儿媳的小腿肚子又被狗狗挠伤了。怪只怪狗狗太热情，太急于讨好女主人。这样一来，医院还得接着去。花钱是小事，时间上太折腾人。儿子和儿媳的脸，明显就不那么好看，回家也不再理睬狗狗了，卧室门一关，留下客厅里老的和小的，满心愧疚，无言对望。

四

小男孩的圆脑袋又一次出现在可视对讲机的荧屏上。因为线路传播不好的缘故，他的声音在机器里嘶啦啦地发哑。他十分委屈地责备周元珍："奶奶，你让我太失望了！"

周元珍凑近对讲机，因为心中有愧而小心翼翼："你已经知道啦？"

小男孩强烈不满："狗狗到你家，就是你的小孩，你怎么能把小孩送到宠物店？"

周元珍心里就想，是哦是哦，这事她做得的确不地道。她感觉自己的面孔在对讲机前面发了红。

可是她转念又想，不送宠物店送哪儿呢？送到荒郊僻野让小狗流浪？那不是更不地道？

乖乖宝贝哎，这是人家的家，不是奶奶自己的家，做不得主哦。她心里说。

男孩没有容许她想太多，斩钉截铁地下了指令："奶奶你下来。"

周元珍鬼使神差地，一秒钟也没有耽误地，锁门下楼。

男孩汗流满面地站在楼门口，因为生气，嘴巴是撅着的，鼻尖是红的，一缕头发软绵绵地耷拉在额头上，倒是遮住了那两道逗人发笑的抬头纹。他不看周元珍，却侧着肩，将右手伸进他的韩版休闲裤的深不可测的大口袋里，掏啊掏啊，终于掏出一个皱巴巴的小纸团。一层一层地剥开纸，里面是一团洁白的药棉。再剥开药棉，宝贝才现身，是一个圆不溜丢的比五分硬币大不了多少的绿疙瘩。周元珍先以为是打哪儿拣来的古钱币，假古董，结果那块绿疙瘩居然在孩子的小手心里慢慢动起来了，动啊动的，忽然探出一个暗红色的尖尖的小脑袋。天哦，原来是一只巴西小乌龟。

"来，你把指甲伸出来，挠它痒痒，挠！"男孩子伸着手，命令周元珍。"看，它怕痒痒是不是？它在笑呢，嘴巴张这么大。好玩不好玩？"

周元珍没觉得乌龟是在笑。可是她不能不点头。

"手呢？伸出来。"

周元珍听话地伸出手。

男孩子手背一翻，热乎乎的小乌龟突然跌落到了周元珍的手心里。

"现在它归你了。巴西龟好养，真的，它不像狗狗，不咬人也不抓人。别再送出去啊，过几天我会到你家看它。"

男孩交代完毕，扬长而去。那条宽大的休闲裤松松垮垮挂在他腰上，裤脚管拖着地，一路走，一路沙拉沙拉扫起地上的灰。

周元珍哭笑不得地托着小乌龟，感觉到小龟爪子挠在她手心里丝丝拉拉地痒。真是的，她真是的，六十多岁的人了，怎么就被个小毛孩儿指挥得团团转呢？

她叹口气，回家，拿一个青花瓷的小饭碗，接了半碗水，把小龟放进去。龟身一沾水，便显得碧绿透亮，细细看，龟背上的暗色花纹规整又对称，红艳艳的小脑袋半伸半缩，犹犹疑疑，左顾右盼，好像对它置身的环境百般好奇又万般警惕似的。唉，好歹也是一条命呐，养就养着吧。

把小碗随手搁在窗台上，她去到儿子房间里，给他们铺床叠被。刚捡起儿子的一双脏袜子，忽然想到一个问题：乌龟要不要爬出水面换气呢？碗底那么滑，它爬不上来怎么办呢？它是喜欢在水面上待着，还是在水底下待着？它一天吃几顿？吃什么？

放下脏袜子，她赶紧奔回厨房，看小碗里的乌龟。小东西果然在扑腾着往上爬，可怜力气又小，碗壁又陡，爬一步滑两步的，都累得气喘吁吁了。

她心里绵软一团，眼疾手快帮小东西倒光了碗里的水。想一想，又拧开水龙头滴进去一点水，少少的，够淹住它的肚皮吧。她用指尖在它的背壳上轻轻抚了抚，回过头去接着做自己的事：铺床、叠被、收拾脏衣服。不知道为什么，心神就乱了，总觉得放水也不对，不放水也不对，一条小命攥在她手里，命悬一线，危急得很。

她终于又锁上门，下楼，去到小区里的宠物店，讨教乌龟应该怎么养。

前天她刚把狗狗送给了开店的小姑娘，这才多久？狗狗已经不见了，被小姑娘卖出去了。卖了多少钱？小姑娘不会说，周元珍更不会问。能进个善待它的好人家，这就是上上大吉。但是明摆着，小姑娘是得了便宜，心情明媚得紧，见了周元珍眉开眼笑，一口一个"阿姨"，把抽屉里的瓜子糖块话梅干儿都搬出来了，要请客。

周元珍当然不会吃。宠物店里的东西，再怎么都有点不放心。

直截了当吧,问店里有没有一种"巴西龟"?

有哇有哇,巴西龟怎么会没有?可好卖了,小孩子可喜欢了,一个月怎么都能卖出百八十只。阿姨你想要啊?你要我给你打折,八折!阿姨你过来,你看看我们的龟。

就走过去,在一个玻璃水箱里,看见了五颜六色的一堆巴西龟,红的绿的橙的青的,个个都只有铜钱那么大,个个都那么慵懒、悠闲、温顺而平和。

问了关于水养还是陆养的问题,问了关于喂什么以及如何喂的东西,还问了喜暖抑或喜冷的问题,要不要晒太阳的问题,水中放不放营养剂的问题,粪便如何清理的问题……问到最后,周元珍掏出了钱包里的两张百元大钞,手里多出了一个汤碗大小的玻璃缸,随缸配置的一块貌似微型太湖石的水泥块,两撮水草,还有四只颜色各异的巴西龟。

回家接了半缸水,郑重其事地搁在客厅朝南的一只茶几上。白天阳台照过来的时候,水色澄碧,水草轻拂,五只小龟你架着我,我倚着你,同生共死,其乐融融。周元珍隔着玻璃缸笑微微地看它们,觉得自己的心也分解成了五块龟背大小的瓣儿,慢悠悠的,晃荡来,晃荡去,晃得要化开了一样。

儿子儿媳注意到了茶几上的玻璃缸。儿子惊奇道:"哈,我妈妈还养巴西龟!跟个小孩子一样。"儿媳说:"我小时候也养过,不烦人,蛮好养的。"

他们竞相用手指尖去敲玻璃壁,申请跟小乌龟玩。小东西们很高傲,纹丝不动,相当地目中无人。小两口感觉无趣,转过身,回自己房间去了。

因为养了巴西龟,隔三岔五的,周元珍需要往宠物店跑一趟,买饲料，顺便咨询一两个琐琐碎碎的问题。其实也不为咨询，借这么个由头，找人说说话罢了。之前怎么不知道小区里有这么个好去处呢？之前闷在家里，心头都要闷出霉点子来了呀。

宠物店里大部分时候总是热闹的，精力充沛的狗狗们绕着铁笼子撕咬打架，懒猫咪们觑着眼睛睡觉，虎皮鹦鹉把塑料水盅啄得笃笃作响，一条肤若凝脂的黄金蟒高傲地盘据在柜子顶上，引得所有进店观望的女孩子失声尖叫，还有几对肥嘟嘟毛茸茸的小东西，长两只尖耳朵，豆大的小眼睛，说是叫"龙猫"，最受幼儿园小男生们的喜爱。从早到晚，看店的小姑娘给这个添水，给那个喂食，打扫粪便，清洗笼舍，手不停，嘴巴也不停，对每一个跨进店门的潜在顾客开展轰炸式的介绍，将宠物们的优点特性夸到了天上，又格外地精于察言观色，总能将顾客的那一点点好奇之心丝丝缕缕地勾拉出来，再将对方目光留连到的某种宠物恰到好处地送进人家怀中。

有一天晚上儿子和儿媳回家，嗅觉敏锐的儿媳连连翕动鼻翼，奇怪家里怎么有一种味道，很不好闻的味道。她躬着腰，勾着脖颈，猎狗一样地各处嗅闻，怀疑是不是有老鼠蟑螂之类的东西死在家中，才闹出这种怪异的气味。周元珍开始还跟着儿媳各处寻摸，帮忙探秘怪味源头，走着走着，忽然醒悟：哪里是什么老鼠蟑螂呢？不就是自己身上的味道吗？宠物店里的气味哦。

周元珍脸红心虚，找个借口溜回自己房间，关门落锁，摸着胸口坐在床边上，想想要笑，想想又有点要哭。

就有两天时间没去宠物店。毕竟是在儿子儿媳家，行事还要有点讳，万不能让小辈们嫌着自己。

到第三天，憋不住了，自己给自己找个借口：怎么这只最霸道的巴西龟无精打采了呢？是不是生毛病了呀？揣上小乌龟，出门又去。倒是懂得掩饰了，一回家就冲进淋浴房，里里外外洗个干净，完全彻底地不留痕迹。

去也不能白去吧？一回两回行，三回四回，人家怎么看她？多少也得成全人家一点生意是不是？千挑万选的，周元珍又买了一对小仓鼠。

怪可爱的小东西，握在手心里，肥肥软软，温温热热，小眼睛滴溜溜地看人，透着乖顺还透着古怪精灵。颜色也好看，浅褐，深黄，淡灰，纯白，从脊背到肚皮，一层层斑斑驳驳地下来，说不出的谐趣养眼。喂几粒薏米仁，还知道赶紧把到手的食物藏进嘴巴，鼓在腮帮子里，飞奔至它们自认的安全地点，再安安逸逸地吐出来，慢慢享用。没事时爬到滚轮上玩，小细爪子居然那么有力道，把偌大个轮子蹬得呼啦啦响，神了。

再买，挑回来的是一对虎皮鹦鹉，湛蓝搭乳黄。小姑娘告诉她说，蓝的一只是老公，黄的一只是老母。怎么看出来的呢？她问。小姑娘扑哧一笑：尾巴一掀不就清楚了？周元珍跟着乐和起来，想，普天之下，人和动物，行的还都是一个伦常啊。

鹦鹉笼挂在阳台上。巴西龟养在客厅里。仓鼠的气味有点大，被周元珍藏到了自己房间。白天她做事，仓鼠蜷成一团，自顾自睡觉。夜里她睡下，仓鼠醒了，目光炯炯地闹腾，蹬滚轮，嗑瓜子，磨牙，弄出一屋子的动静。她以为自己会失眠，听着听着，却也睡过去了，一觉到天亮，梦都不曾做一个。

五

对讲机的蜂鸣音惊天动地地响起来,往屏幕上一看,是邻居小男孩那张变形得很夸张的脸。

"奶奶,"他对着摄像探头说,"我要去你家看小乌龟!"

这回跟上回不一样,周元珍看到男孩的脸,恍然觉得自己一直都在等着他,等待好久了。

她带着十二分的欢喜,按下了"开门"键。不到半分钟,孩子肩背着大书包,热汗淋淋地搭电梯上来了。

"哎哟,在哪儿疯成这样啊?看看,都成五花脸啦!"周元珍好笑加心疼,赶快拿毛巾,要给孩子擦汗。

"乌龟呢?乌龟呢?"孩子迫不及待地窜进客厅,又窜上阳台,嘴里嚷嚷,眼睛东张西望。很快他发出一声响亮的惊叹:"呀!这么多的宠物啊!"

此时周元珍的家里,除了会爬的巴西龟,会飞的鹦鹉,会蹬轮子的仓鼠,还新添了一笼绿蝈蝈,一盒红蜘蛛,一盆竹节虫,一罐子粉色蚯蚓,还有一群养在白色丝网里的漂亮蝴蝶。小男孩背着他的沉重书包,快乐地在屋子里穿梭奔跑,伸出他的脏兮兮的手指头,碰碰这个,捅捅那个,满眼的兴奋,满心的艳羡。

"奶奶,蝈蝈是不是爱吃露水珠儿啊?蜘蛛是胎生还是卵生?蚯蚓吃下去的是泥巴,拉出来的屎还是泥巴对不对?这只蝴蝶的翅膀两边不对称哎,为什么呀?生皮肤病了吗?……"

无数的问题,无穷无尽的疑惑。其实也并不要求周元珍一一作答，喋喋不休只不过是小孩子好奇心的表达。弄明白这一点，周元珍干脆在沙发上坐下来，笑盈盈地看着激动中的男孩儿，由他自己去看去研究，去自问自答。

终于，孩子看够了，平静下来了，疲惫万分地长叹一口气："奶奶，我要是你的孙子就好了。"

"为什么呀？"周元珍大吃一惊。

"我要是生在这个家里，就可以天天跟宠物一起生活了。"

周元珍笑得眼泪都迸了出来，许诺孩子说："乖乖宝贝啊，你要是有空，你就天天到奶奶家里来，奶奶养的这些宠物，你随便看，随便摸。"

男孩子摇头："那怎么行？我每天都很忙的。"

周元珍逗他："你比国家领导人还忙？"

男孩子想了想："差不多吧。领导人还有秘书帮写讲话稿，我可没有人帮我写作业。"

周元珍自告奋勇："你拿过来，奶奶帮你写，奶奶当过老师，作业都会。"

男孩子一下子蹦起来："真的吗？说话算数？"

"算数。"

快乐只维持了半分钟，男孩额上的抬头纹重新拧成两道沟。"不行的，你写的字老师会认出来。再说，你能帮我去上奥数课吗？能帮我弹钢琴练书法吗？还有周末的网球课呢？早晨一小时的英语晨读呢？你都不可能代替我，对不对？"

"啊啊，是不能，奶奶这些都没学过。"周元珍承认。

"下周又要期末考试了，我妈给我定的目标是班级前三名。"

"那恐怕不容易，你要努力。"

男孩用劲地抿了一下嘴唇:"奶奶我跟你说,我无可救药。"

周元珍怜惜地想,这个词用得可不对。但是她没有说出来。她伸手抚了抚孩子的脑袋,脑袋是圆滚滚的,又结实,又热乎。

这么聪明的脑袋瓜儿里,到底藏着些什么样的念头啊,她想。

六

噩耗是小区里的保安告诉她的。男孩儿在星期天的清晨,趁着他父母还在房间里熟睡时,从八楼的楼梯间跳下。说是救护车赶到时还有呼吸,还在抽搐,送医院途中才确认死亡。

男孩的家其实是在二十八楼,那天早晨他要去上奥数课,当天的监控录像还见到他是背着书包进了二十八楼电梯的,怎么就从八楼跳下去了呢?小区里有些人猜测,孩子是因为星期天一大早还要辛苦上课,在电梯里想想没意思,随手按停了电梯,脑袋一热做出了如此糟糕的事。

真实的情况如何,周元珍猜不出来。小孩子心里的想法,有时候没有逻辑可言。

只不过周元珍心里刀绞一样的,疼痛了好几天。她感觉她手里还留着那孩子头顶上的余温,那带着汗湿的软软的头发,紧绷绷的头皮,圆咕隆咚的脑勺。她伸出手,总觉得还能再摸到什么,当然是什么也摸不着了。

满房间的宠物还在:叫声清亮的蝈蝈,矜持傲慢的彩蝶,懒洋洋的巴西龟,时而争吵不休时而缠绵示爱的鹦鹉,还有兴奋过度的仓鼠和安静闲适的粉色蚯蚓……它们都活着,它们不知道今日何日,它们也感觉不到悲伤或者是喜悦。

周元珍到此时才知道，眼前这些活蹦乱跳的小东西，她其实是为了那男孩饲养的，她买回它们照料它们，就为了时不时地有一天，男孩子按响了门铃，汗淋淋地走上楼，欢声高喊："奶奶，看看你的宠物哦。"

可是这么想的话，孩子都不在了，宠物留着又有什么意思呢？周元珍缓慢地在屋里走动，给这个添点水，给那个喂点食，而后眨巴着眼睛，重新想，不对，她不是为别人，她为自己，为自己的生命在这些宠物身上得到延续，为某种现实，某种意义。到底什么现实什么意义？她说不明白。不明白也罢，有事做就行，有这些小东西们需要她来照顾抚养就行。

很快，周元珍心里的哀伤被随之而来的巨大惊喜冲走了，儿子有一天对她宣布了喜讯：儿媳已经确认受孕。"妈，你要当奶奶啦，要受累啦。"

周元珍张大的嘴巴半天都没有合上。而后她嗔怪儿子："什么话？我受什么累？我是享福，抱孙子的福！"

一整天，她头昏脑涨，晕晕乎乎，坐也不是，站也不是，身子软成了面条，在幸福的温水中摇摇曳曳，荡来荡去。她着手清理房间，找出一个大大的提篮，把乌龟啦仓鼠啦蝈蝈蝴蝶什么的统统收进去，一手提鸟笼，一手拎篮子，下楼，往宠物店去。她不再是从前的那个闲人，孙子要出生了，她得腾出时间精力当奶奶了。再说，儿媳有孕，家里养这些宠物肯定是不合适，小两口即便不说，她也得替他们想到。什么是老人呢？老人就是时时处处为儿孙着想的人。

宠物店的小姑娘惊喜万分，她没有想到卖出去的东西还能被人送回来，而且是免费赠送。她追着周元珍问："不会吧？你确信？

一分钱不要？"

周元珍笑微微地："交给你了，给它们再找个好主家吧。"

小姑娘满口答应："一定啦，放心哦。"

回到家里，立刻觉得房间里很空，空得她心里发虚，满头冷汗。要是男孩儿活着，他会不会又要跑上来大声地斥责她的背叛？她饲养了这么多的小生命最后又亲手抛弃它们，她是个多么糟糕的人啊。

"没办法，"她在心里对小男孩解释，"奶奶就要有孙子了啊，刚生出来的毛娃娃可磨人呢，奶奶的精力只能够顾一头。"

对讲机很安静，没有人再冲着摄像头生气大叫。

不知道怎么的，周元珍的眼泪，汹涌澎湃地流出来，怎么克制都止不住。

紫金文库

玫瑰灰的毛衣

小林打电话来,问我在哪儿能买到一种"玫瑰灰"的毛衣。我没听懂,问他是不是一款新品种的玫瑰?他很有耐心地答:"不是玫瑰,是毛衣,玫瑰灰颜色的毛衣,要高领的。"我哑然失笑道:"从来只听说有玫瑰红,玫瑰紫,没听说有什么玫瑰灰。玫瑰还有灰颜色的?真是灰色,谁要?"

小林在电话里叹口气:"跟你这人不能急,你是真不懂艺术。这么着说吧,你有空就帮我往各个商场跑,见着卖毛衣的柜台,照这颜色问就是了,人家营业员懂。"

我说:"喂喂,给谁买?小玉吧?又发指示过来了?"

"昨天发过来的电邮。我跑了一天,腿都跑细了,没找到有这么一种颜色,只好发动人民战争,求哥儿们帮忙。"

"真够有意思的。"

"她们学校的留学生要举办圣诞晚会,她买了件玫瑰灰的外套,想配上同色的毛衣，让我买到了给她航空寄过去。"

"可以理解。年经女孩子嘛。"我说。

他在电话里表示感激："理解了就好。喂喂，记住啊，要高领的啊。"

我压根儿也不想跑什么商场，而且还是为了一件"另类"颜色的毛衣。想了一想，我决定给小林的前妻卢玮打个电话，把任务转移出去。卢玮是帝豪商厦服装部经理，如果她说了没有，那就根本不必再费腿力了。

拿起话筒的瞬间，我忽然又想到，小林心里一定也是动过这个念头的，只是他不愿意跟卢玮说，他找到了我，就等于把任务间接地交给了卢玮。这家伙狡猾狡猾的！

打给卢玮的电话在商厦里转了几个弯儿，最后也不知道转到了哪个柜台前，总之她周围的声音很嘈杂，有一个操上海口音的女声在连珠炮般地说着什么，还有隐隐约约的背景音乐，好像是班德瑞的《安妮的仙境》。在帝豪商厦这样的商场里，别家商场放得惊天动地的港台流行曲，他们从来就不屑一放，大概为了标明自己非同一般的"档次"吧。卢玮的说话声就在这些零零碎碎的背景声中突现出来，听上去非常坚硬，也非常有立体感。

"玫瑰灰的毛衣？这颜色很高级，你蛮有眼光。给你太太买？"

我有点汗颜，脱口否认了。她马上警觉起来，单刀直入地追问下去："给谁买？没听说你有情人。是小林要买的吧？给那个小妖精买的？她又给他下指令了？"

我汗颜到她说"小妖精"这几个字的时候，齿间有一点咯咯作响，仿佛有一股冷空气通过电话线路传导过来，冰得我下意识地将话筒让了一让。

"不可能！"卢玮悲愤得带出点哭声，"你告诉他，你告诉那个不知好歹的东西，这不可能，我不会让那个小妖精拿到毛衣的！不可能的！"

我差点儿没在电话里笑出声来，我觉得卢玮这话说得太像个孩子：只要这毛衣有，人家不能在你那儿买，还不能到别家商场买吗？你能把全市的毛衣市场都垄断了不成？女人愤怒的结果就是智力衰退，稀里糊涂说一些孩子才说的幼稚到极点的话。

好几年前的一天，我和小林到新开业的帝豪商厦电脑部看一台当时配置极高的多媒体电脑，那整个的一套配件，标价四万元。小林把所有的东西来来回回研究了一番之后说："咄，顶多值两万，他们有一半的赚头！"

我怂恿他说："不如你下海，自己做，你卖三万一套，保证把他们打倒。"

小林矜持地拖长声调："也不是不可能啦！"

那时候小林在银行做事，当电脑部主管。

我和小林做朋友其实也源于电脑。读大学的时候我们同校不同系。我在大学里初学电脑时很有些钻研精神，狂热地爱上了那智慧过人的、冷冰冰的玩意儿。电脑在当时还不普及，整个法律系都没有一台，上课是借用计算机系的设备，所以我有空就往计算机系跑，三番五次地跑，涎着脸皮凑在人家身边看，瞅冷子上机过一过手瘾。这样，一来二次认识了不少计算机系的学生，其中就有小林。

活该我们有缘分，毕业后又凑在了一起。我所在的律师事务所租用了银行大厦的楼面，我和小林阴差阳错地成了"邻居"。小林是个屁股上长刺坐不住的人，无聊的时候跟同事说一声"上厕所啦"，其实钻进电梯就呼呼地升到我办公室来了，喝茶，吹牛，往花盆里吐唾沫，设想和展望各种各样美妙的前程事业，屁股在椅子上一抬一抬的，活像底下有电烙铁烧着。我们办公室有两位老先生很烦他，见他进门就要摆脸子，还在门上贴一张纸条：闲杂人等谢绝入内。小林不管，他像没看见那张二指宽的"狗屁的东西"，登堂入室照闯不误。

那天去看多媒体电脑，就是小林上班时候看到了报纸上的广告，再打电话把我喊下去的。当然，世上的好东西太多，看了也就是看了，过过眼瘾。至于下海办电脑公司之类的话，更是说说而已，谁也没把它放在心上。

帝豪商厦的二楼和三楼都是服装部，卖当年国内能够见到的最好的品牌服饰，号称"为成功人士度身定做"。走过那里的时候，我忽然觉得自己当了几年律师，手头多少有几个钱，也该算是"成功人士"中的一个了吧？就心血来潮地要想给妻子买一身衣服，讨她个高兴。小林在一旁推波助澜说："买吧买吧，我老婆就在二楼卖衣服，是法国公司的指定代理商，她们那个牌子还不错。"他说了个比较拗口的法语发音的名字，我没记住。那时候我对服装名品全无概念，除了"花花公子"和"皮尔卡丹"之外再不知道别的。但是我微微有一点惊讶，小林的老婆是服装代理商，他从来没跟我说过，我一直以为他老婆在机关工作，或者当老师什么的。

我们走进了二楼卢玮经营的专卖店。那是一间按外国精品店模式布置的店堂，厚厚的吸音地毯，疏疏的不锈钢衣架，射灯嵌在衣架内，直接照射在做工考究的服装上，笑容可掬的小姐们很规矩地把自己藏在了暗处，绝不过分热情地走过来干预你欣赏和挑选衣服的过程。

　　我看中了一套深蓝色西服套裙,这套衣服无论颜色和款式都极端保守,却在胸前的纽扣上独具匠心,钉上了一块晶莹剔透的菱形水晶。在灯光艺术的照耀下,这块水晶璀璨华美,夺人眼目,把整套衣服的那种不动声色的高贵气派发挥得淋漓尽致。我当即斩钉截铁告诉小林:"我要了。"

　　服务小姐这时才走上来,温言软语地问了我妻子的身高胖瘦,建议我拿一套"38"号的衣服,并且说,试了不合适,尽可以来换。与此同时,小林在另外一个小姐的耳边低声说了句什么,小姐碎步走开,在一侧隐蔽的小门内消失不见。片刻之后门内就出来了一位瘦高身材、梳直直的短发、穿一套藏青合体西服的女人。凭直觉我知道她便是卢玮。

　　她先望了小林一眼,又对我笑笑。她脸上未加任何修饰,说不上好看,也说不上难看,端端正正的鼻子和薄薄的嘴唇使她在微笑中还显出一种冷峻。我觉得她属于那种做事严肃认真的女人,我对这样的女人一直充满好感,她们能给这个世界增添分量,至少中和了那些年轻女孩子们带来的虚飘肤浅。

　　她伸手要过我的衣服,低头看一眼标牌上的价钱和号码,轻声对小林说了句:"你们先回去。"小林就心领神会地推着我空手出了门。

　　我不解,以为我挑中的衣服有什么不对,脸上的表情未免悻悻。小林说:"你傻!她这是要给你打折。"我说:"打折干吗不立刻打?"小林说:"这你就不懂了,你不做生意不知道这里的弯弯绕,名品店的衣服不是小商品市场的垃圾货,不可以随便对外打折的,她现在知道了你想要的款式和尺寸,下班后她自会处理好了给你送来。"

然后,小林停了一下,很莫名其妙地说了一句话:"我们是青梅竹马。"

我随口答道:"挺好。"

他跟着耸耸肩:"不算太坏。她能干,这样我就省事了,不用为家里操什么心。"

我差点儿没有笑出来。照小林的说法,好像丈夫的不负责任是因为妻子太过能干。其实在很多家庭里,恰恰是因为男人们游手好闲,女人们才不得不担负起妻子和母亲的双重责任。我是律师,这样的案例见得太多了。

傍晚的时候卢玮果然摸到了我家里,拎着用乳白色绵纸仔细包垫好的那套衣服。她告诉我打了七折,这是在她职权范围内能给予的最大优惠。

当时我妻子还没有下班,我因为平白得了人家好几百块钱的便宜,心中感激,就热情留她吃饭,又张罗给小林打电话,喊他一块儿到家里聚聚。她伸手按住话筒,眉眼淡淡地说:"不必了,晚上我还有事。"

那天她给我的印象是一个拘谨的、不喜交际的人,跟她丈夫小林的性格全然不同。我心里觉得他们俩的一动一静搭配得很好,这样的夫妻是能够把日子好好过下去的。

有一种人,他们就像化学元素中化合价呈"+1"或者"−1"的那些原子,他们身体表层的带电数决定了他们永远是一个活跃的、不断会得到或失去的、以改变自己的存在状态为乐趣的庞大群体。世界因了他们的存在而动荡:分化,瓦解,打碎一些结构,又重新组合一些新的结构，乃至暴动、革命和夺权。

若是早生一百年，小林肯定是一个激进的革命分子，高举"造反有理"的大旗，呼啸着呐喊着在队伍前面冲锋陷阵。但是他这样的人能不能革命到底我不敢保证，因为世界太大，革命路程也太长，跨一个坡是一道风景，趟一条河又是一片天地，鸟儿啾啾，花儿朵朵，清晨日出，黄昏日落，冬天霜雪，夏天风暴，神奇动人的事情无时不有，无处不在。小林他是个敏感的人，快乐的琴弦一拨就动的人，他不可能对身边的一切视若无睹，高昂着头颅大踏步而过，所以他注定了要使自己的革命半途而废。

小林在银行工作，还当着电脑部主管这样的一个小小的头目。虽然称不上大款，收入也还是比较丰厚的。他老婆卢玮做服装代理商，除了年薪之外还有销售提成，收入比小林只多不少。这样，宽裕的经济条件使小林完全可以活得随心所欲。

一段时间他是我们这个城市里最时髦和新潮的消费者。

朋友和同学中间他第一个拥有摩托车，而且是日本"本田"的，推出去好大的一个家伙，小林的身体搁在这辆摩托车上就觉得格外纤巧。好景不长，一天小林骑着摩托下班回家的时候，撞倒了一个动作迟缓躲让不及的耳聋的老头。幸好只是骨折。但是老头的儿女们赖上了小林，除了医药费、护理费、惊吓费之外，还要求他付出一笔数目颇大的"未来生活保障费"。小林在这样的事情上从来就是束手无策，不得不央求卢玮出面周旋。卢玮对小林提出的唯一要求是：把摩托卖了，因为这东西危险系数太大，今天撞了人，明天还会被人撞。小林一直把摩托视为眼珠，岂能被卢玮一个要挟乖乖放弃？夫妻俩大吵一场之后，卢玮果断地冻结了自己的存款账户，不让小林从她那里拿走一分一毫。小林被那老头一家逼得很惨，差点儿要闹上法庭，最后还是把摩托卖了，给钱了事。

为此小林有很长一段时间拒绝跟卢玮说话。

没有摩托的日子小林很难受，他频繁往楼上我的办公室里跑，下班了也赖着不走，喝水、吐唾沫、坐几秒钟，突然站起，而后又坐下，起起坐坐，闹得人眼晕。办公室里的两位老先生因此越发烦他。小林自己也烦自己，他说他怎么就像个丧家之犬？怎么这么没着没落？

而后他开始泡桑拿。他泡桑拿的目的也很怪异，不在桑拿本身，而在于桑拿室四壁密封，有点像个巨大的声音共鸣箱。他赤条条地进去之后，就岔开双腿站着，开始一首接一首地唱歌，从《潇洒走一回》一直唱到《新鸳鸯蝴蝶梦》。一般他不去那些高档场所的桑拿室，他只拣最大众化的，浴客最多的。浴客多就意味着听众多，潜意识里他还有那么点表演欲望。他的演唱技术我不敢恭维，但是音色还好，再加唱得投入，加上桑拿室里不同凡响的巨大共鸣声，应该说是挺有欣赏性的。他直挺挺赤条条地站着，一首接着一首地唱，中间不带歇气，至多在感到口渴难耐时抓一瓶矿泉水咕咚咕咚猛灌一气。矿泉水灌下去之后，就看见黄豆大的汗珠子排成串地从他头顶上脖子上下巴上滚下来，沿着他身体的四面八方流成了小河，再吧嗒吧嗒地滴落在地上，发出嗒嗒的声响。这时候他满脸通红，快活地来回跳动两只脚，伸开双臂喊："啊！啊！"很尽心、很痛快淋漓的样子。偶尔一回头注意到我，他会觉得奇怪："你怎么能坐着不动？来呀，唱啊，你唱了就知道有多舒服，妈的给我个皇帝我都不当啊！"

有一天，小林站在桑拿室里，脖子上搭条毛巾，仰了头，万分动情地唱着周华健的《花心》的时候，门被一群同样赤裸的汉子气汹汹地踢开了，其中一个上来就将小林狠狠一推，吼道："嚎什么嚎？回回洗桑拿，回回听你这儿嚎得惊天动地！号丧啊你？"

小林一句歌词刚唱到辗转反侧、多少有那么点杜鹃啼血的意思的时候，被那大汉冷不丁一推，脚下没稳住，"叭"的一声重重地摔到了湿淋淋的地上。小林不哼不哈，好脾气地爬起来，一手捂着摔疼的屁股，很认真地为自己辩解："周华健的歌不好听吗？我妨碍了你们了吗？我们并不是在同一间桑拿室……"

汉子们说："幸好不是啊，要真在一块儿，他妈的早就把你小子扁了！"

小林惶惶地说："怎么不讲道理呢？你们？怎么不讲……"

汉子们不屑跟他啰唆，三言两语下了最后通牒："再听见你号一句丧，别怪哥儿们下手狠！"

小林闷闷的，胡乱用清水将全身冲洗一遍，穿上衣裤，逃一样地离开了浴室。事后他很激动地要求我评理："你说，我自娱自乐，到底妨碍了谁？这算不算强行剥夺个人自由？"

我听他说这件事，笑得差点儿岔气，回答他一句："裸体歌星有伤风化，当然要强行取缔！"

他瞪眼看着我，眉头皱着，额前一撮头发乱蓬蓬地竖着，活像只感恩节的火鸡。

如果有人异想天开地设一个奖，奖的内容是：谁是今天最快乐的人？小林站到台上当一个受奖人应该是十分恰当的。

丰衣足食，无牵无挂，无忧无虑，不想削尖脑袋地往上爬，也不想挣什么大钱，出多少大名，随遇而安，知足常乐，这样的生活是不是人生最好的、最自由的状态？

我说是的。人拼命地学习拼命地干活是为了什么呀？说到底不就是要活得比别人更好吗？

所以小林始终悠闲自在，充当着我们这个城市里最新潮最前卫的消费者。

我们城市的郊外有一个娱乐性的马场，小林去骑了几回马之后，觉得不过瘾，在别人的鼓动下，决定自己买一匹马来在马场里养着，亲自训练，只供他一人"御骑"。他为此攒足了半个月的休假，怀里揣着钱，跟几个朋友合伙租一辆卡车，风尘仆仆赶到内蒙古，瞎子摸象般地转悠了十多天，买回来一匹瘦骨伶仃的小马。回来因为疲劳过度，大病一场，又是十多天不得出门。等他病愈之后脚底打飘地赶到马场，朋友悲哀地告诉他说，他的小马水土不服，连着拉了五天肚子，死了。

死了就死了吧，不是总说：事情的意义不在结果，在于过程吗？小林在买马的过程中得到了快乐，这就够了。

经过一段时间无所事事的惶然徘徊，小林的目光由外转内，打量着自己居住多年的那套房子，觉得客厅太小，厕所的设计很不合理，卧室采光不够，墙壁灰暗了，门窗陈旧了，拼花地板落伍了……总之哪儿哪儿都不尽如人意。小林大为惊讶地想：他居然在这样的房间里一住多年！这么多年他对这一切熟视无睹！小林认为这不说明别的，只能归结于自己的迟钝。人要是感觉迟钝了，对生活没有热情了，那该是多么可怕的一件事！

意识到不妥，就赶紧弥补吧。小林立刻骑车上街，从城南城北的四个书店里分别抱回四本厚如城砖的建筑装潢用书，准备恶补这方面的专业知识。那段时间小林很少跑到我的办公室里串门，他把所有的空闲时间都用在琢磨如何装修房子上了。他琢磨得五迷三道，开口闭口都是一串串的装潢名词：吊顶、阴角线、地柜、彩喷、贴面板、玻化石、哑光漆……他逢人就谈他的装潢构思，阐述设计思想，讲明总体风格，解释一些非凡的闪光的念头，这些念头非凡得足以跟建筑大师贝聿铭匹敌。他也实在是个聪明绝顶的人，从一位学建筑的朋友那儿拷回了一套设计软件后，他钻在机房里操练了两个双休日，居然打印出一套装修效果图！而且漂亮得让人无可挑剔！

小林不想找装潢公司帮忙，他要自己干，乐趣就在这个"干"字上。他从街上找回来一个瓦工，一个电工，两个木工，很快就把家里开膛破肚，拆得"尸横遍野"。买砖头，买石灰，买黄沙水泥，铁钉电线，木料木板……他一样一样亲自上阵，直弄得双眼发红，嘴角起泡，嗓子沙哑。他没想到装潢这玩意儿真干起来这么麻烦，不光是麻烦，简直就毫无情趣可言。很快小林决定放弃自己的一部分美妙构想，怎么省事怎么来。吊顶不做了。砂岩的艺术墙面不做了。欧式小景台不做了。拼花的斯米克地面也不做了。他恨不得一天之内统统完工，让这个家里恢复到原先的秩序。他盯在木工瓦工们后面说的只有一句话："快点！快点！"

工程进行到一半的时候，小林的几个朋友闻风而至，找到小林，邀请他入股开茶馆，理由是茶馆装修的品位很重要，非常、非常需要小林这样有想法有创意的高手参加。朋友们巧舌如簧，推理再加想象，把茶馆的前景描绘得天花乱坠。那时候我们这个城市里茶馆还是新事物，唯一的一家是个台湾人开的，卖什么"泡沫红茶""珍珠奶茶"之类的甜蜜玩意儿，生意好得一塌糊涂。小林一直觉得不服气，茶馆这样的消费新潮流，怎么能让一个台湾人在本地独领风骚？小林在朋友的鼓动下，热血沸腾，豪情万丈，试与台湾人比高低，发了誓要弄出个绝的。

卢玮竭力阻拦，理由是家里的装修才弄了一半，扔下这个烂摊子给谁来管？小林强词夺理道："家里的事再大也是小事，集体的事再小也是大事。"拔脚出了门，整整一个月猫在租下来做茶馆的几间门面房里，三番五次过家门而不入。卢玮气得没法儿，索性自己也不管了，把木工瓦工们统统算清工钱赶走了事。家里面墙刷了一半，地面铺得有一块没一块，电线管道全都裸露着像跳肚皮舞。卢玮哼着鼻子向我告状说："折腾谁不会？有本事要善始善终弄出个样子来。他这个人我是看透了，一辈子成不了气候。"

我笑着说："也别这么一棍子打死呀，人要行好运，走路还能拣个元宝呢。"

一开始，小林对他入股的这个茶馆的确是倾注了心血的，经过多方考证，他认为把茶馆的装修风格定位在"魏晋遗风"上比较合适。他听一个搞历史的老先生说，晋朝人行迹放浪，喜尚清谈，常三五成群坐而论道，高兴了也沽几坛酒，切几盘肉，一醉方休，是古代人活得相当潇洒的一段时期。小林心里想，"喜尚清谈"是好事啊，清谈不就要喝茶吗？喝茶不要找茶馆吗？茶馆的生意不就火了吗？得把消费者往"清谈"这两个字上引，要让爱谈的人非到他们这个茶馆来谈不可，不在这里谈透了就不过瘾。小林就说服合伙人将茶馆的里里外外照着"魏晋时代"那一套来。首先要用青砖砌墙。此青砖还不能是现代砖窑里刚出炉的货色，得发动大家业余时间下乡去捡，专找那刚拆毁的陈年旧屋，也就是过去财主家留下的深宅大院，那些上百年的砖头基本上有了风化的痕迹，砖缝里或许青苔累累，最好。再要垒一排红泥小灶，用来煨茶。用真正的红泥灶，烧炭火的，不是仿出个红泥灶的样子，里面烧酒精或者干脆通电的。服务员一律找男性，找那些清秀纤弱的小伙子，穿上宽宽大大的魏晋服饰——顺便说一句，小林和他的朋友们谁也不知道魏晋服饰什么样，做的时候照着"宽大"两个字来，觉得一宽大必定就飘逸，结果穿上身像和服，不伦不类。

茶馆开张的那几天，朋友们四处出击，找来朋友的朋友捧场，当媒子，不花钱在里面坐着，搞出一派人丁兴旺的样子。我也被小林动员去当过一回媒子，灌下一整壶台湾高山乌龙茶，结果兴奋过头，回家睡不着觉，半夜里爬起来看了一场球赛。

朋友的朋友当然不可能天天有闲工夫，再说老让人白喝茶也不是个事，热闹了几天，散了。

朋友的朋友一散，茶馆立刻显出了冷清，有时候开门一天都做不到两笔生意。经调查研究，原因却是出在装潢风格上，小林他们把门面搞得太艺术了，太别致了，以至普通的茶客们走到门口自惭形秽，觉得不弄件长袍在身上穿着、弄块方巾在头上戴着，走进去就不是个事儿。

怎么办呢？打广告吧，尽量把全市的"高雅人士"都吸引过去消费一回吧。结果广告一打，工薪人士发出抗议了，说是小林他们人为制造阶级分裂，造成新的不平等事实，是可忍，孰不可忍。小林他们童年都是经历过"文革"运动的，对此类语言记忆犹新，那边抗议声一出，这边立刻登报道歉，当中几乎没有一丁点矜持的余地。一来二去，茶馆的名声就有点狼藉，客人更少，到最后难以为继，关门算数。

一算账，当初的入股者每人赔进去将近三万元。

卢玮在他们那个装修到半成品的家里跟小林狠狠地吵了一架，卢玮骂他太不负责任，完全就是个会花钱不会赚钱的"纨绔公子"，说这三万元是她起早贪黑做生意赚出来的,他要是个男人就该想办法还她。

小林坐在我的办公室里,喝茶,咯吱咯吱地摇动椅子,吐唾沫,一边很不屑地控诉卢玮:"真是个守财奴啊!有钱也不舍得花。你说她成天忙忙碌碌,挣这些钱回来,干什么呢?跟一只工蜂有什么区别呢?工蜂酿了蜜总要有人帮它吃下去对不对?她挣了钱也要有我帮她花嘛,人在花钱的时候才能体会到快乐嘛。"末了他失望地摇着头:"没劲没劲,真是没劲透了。"

初秋的一天,小林忽然带着卢玮跑到妇幼保健医院找我的妻子,说是卢玮要打胎,请我妻子帮忙找个技术熟练些的医生。我妻子细察卢玮的脸色,发现她神情郁郁,两手怕冷似的插在衣袋里,从始到终不发一言。我妻子心里觉得有点不对,就借口说那天当班的都是实习医生,让他们第二天再去比较保险。

小林他们一走,妻子马上打电话把事情告诉我。妻子说:"他们结婚都好几年了,我一直以为他们当中哪一个有问题,没法生育,现在怀上了,为什么又要打掉?不合情理嘛!卢玮的年龄已经不小了嘛!你最好去找小林问问清楚,别打掉了再后悔。"

我边听边嗯嗯着,心里也觉得事情是有点不太正常。中午的时候我把小林约到肯德基餐厅吃饭,顺便问起他卢玮要打胎的原因。小林低头舔着指尖上的色拉油,轻描淡写地回答我:"哪里是卢玮要打胎,是我要求她打呀。"

我跟他开玩笑:"莫不是酒后怀孕?要不就是用药过多?"

小林忽然激愤起来,瞪圆了眼睛看我:"你说卢玮这人怎么回事?结婚这些年,我们一直都是避孕的,她不知道怎么心血来潮,瞒了我偷偷怀上了！先斩后奏啊！她以为我就会认了？"

"你干吗不认？那不是你自己的孩子吗？你们不是迟早总要有个孩子吗？"

"谁说我要孩子？"他几乎是咄咄逼人地对着我，"我从来都没想过要孩子，起码到目前为止没有。我没有这个准备。"他身子忽然往后一倒，有点颓丧地靠坐在椅背上，心有余悸地说："很阴险。我跟你说，卢玮这个人真是很阴险，我差点儿被她圈住了。她想造成既成事实。我跟她说，对不起，你自己种的苦果自己吞，打胎没商量。她起先还准备顽抗到底，我摆出两条路让她走：要么打胎，要么离婚。"

"你对她也真够狠的。"我说。

他不置可否，低头把桌上的一份食物吃完，而后用纸巾擦擦嘴，把沾了油污的纸巾用劲掷进墙角的纸篓里，没头没脑地说了一句："我讨厌女人们自作主张。"

那天回到家里，我吩咐妻子说："帮卢玮找个好点的医生。"别的我什么都没说，妻子也什么都没问。

卢玮做人流手术的第二天，我妻子不放心她的情况，拉了我到小林家去看她。进门就发现灯光幽暗，小林整个身子都趴在电脑键盘上，屁股在椅子上完全是虚坐，正全神贯注玩着一种赛车游戏，房间里充斥了电脑游戏盘上特有的"吱吱"的刹车声，听得人牙根发紧。小林头也不回地道歉："先坐先坐，我这就结束，很快！"

我妻子没理他，开始用目光在房间里寻找卢玮。床上没找到，卫生间里也没有，最后发现卢玮站在厨房里，守着煤气灶煮一锅方便面。我妻子冲进去，揭碗开橱四处搜查，活像个杀进村庄的日本鬼子，弄得卢玮完全不知所措。碗橱里冰箱里空空荡荡，只有饭桌上趴着一只烧鸡，塑料食品袋装着的，看样子从外面买回来没有动过。我妻子怒火中烧，杏眼圆睁，一把抓起桌上的烧鸡，恶狠狠地摔在厨房和卧室之间的地面上，"叭"的一声，响动很大，惊得小林猛然回头，强行中断了他的游戏，结结巴巴提出抗议："你你你……"

我妻子说："卢玮是刚做过人流的，她有权利享受产妇的一切待遇！"

小林慌忙解释："我不是买烧鸡了吗？不是说产妇要吃鸡吗？"

我妻子说："吃鸡也不能吃烧鸡，要喝热鸡汤，要买老母鸡回来熬成浓汤给她喝！"她鄙夷地用脚尖踢踢地上的烧鸡："这算什么？这东西能给卢玮吃？"

小林知错认错："对不起呀，女人家的事我不懂。"

我妻子余怒未尽，狠狠地挖苦他一句："做爱你怎么懂？"

小林很尴尬，朝我苦笑，一副"好男不跟女斗"的神情。

倒是卢玮十分冷静，插进来替小林说话："赵医生你别怪他，他是真不懂。"

我妻子"哼"了一声："结婚过日子，没什么事情是不好懂的，想不想懂罢了。"

我认为妻子这话说得十分精辟，及时报以了赞许的一笑。

事后小林埋怨我："真不够意思啊！战场形势已经一边倒了，你还要替老婆撑腰。"

我说："律师代表公正，谁有理我帮谁。"

小林大叫："弄反了弄反了，有理的是我啊，是卢玮不遵守夫妻协定啊。"又告诉我："女人玩小心眼儿，有人玩起来可爱，有人玩起来可恶，令人反感呢。"

我细细想了半天，也不知道卢玮可恶在哪儿。想生孩子难道不是女人的天性吗？

这之后，有相当长的一段时间，小林没到我的办公室串门。办公室里两位平素烦着他的老先生甚至有点儿惦念他了，他们问我："你那个长猴子屁股的同学呢？学会修身养性了？"我嘴里说："得允许人家逐步成熟。"心里却在想：不可能啊，小林能够在他的办公室里规规矩矩坐一整天不走动？

那天我下楼办事，路过银行，顺便拐进去看望小林。想象他有可能被逼迫着如老僧入定般坐在电脑台前的模样，觉得滑稽，先就笑了起来。带着这样幸灾乐祸的笑，熟门熟路地推门入室，才发现小林的电脑房里新添了一张陌生面孔，是一个二十出头的年轻女孩，披肩发留得十分传统，眉眼很干净，笑起来微微露一点粉红色的牙床，红得像玛瑙，光亮可爱，让人觉得这女孩子本人也如玛瑙一般圆润腻手。小林介绍说这是银行里新来的电脑程序员，叫肖小玉，大学刚毕业，来这儿实践实践。小林不说"应聘"，也不说"求职"，却用了一个很独特的词：实践。这就使我心里忽然有了种异样的感觉。

我坐下来跟小林说了几句话，他似乎不像从前那样见人兴奋，有一搭没一搭地应答着我，一边从抽屉里摸出一个通红通红的美国蛇果来削皮。他削得极其仔细，连苹果上每一个隐隐约约的疵点都用刀尖剜去，并且时时注意着不让自己的手碰着去了皮的果肉。他手上的动作灵巧而快捷，跟他操作电脑时的姿势别无二样，看上去很有些赏心悦目。

说老实话，当时我一厢情愿地认为他手中的苹果是给我削的，我是这里唯一的客人，我又比小林年长，是他多年来知根知底的朋友……他削完苹果放下小刀时，我差点儿就要伸出手去接那只苹果了。可是他丝毫没有注意到我的神情动作，两眼热切地盯住了旁边桌上的肖小玉，隔着我的身子把苹果递给了她！

倒是小肖有些不好意思，微微红了脸说："给客人吃吧。"

小林不肯，固执地伸长胳膊举着那只苹果，一边对我解释："她这几天有点上火，必须多吃水果。"又补充说："下一个给你削。"

我觉得我在这样的场合里有点多余，便起身表示了应有的礼貌："谢谢，不用，我只是路过看看，还有事要办。"

小林没有起身送我，依旧和肖小玉纠缠在那只削好的苹果上。

走出银行大门，我先是好笑：难怪个把月不见踪影，原来腿脚被女孩子的头发丝缠住了。继而又有点起急：他妈的小林这个熊包，谈情说爱都不知道遮掩遮掩，这不是撸光了头发等人下刀子吗？

一天晚上十一点多钟，我已经洗过澡准备睡觉了，小林的老婆卢玮突然敲门，执意要我说出小林夜夜晚归的真相。我回答说我不清楚。卢玮说这不可能，小林身上不可能有什么深藏不露的秘密。卢玮说这话的时候，眯着眼睛，很冷静地看我，完全是一副成竹在胸的模样。当时我脚上趿着拖鞋，头发没有擦干，说话的过程中不断有水珠沥沥啦啦滴下来，有的滴在耳朵上，有的滴在鼻尖或嘴唇上，弄得我自我感觉十分狼狈。卢玮说你还是说了吧，你不说我今天不会走，你头发这么湿着很难过的。我叹口气说那我还是说了吧，反正纸也包不住火。

我说小林肯定在银行的电脑房里。

卢玮做出一副吃惊的样子："不是还没到年终吗？从前年终时也没这么忙过。"

我说："他他他……"

卢玮神色平静但是又不容置疑地命令我："走吧，我们找他去，你带路。"

我只好换上衣服和鞋出门，没别的选择。

走到银行门口的时候，卢玮突然说出一句令我吃惊的话："其实我知道他在办公室里干什么，找你来是为了让你做个证人。"

当时我就感觉有冷汗从背上渗出来，冰丝丝一片。

银行的小门黑漆漆的，保安拧亮了电灯，认出是两张熟悉的面孔，才开了门放我们进去。沿着幽暗的甬道往前走，我在心里设想了即将发生的尴尬的一瞬：当卢玮昏晕过去时我该怎么办，当卢玮歇斯底里大打出手时我该怎么办，当卢玮……

电脑房的玻璃门内灯光通明，透过玻璃门看到的情景令我啼笑皆非：肖小玉端端正正坐在办公桌前，耳朵上戴着耳机，眼睛盯住桌上摊开的一本书，嘴巴里念念有词，毫无疑问是在苦读外语。她身后的小林歪倒在圈椅中打瞌睡，腿伸出老长，一本金庸小说叠放在肚皮上，从姿态上看是极困顿极不舒服。

两个人的世界根本毫无情趣可言！

还是小玉先发现了我们，然后伸手推了推小林的腿。小林从梦中惊醒似的，弹簧一般跳起来，两眼迅速在小玉周遭扫视一遍，觉得并无异常，这才顺着小玉手指的方向往门外看，才懵懵懂懂地看见了我们。

他起身，扶着自己僵硬的腰左左右右转了一圈，慢腾腾地走过来开门，回手又将门带上，生怕我们干扰了女孩子的学习。之后他的脸就沉下来了,很不客气地呵斥卢玮:"你来干什么?我这么大个人,怕我失踪?"

卢玮柔声说:"要睡,不会回家去睡吗?那么硬的椅子,看着都不舒服。"

小林皱皱眉头:"你以为我真的睡啦?我那是假寐,陪陪人家女孩子。大楼里黑咕隆咚,一个女孩子不害怕吗?"

卢玮解释:"她可以回家……"

小林打断她的话:"人家愿意在这儿。这儿安静。"

卢玮无话可说。我想这一刻她真的是非常窝囊:事情明摆着很不正常,可是她找不出任何可以指责小林的地方。

回家的路上,卢玮一再地问我:"你说他这人怎么回事?啊?他算怎么回事呢?哪儿对哪儿啊?"她皱着眉,动作很激烈地摆着手,一副恨铁不成钢的架势。我知道她心里其实想说的是:小林干吗不把那女孩子做了?她觉得小林夜夜守着一个娇人儿打瞌睡,不可理喻,傻到不能再傻。她有点替小林委屈。"你看出来没有?"她对我轻轻地叹着气,"那是个小妖精啊!她把小林拿捏住了。"

到此为止,卢玮对她的丈夫基本上放了心:见异思迁的意思是有的,但也仅仅局限于感情,可以原谅。爱美之心人皆有之嘛,只要不是落实在行动上,没有妨碍家庭,她几乎可以不做计较了。

问题是小林对卢玮的深夜探访恼火透顶,尤其是这样的一个愚蠢的举动竟没有避开小玉,让他在自己喜爱的女孩子面前大出其丑,简直是可忍,孰不可忍。小林在盛怒之下一纸诉状递到法院,强烈要求离婚!

卢玮傻了,完全被小林一棍子打蒙了。这世界是怎么啦?没有原则、没有秩序、没有道理可讲了吗？难道是末日即将来临，是非黑白统统混乱不堪了吗？卢玮承认她做错了一点点事，但仅仅是一点点，这样一个失误无论如何构不成离婚的理由。"问题还是出在那个小妖精身上啊！"她在电话里幽幽地对我说，"一定是小妖精想跟他结婚，挑唆他跟我翻脸。说来说去，这世上好男人太少，小丫头们黏上一个就不肯放手。都这样，女人最后的目的都是要结婚，我知道。"

听着她在电话里所做的自以为是的结论，我差点儿没笑出声来。不管怎么说，我不认为小林是一个"好男人"，起码不能说是一个负责任的男人，跟卢玮生活在一块儿，他更像一个长不大的男孩。

据说小林将他的离婚报告送交银行领导签字时，领导曾经很负责任地询问他离婚的原因：是不是如传闻那样因为肖小玉的插足？小林肯定地说不是，有没有肖小玉他都要离婚，他和卢玮之间没有爱情，而没有爱情的婚姻是不道德的婚姻。领导还不放心，又郑重其事地找了小玉谈话。谈话内容大致如下：

"小肖，大家都知道你的小林的关系比较接近，你们之间有没有谈过未来生活方面的话题？或者说，你有意无意间对他透露过一些希望？"

"没有。这不可能。他已经结了婚，我才大学刚毕业。"

"如果你们有感情，这不是障碍。"

"可我是个对感情问题非常严肃的人，我从来就不喜欢陷入别人的婚外恋中。"

"如果小林是个未婚男人呢？单就他这个人来说，你喜欢他吗？"领导面带微笑，饶有兴趣地作进一步的试探。

万家亲友团

肖小玉稍稍地愣了一愣,然后避实就虚:"可我刚认识他时他就是结过婚的,在我的思维定式里他已经是这样了。"

小林的同事在闲谈中把以上的谈话当笑话说给我听。同事并且故作悲哀:"小林惨了,爱上了一个不爱他的女孩。"

不管怎么说,小林离婚的决心已定,谁劝都不起作用。这家伙从来就是一个生活得很即兴的人,兴致一来,非干不可,后果啦影响啦结局啦什么的,统统不作考虑。

卢玮以沉默作答。她一厢情愿地认为小林也就是闹闹而已。生就一副自由元素的脾性,隔段时间不弄点事出来,这日子可怎么过下去?卢玮比小林成熟,她是家里的主心骨,顶梁柱,梁柱不倒,家就不会散。等小林闹得没了意思,或者这世界上又有了更新鲜更热闹的乐子出来,他自然会偃旗息鼓,奔着那新鲜乐子而去的。

但是小林开始不再回家。他逢人就宣布说:要造成分居事实。那段倒霉的日子里,小林的朋友们(包括我在内)常被卢玮猝不及防地敲开了房门,然后尴尬地束手旁立,等着卢玮怒气冲冲地突击搜查。她坚持认为小林是被我们轮流藏起来了,他隐匿在我们中间,今天东家,明天西家,行踪不定,就为的是不跟她照面。她总是带着一只红色的尼龙包,包里有烧鸡,有鸭肫和麻辣牛肉,甚至还有一瓶法国红葡萄酒,那些好吃的东西透过薄薄的一层尼龙布散发出香味,使我们的心不能不为之感动。她拎着这只沉甸甸的包在朋友们的家里四处走动,撩开窗帘,掀起床罩,或者冷不丁地推开卫生间的磨砂玻璃门。她的嘴微微张开着,皮肤紧绷,呼吸急促,眼神锐利而集中,随时准备着在某个角落里发现小林,然后发一声锐喊,胜利地扑上去抓住他,押回家去。

她甚至找到了小林为他的朋友们装修的那个具有"魏晋遗风"

的茶馆。在此之前卢玮从来没有往那个茶馆的方向跨近一步,她是看死了小林那帮人的经营才干的。她凭着茶馆装修期间小林在家里的只言片语,凭着一种非凡的对物体存在的感受力,准确无误地找到了昔日茶馆遗址。那地方如今已经转手易人,新换的老板充分利用茶馆原先的装修,改造成了当下更加时髦的"陶艺馆",专供有钱又有闲的情侣和孩子们没事去捏泥罐子玩。卢玮拎着她的红色尼龙包,讪讪地跨进门去,要想打听一个名叫"小林"的人。可是她立刻发觉到自己的出现十分不合情理,她的年龄,她的打扮,她的带有沧桑的气质和那只不伦不类又散发出食品香味的尼龙包,跟眼面前那些兴致勃勃的年轻的面孔极不吻合,活像托儿所里莫名其妙地走进一个电脑推销商一样。结果她什么也没有来得及问,龇牙齿勉强一笑,红头赤脸转身就走,狼狈得可以。

卢玮就是这样在我们的城市里四处转悠,八方突袭。她本来是个精干的、矜持的或者说有几分冷傲的人,如今为了寻找小林变成了一个神经质的弃妇,脸上总是带着那种怀疑一切的表情,眼神愤懑,脸颊潮红,嘴角的八字纹有一点尖刻,说话的声音也常常不自觉地提高八度,成了一种锐喊,并且时不时地冒出一句:"你告诉我老实话……"好像这世界上所有的人都在对她撒谎,所有的人都跟小林沆瀣一气,联手共事,存心要将她排斥在生活之外。

其实那段时间小林没有在任何一个朋友家里住过。他知道我们都是一群善良的人,是天性中喜聚不喜散的人,是抱定了宗旨不去拆散别人婚姻的人,如果卢玮一不留神在我们中间找到了他,毫无疑问我们会同情和偏向卢玮,会出卖他甚至捆绑他回家。小林不喜欢这样一种庸俗的缺乏创意的结局,好像大家联手在这城市里上演一出拙劣的喜剧，目的只是为了取悦大众，弄出一点可怜的票房价值似的。小林最恨生活中这种戏剧式的重复。

所以小林悄无声息地在郊区农村租了一间房，又从租车行里租了一辆半新不旧的电动自行车，每天早早晚晚骑在车上来来往往，穿越清晨的薄雾和深夜十一二点钟的迷霭，鬼魅一样挟带着一股阴风，成了这个城市里终日不见阳光的特殊行业者。白天他把自己关在银行的电脑房里，足不出户，买饭打水都让小玉代劳。他让小玉找来了大量的英文填字游戏，输进电脑中，没事就琢磨着玩。那段时间里他和小玉的英文水平都大有长进。他还设计编制了好几个中学生游戏软件，是那种寓教于乐的、让家长一看就喜欢的玩意儿，后来卖给了电脑公司，把他租车租房的钱一下子就赚回来了。据说他的软件卖得都挺火。这家伙本来就是那种里外通灵、聪明绝顶的人，他要是肯把三分之二的精力花在研究某个定理或者分子式上，那么将来至少是诺贝尔奖的有力竞争者。

当然这些都是与本文无关的话，此处不提。

卢玮这个人，到底是有知识有修养的白领阶层，什么事该做，什么事不该做，她心里绝对清清楚楚，一丝一毫都不含混。比如她每天拎着那只红色尼龙包在小林的朋友们家里突然袭击，像是闹得风风雨雨不可开交似的，但是她从来不去小林的单位里寻找和吵闹，相反她总是避开银行的大门，仿佛那地方是个可怕的陷阱，一不留神就会把她的婚姻彻底吞没。她要面子，也一心一意替小林留着面子，始终幻想着小林有朝一日还会回家，他们仍然是一对体体面面的夫妻，生活优裕，行事潇洒，为这个城市里的大多数人所羡慕。如此她就必须给他留足了后路，她不能在银行的领导和同事面前让小林有丝毫窘迫。

但是小林就是小林，他是个多少有点怪诞的人。"锲而不舍"本是个褒义词，有时候用在某些人的某些行为上，似乎又可以解释成"一根筋"的意思。"一根筋"的词义就不那么美妙了，乖张、怪僻、顽固、迂腐、狭隘、不近人情、不通事理……都沾得上一点边儿。小林就是这样，说离婚就离婚，一根筋到底，谁劝都没用。

卢玮在一个月之内就收到了法院第二次送达的离婚起诉书。这一次她真是气昏了，她心里想，事情的起因本是因为小林的移情别恋，他由于迷恋和喜爱同办公室的女孩而夜夜不归，错误完全在于小林，凭什么他倒成了有理的一方，抓住离婚两个字不放？她抱着与他为善的态度，一忍再忍，一让再让，不说是感天动地，总也该温暖人心了吧？小林居然就能铁石心肠，执迷不悟！可见他对肖小玉不仅仅是喜爱的问题了，他在她的怀里已经陷得很深很深了，深到头可断血可流的地步了。这样的丈夫还能指望他回心转意？日后还能够跟他同床共枕？笑话呀！

卢玮一怒之下找到我的办公室来，郑重其事地聘请我当她的律师，要求我为她争得最大的权利：房子、存款、家具电器，等等等等。小林离婚可以，但是他必须空身走人，他要为他的不负责任的行动付出代价。

"这这这……"我说。我顿时觉得牙疼。

卢玮冷笑一声："如果他从此一无所有了，那个小妖精还会再黏着他？"

我心想她这话可说错了，不是人家肖小玉黏着小林，是小林恋着人家呀。卢玮这人太有意思，事到如今，她脑子里的每一个念头还是偏着丈夫。

一边是朋友，一边是朋友的妻子，帮谁都不合适，这事弄得我相当为难。我再三地向卢玮提出辞谢,卢玮再三地不肯,她说她就是认定我了,我不替她当律师,她就不上法院,宁可自杀都不上。

小林听说了这事,马上来找我,居然要我答应卢玮的要求。小林说:"我不会让你为难,卢玮的条件我全部同意,她不说我也会这么做的,身外之物要那么多干吗?自由了,能做你心里想做的事了,不比什么都好?快乐就在追求和寻找之中!"

我想这话也对,小林有底气说这样的话,凭他的脑袋他的专业,赚钱不成问题。

结果那天在法庭上,我乐得慷慨陈词,滔滔不绝,深入浅出,条分缕析,周瑜打黄盖似的,把我的朋友小林批了个体无完肤。法官当场判准离婚,全部财产归属女方,今后双方的感情婚姻问题,各自不得干涉。

走出法庭的时候,小林满面微笑,如沐春风,并且趁卢玮不注意时伸出右手的食指和中指,对我做了一个丘吉尔的经典手势。卢玮恰恰相反,她从头到尾阴沉着脸,眼皮低垂,肌肉紧张,嘴角两边弯出两撇很深的纹路,像是骤然之间苍老了十岁。在法庭门外,当我自觉有功地笑嘻嘻朝她伸出手,想表示一点安慰和祝贺时,她蓦地转身,横眉倒竖,双目圆睁,上身向我恶狠狠地倾扑过来,额头几乎磕着了我的下巴,咬牙切齿丢下一句话:"我恨你!"

当时我完全地愣住了,完全不能明白她的意思,以至于整个人目瞪口呆,神情惶惑,姿态僵硬,活像一双经过长途跋涉之后被人弃之不要的破烂鞋了。

她恨我?她为什么恨我?我为她争得了最大的利益,难道她还是不能满意?

然后，又过了好几天，在我把整件事情从头到尾细细咀嚼品咂了几遍之后，我才蓦然醒悟：卢玮她根本不想离婚，从来就没有准备离婚！她请我当律师，她提出了非常苛刻的财产要求，目的都是为了阻止离婚程序的进行。她一心以为我不会为她尽力，法官也不会同意她的财产要求，这样她就有理由再一次拖延下去。

难怪她要恨我啊。她不恨我又恨谁呢？谁叫我身为律师还这么迟钝？

这种事！想想都觉得没意思。

自从中国的电脑能够接驳全球互联网之后，小林一有时间就热衷于上网遨游。他常常可以通宵不睡，把网上的资讯兴致勃勃翻寻个遍。他尤其爱看全世界各地大大小小的战争消息和动乱报道：加沙地带的冲突啦，伊拉克武器核查的进展啦，朝鲜的导弹发射啦，刚果（金）的叛乱啦，南联盟科索沃的战事啦。实在没什么新鲜可看的，他就寻找角角落落里的飞机失事、火车脱轨的消息。倒也不是幸灾乐祸，是觉得飞机火车的事多少也是个事，有事就刺激，比平淡无奇地活上一天要有劲。

"我这人是不是有点犯怪？"有一天他对我说，"大部分的人都愿意平安无事地度过一生，可我总是唯恐天下不乱。我不能忍受每天上班下班、回家守着老婆看电视的日子。一天两天可以坚持，十天八天就会骨头发疼，十个月八个月过下来，我肯定完了，比僵尸好不了多少。"

说这话的那天，他刚刚参加了市总工会组织的新春长跑活动，从中心公园出发，横穿半个城市，到电视塔下结束。他要求我骑一辆自行车在旁边跟着，不断拿矿泉水浇他的脑袋，用以降温。结果跑完全程他已经上身湿透，头发根里袅袅地冒出白汽，舌头狗一样拖出来，呼呼地大喘，喘得脸色发青。

"我跑第几？"他困难地转头四处望着，问我。

我告诉他，大概是在倒数十名之内。他上气不接下气地笑，吐了口唾沫，对自己表示满意："还不错。至少有一半的人半路上就开溜了。"

我也认为他不错，因为在他低头换衣服的时候，我看见了他身上一条一条干巴巴的骨头。像他这么瘦骨嶙峋的人，一般是不会有热情参加长跑的。我不明白的是，如此干瘦羸弱的一个身躯，何以总是有那么多的能量需要释放？

"如果每天有机会跑这么一次，你觉得怎么样？"他用一条毛巾裹住上身，而后用劲搓揉。毛巾滑落的地方便开始露出龙虾煮熟的颜色。

我说："你尽可以一天二十四小时连续不断地跑，没人管你。甚至你还可以赤裸了上身跑，像现在这样。"

他扯下毛巾，左右转动身体，将自己仔细打量一番，摇摇头："不行，我这副身板走上人街有碍观瞻，要能有施瓦辛格那身肌肉还差不多。"他忽然收起笑容，带点忧伤地看着我："下次再有什么活动，恐怕我不能参加了，小玉对这些事情没有兴趣。女人都喜欢圈定在一个天地里过日子。所有的女人，她们大同小异。"

我不知道他说最后这句话是什么意思。为了追求某种不安分的东西他才跟卢玮离了婚，如果就此陷入生活的另一种形式之中，恐怕就并非他当初所愿了。

给卢玮打电话的第二天下午，她又打了电话来，约我见面。我马上问她一句："是不是买到了玫瑰灰的毛衣？"她生硬地回答我："又不是你老婆要买，你着的哪门子急？"我只好连连道歉："对不起，对不起。"

我这人就是这样，把朋友的事太当事，否则卢玮那次从法庭上出来时，不会咬牙切齿对我说一句：她恨我。

见面地点约在一家茶室里。那是间装修得非常欧化的茶室，有着英国乡村那种简约淳朴又带些慵懒闲适的舒服，走进去很叫人放松。我想起几年前小林他们很先锋地折腾出来的"魏晋遗风"茶馆，觉得他们失败在把事情做得太过极致，国人们其实大部分还是喜欢中庸。

卢玮已经在窗口的一张铺方格台布的小桌前坐着了。她看上去状态不是很好：虚胖，脸色苍白，眉毛和头发都显得稀疏，衣服也穿得有些臃肿。从前的卢玮虽然不能说漂亮，衣着上绝对是讲究的，因为她本人一直做服装生意。

"我上午刚在医院做过人流。"她开门见山地告诉我。

我"腾"地一下子站起来，既惊讶又惶惑，不知所措。

"你坐下吧。"她简短地要求我，"不是什么了不起的事，我已经做过好几次了，习以为常。自从小林逼我去打过一次胎，我就失去了跟任何男人生孩子的愿望。是真的。"

我说："你该避孕，老做人流不好。"

"我这人很怪，避孕药总是对我不灵。"

"那就做手术，既然你不再想要孩子。你为什么不做个永久性的手术呢？"

她没有答话，却抬起头深深地看了我一眼。那一眼里好像有很多含义，但是我想不出来具体是什么。

她喝了一口泡在玻璃里的英国红茶。茶大概很烫,她撮着嘴唇,吹着气,小心翼翼的模样。我劝她加点儿糖和奶,这对她的身体恢复有好处。她说她不喜欢甜腻的东西,牛奶就是牛奶,茶就是茶,两样东西搅和在一块儿很别扭。

"那个小妖精,她真的没有跟小林上过床?"她突然调转话头,问了我这么一句。

我猝不及防,思维好一会儿才转到她的问题上。我说:"别人的私生活,我不好多打听。小林倒是这么对我说的。"

她哼的一声冷笑:"世纪末年会出一个贞洁圣女?"

"各人有各人喜欢的生活方式吧?"

"可是小林就准备这么过下去?他冤不冤得慌?小妖精到底哪儿把他迷住了?他整个人都变了!他整个的人生都为她改写了!"

卢玮忽然冲动起来,鼻子嘴巴抽搐成一团,眼睛里盈满泪水,悲伤得有点不能自已。"那个小妖精,她凭什么呀?她怎么就能这么狠心?小林不配她吗?世上有这么冷血的人吗?"她用几乎是嘶哑的哭声控诉着,两只胳膊肘支撑在桌面上,双手捂住脸,脑袋不住地摇来摇去,泪水就从指缝的两边参差不齐地甩出来,有的滴在她袖口上,有的顺手腕流进内衣里去了。

我发现柜台上的小姐已经朝这边投过来诧异的目光,这使我极度尴尬,好像我跟卢玮成了一对有私情的男女,两个人暧昧不堪地躲到这里解决危机来了。我轻声地但是急切地劝止她:"请你别这样,你冷静一点,那毛衣,玫瑰灰的,到底买到没有?"

她停了一停,忽然就放开捂在脸上的手,抓起桌上的茶巾擦一把脸,扔了,然后吸吸鼻子,红肿的眼睛不无鄙夷地看着我:"你记住,我不再是小林的奴仆了,我没有义务为他做任何事。"

说完这句话，她抓起椅子上的一只软皮黑包，款款起身，头也不回地扬长而去，扔垃圾一样地把我一个人扔在茶馆里。

我无可抱怨。真的。为离婚的事她曾经那么恨我。迄今为止她已经又离过几次婚了，三次还是四次，我说不准确。婚姻的周期越来越短，最近一次听说只维持一星期时间，简直像闪电战，像美国对伊拉克的军事袭击。我觉得这是自虐。一切都从她与小林婚姻的结束开始，也就是说，是我的那场自以为是的离婚财产辩护把她击倒了。

我只能忍受她的轻蔑，眼睁睁看着她将我当成垃圾对待。

有一段时间，我发现小林对婴儿产生了兴趣。我指的婴儿是我的女儿，那时候她才七八个月，会咯咯地傻笑，会用胖乎乎的小肉手来抠我的眼睛，含糊不清地对我大叫："爸爸爸爸爸爸。"

小林目不转睛地看我女儿翕动的嘴巴，将一根食指塞进她湿漉漉的小手心里，让她当玩具一样捏着，而后表示了羡慕："有孩子叫爸爸真好。"

我说："你也有过孩子。要是那次卢玮不打胎，你孩子都会走路了。"

他扭头，郑重其事纠正我："不是一回事。我跟她一起生活没感觉，要了孩子只会更糟糕。"

我女儿把他的食指举起来，送到嘴边，要当美味食物去品尝。他慌忙制止她："不，不，不可以，这不是好东西……"

过一会儿他忽然问我："你认为小玉将来生个孩子会怎么样？跟你女儿比呢？"

万家亲友团

我回答说："第一，小玉必须同意跟你结婚；第二，她要有为你生孩子的愿望。"

他沉默下来，说些别的话岔开去了。

我有些替小林难过。我不知道这一茬年轻的女孩子们心里都想些什么——比如小玉，她坦然地享受着小林对她的一切照顾：生活和工作两方面的，可是她闭口不提婚姻二字，也不跟小林上床。不上床这件事小林很满意，他认为这是小玉对待爱情的严肃，他自己就是个严肃和害羞的人，彼此这么守着很崇高。

说实话，我常常怀疑小玉不肯跟小林上床是不是另有所图。进一步说，小玉不跟小林上床，那么她跟别的男人有没有上过床呢？

我这样去猜想小玉真是非常罪过。当然我更不能把我的猜想告诉小林，他听了这话不跟我绝交才怪。

小林渐渐从同学和朋友们的话题中淡出了。桑拿房、网吧、茶馆、马场、迎新春长跑运动会……哪儿哪儿都看不见小林的身影。有时候同学聚会时想起他来，互相就问："这小子哪儿呢？出国了没有啊？"

少了小林的聚会真的少了很多热闹，就好像大冬天里把一盆旺旺的火突然端走了一样。那些奢华的、超前的消费场所也不再有人兴致勃勃地起哄去玩了，大家说老就老，说话行事都有了中年人的感觉，城市里最前卫的一块地盘让给了新从大学里出来的一拨人占领，且看看他们会玩出什么花样。

岁月的更替，新老的交接，一切一切都不在小林心上，他把自己遁入到这个城市里最坚固最隐秘的处所——银行大楼底层电脑中心，成了世纪末年用情最专的少数人之一。他几乎是日日夜夜守护着小玉，陪她进修，陪她苦读外语，陪她吃饭、喝水、消闲、打电话、写邮件、折纸鹤、生病。他对她无微不至，无心不操，无所不用其极。从前那个潇洒的、率性的、公子哥儿般的小林如一阵风，一股轻烟，一缕薄雾，从漂亮的银行大楼里，从我们生活的时间和空间里静悄悄地消失了，一丝一毫也不见了。留下来的小林面容瘦削，目光坚定，行事沉稳，眉宇间和嘴角边凝固了一种常人不大能理解的幸福，或者说神圣。他不去理会旧日朋友们对他的关注和议论——不不，应该这么说：他无暇理会。如果一个人体内的细胞空间全都被他喜爱的女孩子占满，眼睛里只看到她的倩影，耳朵里只听到她的声音，想着的，说着的，梦着的，全是一个"她"，那么这个人怎么可能收拾了心灵的一角，来接受和容纳别人抛给他的那些劳什子杂碎呢？

有一天，我记得那一天很热，因为小林冲进我的办公室的时候满脸通红，油汗四冒，有点像刚出炉的北京烤鸭。不可思议的是这么热的天气里他居然衣冠整齐，脖子上还端端正正系了一根领带。再仔细看，我简直就有点瞠目结舌，原来他脸上的红润和油亮都是假象，是人为涂抹上去的薄薄的一层化妆油彩！

我说："你你你……"我说着后退一步，毛骨悚然，以为自己不幸结识了一个变态的朋友。

小林也跟着大惊小怪："我怎么啦？我怎么啦？"而后他从我的目光中有所醒悟，伸手摸了一把自己的脸，表情愤然："见鬼的影楼啊，拍张婚照还强迫人化妆！要不是小玉……"他眼里的神情立刻变得柔和起来，不好意思地冲我笑笑，转身出门。再次进来的时候，他已经在洗手间里将自己的形象处理过了，领带解下来搭在肩上，衬衫袖子挽到胳膊肘，头发、脸都是湿淋淋的，是在水龙头下狠劲冲洗过的，带着清凉宜人的丝丝水汽。

我递给他一条毛巾，示意他擦擦头脸。他回手又把毛巾扔还给了我，而后弯下腰，像一条戏水之后刚刚爬上岸来的狗一样，扎撒了脑袋一阵猛甩，水珠四溅，打得墙壁和桌椅唰唰响。

我说："恭喜啊，到底还是结婚了。"

他直起身来，很严肃地望着我："别这么说，小玉不愿意，我是帮她忙的，形式而已。"

他的头发甩过之后，因为离心力或者向心力或者重力的缘故，在头顶聚成尖尖的一撮，宛如鸡冠，极其滑稽。

他再一次重复："千万别说我们结婚了，小玉会不高兴。"

我心里多少感觉不大痛快，语言不免尖刻起来："既然如此，你跑过来告诉我干吗？我干吗要知道你们之间的这点破事？"

他拉了张椅子在我对面坐下来，满脸都是讨好："我有事请你帮忙。你必须帮我。只有你能够帮我。"

他开始急急地，忧心忡忡地又带着点焦虑、带着点期盼、带着点显而易见的幸福感，对我说了整个事情的原委。

肖小玉一直想着要出国留学。银行这么好的工作都拴不住她，她想出国想得成了病。白天黑夜，只要空着，她的面前总是摊着外语书，嘴巴里总是念念有词。所以她不谈恋爱也不肯结婚。小林说他非常能够理解她。爱一个人就理当为她付出，幸福在于付出之中，至于对方是不是同样爱你，实在是不很重要的事情。小玉的托福成绩考得很好，最高一次考到了六百四十多分。但是她运气不好，总是被美国领事馆拒签护照。美国人实在可恶，他们签谁不签谁全无章法可循，纯粹他妈的心血来潮！所以小玉不得不改变方针,走移民路线。移民国家中数新西兰的政策比较宽松,气候环境、生活条件等等也算差强人意,一般性地住住,当个跳板,完全说得过去了。但是新西兰人也怪,他们家庭观念特重,移民者非得结过婚,夫妻双双同时申请才行。小玉本来已经灰心绝望了,是小林出于爱心,主动提出跟她办个结婚手续,而后由小玉主申请,他作附同,好歹替小玉圆一个梦。

我听得大笑。世上真有小林这样的人啊!美国人也搞假结婚,可那是做移民生意,是挣大钱的,你说你图什么呢?小玉一旦出国,她年轻外语好,无疑地就会攀高枝去了,你连见她一面都会很难了,你说你图什么呀?

小林气呼呼地坐着,屁股在椅子上转来转去,显然因为我抨击了小玉而不高兴。但是他找不出任何还击我的话,只好反反复复在喉咙口嘟哝:"你不懂,你没有爱过,真的,你没有爱过你不懂。"

我说:"谁没有爱过?我老婆到现在没跟我离婚,我女儿都会叫爸爸了,我还没爱过?"

他认真地对我解释:"那不是一回事。我说了你也不明白,真不是一回事。"

我轻轻一笑,转过身子收拾文件,不准备跟这种"迷途的羔羊"再作纠缠。他很尴尬,呆呆地看着我手上的动作,脸上的肌肉都有点微微颤抖。突然他站起来,大喝一声:"你还是不是我的朋友?"

我说:"你现在准备移民,而我只是个中国律师,我能帮你什么忙?"

他说:"只是一桩很小很小的事,不至于让你太为难的事:找你在公证处的同学,请他们把我的结婚日期往前写半年。这对小玉的申请有利。"

我大叫:"搞什么呀?半年前你还没有离婚呢!"

"不就是在公证律师笔下这么一写嘛!"他红了脸哀求。

我叹口气,觉得小林是真的变了,离开了从前那个悠闲自在、快快乐乐的他,距一个婆婆妈妈的庸俗男人已经不远。

小林和小玉在申请移民的过程中备尝艰辛,这是小林从新西兰回来之后,有一次到我家里喝酒聊天,聊得动了感情,红着一双血丝网布的眼睛,有那么一点"声泪俱下"地告诉我的。

我认为小林不值。他为肖小玉做出了精神和物质上的双重牺牲,却是迄今为止没有真正地得到过小玉,他做了恋爱中的男人才会做的傻事。

小林自己不这样认为,他在谈话中从始到终都在控诉罪恶的新西兰移民局,而没有表示一丝一毫对小玉的抱怨。唯其如此,我对小玉这个女孩子越发地有了一种鄙夷,她太精,手段也太狠,不动声色之中使小林俯首帖耳做了她的奴隶。

一个曾经多么潇洒和优秀的人,只因为爱情就成了奴隶。

申请移民的大致过程是这样的:

首先,找准一家你觉得可以信赖的移民公司,交上足够的费用,由它充当你和申请国大使馆之间的经纪人,帮助你领取移民申请表、到使馆打分。打分的标准有多种,这里说的是小林和小玉这样以"技术"移民者的标准:要有国内最有名望的一百二十所大学中的一所大学的学历,毕业九年,年龄三十岁。以此作为标准,年龄或大或小、毕业年限或长或短者,分数相应递减,不足之分可以金钱补充,在银行开出安家资金证明。在你的分数(加上所补资金)得到认可之后,你的个人资料便进入使馆移民处电脑,在那里安静地排队。这个时间可能很长,两年三年都有,也可能很短,半年或三两个月,总之看你的运气。在排队期间,你可以着手准备一系列公证证件:毕业证书、父母及夫妻关系、职称证明、无犯罪记录证明、单位工作经历证明,等等。这一切最好如实上报,因为使馆移民处会想法到你的单位调查摸底,一旦断定你做了手脚,那你就完了,此前所做的一切都成了无用功,使馆会在电脑里替你留下一句:此人永不准入境。如果了解到你这人还算规矩,电脑排队又已经轮上了你,使馆会给你发面试通知,主要看看你的英语水平,摸摸你的移民动机。这一关能够顺利过去,你便可以拿到一张宝贵至极的"移民纸",也就是移民批准书。凭此批准书办护照、签证,三个月之内在新西兰国内移民局报到。两年之内可以多次进入该国。

这一切,叙述起来也就是几百个字的事情,真正办起来,那才叫千头万绪,环环相扣,险象丛生呢。

小林和小玉这一对"夫妻",小玉是主申请人,小林是附同,因此打分什么的只打小玉的分。小玉毕业不足两年,年龄差了好几岁,职称尚无,除了有名牌大学的学历之外,其余毫无优势可言。这样,她只能存钱进银行,而后由银行替她开出安家资金证明。

安家资金不是笔小数目,姿色平平的小玉把自己卖了也未必能够数。

难题顺理成章地交到了小林手上,谁叫他爱她呢?谁叫他自告奋勇做了她的"丈夫"呢?

钱，钱，钱！

小林从来没有像这样地需要用钱，从来没有如此深刻而无奈地感觉到钱的好处。交移民公司手续费，办公证书，体检，复印资料，发传真，打国内甚至国际长途……每天每天，钱像流水一样哗哗地从手中出去了，像那些跟父母吵过一架的任性的孩子，头一甩出了家门，不带丝毫体恤和留恋。

想起从前玩摩托的日子，骑马的日子，泡桑拿的日子，那些日子为什么要那样拼命地花钱？像疯了似的啊，像过了今天不过明天似的啊。

每月十号，小林数着薪水袋里薄薄一沓钞票，心里的忧伤也像那些纸片一样发出轻轻的脆响。

还不能对小玉说。不能。从前没有钱用的时候伸手朝卢玮要就是了，现在没有钱都不能对小玉说。不一样的状态，不一样的感觉。

闲来无事，满脑子都是念头，琢磨着怎么样才能让小玉的银行账号上超过六位数目。想着想着，下意识地把电脑里的储户资料调出来过过眼瘾，下意识地将那些资料增减组合，不费吹灰之力地调出了二十万现金，一笔一笔存入到自己的信用卡户头上。明天银行开了门，就可以凭自己的信用卡拿到这笔巨款。到此为止他蓦然心惊，意识到凭自己的职务便利和电脑知识，要犯罪实在是太容易了！

很久之后，小林从新西兰回来，在我家中喝得半醉半醒，对我谈到从前的那段心路历程时，感叹良多地说："罪犯和良民常常只在一个念头之间，是人脑平衡器里瞬间的一个偏摆，顺应那个念头时人会感觉到血脉贲张的快感，那种被诱惑的力量强大得令人吃惊。"

　　实际上，无论快感有多强烈，人们的理智总是能起到作用。优秀的电脑专家小林有一天跑去找银行领导，坚决要求辞职。领导莫名其妙，说是谁得罪你了？人家想进银行都进不了，你怎么说走就要走？小林心情黯淡地回答：是我自己必须走，我留在这里太危险了，我有犯罪欲望。他把夜静无人时玩过多次的取存款游戏简单说了说，直说得领导心惊肉跳，当即同意放行。

　　小林离开银行后，找了几个昔日同学合伙，注册起一家电脑销售公司。几年前在帝豪商厦的电梯上，我曾经戏谑地对他说过下海卖电脑的话，谁想到居然就有了应验。因为资金有限，他们不做那些昂贵的品牌机，专门购进零部件回来组装，满足那些迷恋电脑却又口袋不十分饱满的大中学生的需要。他们甚至鼓励顾客自己动手装配机器，为他们提供技术指导。包括为人家旧有的主机扩装容量，配置多媒体功能，安装"VCD"卡，入网调试……一句话，但凡顾客需要的都可以去做。

　　小林很辛苦，因为琐碎，因为谨慎，因为对挣钱和用钱不能平衡的焦虑。不太长的时间里他的鬓角已经有了根根白发。有一次我在街上碰到他，开玩笑地对他说，当了老板就是不一样啊，颜容也比别人成熟得快啊。他苦笑，并且三句话不离本行，要我替他多介绍客户。其实那时候我一点也不知道他的尴尬处境，我不了解一个大学刚毕业的女孩子移民新西兰实际上要花多少钱。

　　小林如果顺顺当当地开着他的电脑公司，用蚂蚁啃骨头的精神日积月累地挣钱，相信挣到六位数不是一件难事。问题是小林毕竟过惯了天真烂漫的公子哥儿生活，又在高层次的同学圈子里厮混久了，对人一向轻信，凡事大大咧咧，这就难免遇上心存叵念的奸诈小人。

有一次——应该不算是第一次了，因为那个小县城来的老板已经在小林手上买走过一批组装电脑，彼此算得上熟人。老板夹着一个硕大的公事包进门，一屁股在小林的办公桌前坐下，架着二郎腿，大咧咧地把小林的组装电脑评说一通，然后吐出一句话：还算好销，再要二十万块钱的货。小林闻言大喜，觉得跟小地方的人做生意就是爽快，他们不像本地人那么挑三拣四，犹犹豫豫。小林问他怎么付款？电汇还是支票？老板嚓地拉开公事包的拉链，肥嘟嘟的大手在包上一拍：付现款。老子喜欢来干脆的。老板又说，这样，你先给我开了提货单，而后我同你一块儿上银行，钱存到你账户上，存单你拿着，咱们当面两清，省得你疑心我这包里有假钞。

小林当时根本没有细想，他完全被小地方人的豪爽和仗义而感动，觉得生意都能像这么做就快活了。他仔细地开好提货单，交对方收好，之后两个人相跟着去了银行。在收款员用点钞机刷刷地清点那一扎扎散发着腥味儿的钞票的时候，小林的感觉无比美妙，宛如倾听着来自天国的委婉低唱。很快一张二十万的存单从银行电脑中嗒嗒地吐出，小地方的老板伸手拿过去，仔细地又看了一遍，确信无误后，郑重其事地交给小林。一笔生意至此了结。

小林回去后将存单放进保险柜中。三天之后他要进货，从保险柜里将存单拿出来到银行兑现。收款员拿着存单翻来覆去地看，从电脑里调出账目核实，又喊来值班经理商量，弄出一副如临大敌的样子。最后保安过来将小林请到了经理办公室，经理告诉小林说，他的这张存单是假的，这笔款子前天就已经被人提走了。小林如雷轰顶，三天来第一次细看这张存单，毕竟是银行出身，他不得不承认这是一张制作绝妙的存单赝品。小林发一声大喊，跳起来赶往仓库查看存货——哪里还有半点挽回损失的希望？提货单开出去的当天，二十万块钱的电脑就已经被小地方老板一汽车拉走，如今恐怕已经部分地摆到了家庭和办公室的电脑桌上了。

仅仅是一时的疏忽轻信，二十万巨款不翼而飞。小林辛辛苦苦几个月，非但没有赚到一分钱，反倒欠下一屁股债。

更重要的是，没有银行开出的安家资金证明，肖小玉的移民申请无法进行下去。不能继续进行，此前的运作和投入就要全部作废。

小林又气又急，大病一场。病中我去医院看他，提到几个大款同学想为他凑齐二十万，先堵了公司的窟窿再说。小林死活不肯答应，弄到最后差点儿要跟我翻脸。他一向就是个很要面子的人。

那天从医院出去时，我碰巧看见了刚从出租车上下来的卢玮。卢玮仍然提着从前的那个装食品用的红色尼龙包，从包的形状和她小心翼翼走路的姿势看，里面装着一罐热鸡汤之类的东西。

我听说卢玮因为挪用公款被检察院拘留审查的消息已经很迟了，她经受审完毕放出来了。此前很久卢玮就辞了法国公司的服装代理一职，改任整个帝豪商厦的服装部经理。商厦的二楼卖女装，三楼卖男装，四楼是休闲装和运动装，五楼还有儿童服装，所以天地很大，卢玮的权力也很大，这大概是她放弃代理改任经理的原因吧。

卢玮挪用了多少公款，挪用的目的又是什么，具体细节我一概不知。以我的了解，卢玮单身一人，收入丰富，离婚之前又得到小林的全部财产，个人花用上应该不存在什么问题，她挪用这笔公款，是不是要做什么个人投资呢？买股票，炒期货，入股某个公司什么的。钱这东西,怎么赚也是没个止境,精明能干如卢玮这样的人,只要有机会她就不可能放过去,这是习惯也是秉性。赚钱的目的是有很多种层次的。

据说是帝豪商厦的老总亲自出面挽救了她。老总为检察院提供了一纸书面证明,指出卢玮并非挪用公款,那笔款子是他签字批准调出去的,用于商厦的一项对外投资。因为款项不是很大,所以未曾在董事会通过,大部分的人并不知情。

卢玮放出来不久,有一天打电话给我,请我替她做一份婚前财产公证。我不无惊讶地问她:"你要结婚了?"她说:"试试吧,也许还是有个丈夫好。"

她开给我的财产清单列得很细,连皮衣和毛毯这些东西都写上去了。我回到家里跟妻子感叹说,到底不是结发夫妻啊,婚姻中怎么可以存在如此多的理性?这样的婚姻跟做交易有什么区别?

再后来我才知道她的第二任丈夫是那位出面保她的商厦老总。婚后第二个月她就去医院找我的妻子,做了人流手术。我妻子对她说,像她这种特殊体质的人,避孕药物起不了作用的人,如果不想要孩子,还是做个永久性手术比较好。她当时笑笑,笑得有几分凄楚又有几分无奈,而后就弓着腰出门,坐她老公的奔驰车走了。

再过了半年,老总调离商厦另有重任,卢玮和他宣告分手。

小林带着他心爱的姑娘历尽艰辛到达新西兰的第一大城市奥克兰,才发现事情远不像在国内时想象得那么简单。首先这里不是地球上的第一世界,风景气候虽说宜人,发达和繁荣就谈不上了。因为不发达不繁荣,就业机会少得可怜,人们习惯了悠闲和懒散,像国内新兴阶级那么玩儿命创业的,小林还没有看到。小林出来时不说踌躇满志，总还是信心十足，凭他的电脑技术和外语，找家大公司任职，拿一份不错的薪水，应该不算困难吧？事实上要走到这步还真是很难，很长时间里小林的工作没有着落。

工作找不到，花用却一点不少。单单用在租房上的钱就是一笔不小的数字。小林原本的打算是只租一间房，至多使用两张单人床，如果小玉执意不肯跟他同床共枕的话。结果小玉第一天晚上在客厅里整整坐了一夜，直坐得面如白纸，身子打晃，活像个日本商店里卖出来的纸偶人儿。小林心疼得不行，好言劝她："房间里明明放了两张床啊，我是个信守诺言的人啊，你要真是还不能放心，我给你写个保证书行不行？"小玉微皱了眉头，眸中泪光点点，满脸的楚楚可怜："我们租的是上海人的房子，身边来来往往的都是中国人，我们俩住一间房，人家会怎么看呢？传出去我还怎么做人呢？"小林心里想：人家还能怎么看呢？当初我们俩办移民出来，用的可是夫妻的名义啊。但是这句话他没有说出来。凡是有可能伤及小玉的话，一般他都不会说。他找上海房东加租了半间地下室，用几张纤维板简单隔了隔，把自己安顿下去。

如今的世界真是年轻人的世界了，汽车、迪厅、互联网、情人旅馆、可视电话、酒吧、鲜花、麦当劳、肯德基……铺天盖地织成一张奢华慵懒和享受的网，每一道边角和每一根网丝都是圆滑的，光润的，让你触手便感觉到舒适和认可的。男孩女孩们踩着滑板滚进网中，一下子便如同鱼入大海，快快活活地游来游去，时不时兴奋得尖声大叫。这便是生活啊！祖辈父辈们替他们创造出来的高质量生活啊！人们劳动和创造为的是什么？享受，享受，第三句话还是享受！享受是年轻人学习和工作的唯一目的。

肖小玉是多么年轻，她对世界张开的每一个毛孔和触角都是柔嫩的,光鲜的,吸收力特强的。她张开双臂扑进了新西兰的蓝天绿草白羊之中,呼吸着懒洋洋的大海的气息,穿着粗拉拉的羊绒毛衣,黑色小羊皮的双肩小包斜搭在背上,手里抓着滚烫的麦当劳的外卖纸袋,跟那些同样年轻的大学生们嬉笑着涌进校门,很快俯身在图书馆的计算机网络上检索资料了。出国读一个学位是顺理成章的事,也是轻松愉快的事,肖小玉想不出除此而外她还需要干些什么。

小林也想读一个学位。国外的学位那么好读,不要白不要。但是他们没有钱了,带来的钱替小玉交了第一年的学费,剩下就不多了,房租总是要交的,食品总是要买的,小玉同学们的那些"Party"也是要应酬的,小林不挣钱谁挣钱?

新西兰的食品也让小林不能习惯。清炒河虾吃不到了,乌骨鸡汤喝不到了,芦蒿、茭白、鲜笋、鸡毛菜、菊花菜一样一样都吃不到了,市场上出售的是永远的土豆、洋葱、荷兰豆、菜椒。菜椒极漂亮,红的绿的黄的橙色的都有,炒一盘摆出来,五颜六色如一盘盛开的花,赏心悦目,只是吃到嘴巴里毫无菜椒味可言,真正是味同嚼蜡。

小林有一点度日如年。三十多岁的男人实在是不适宜换位生活,就像长得茂盛的大树移动了容易伤根一样。

小林和小玉的亲密关系从来没有进入过实质性内容。所有的人(包括我)都认为他们是有的,但是他们恰恰没有。小玉有点像小林生活中的一盆花,他培育它,照料它,欣喜地看着它冉冉开放,浅笑盈盈,散发出淡幽幽的香味,而后他俯下头,将脸颊轻轻地贴近花瓣,深深地嗅它的味道,心满意足地醉着。

小林后来告诉我，只有那么一次，是在新西兰的乡村草地上，旷野无人，阳光灿烂，牧草的清香熏得人头昏脑涨，憨憨的大角细毛羊朝他们投过来老祖母一样的目光。小林深受鼓励，一跃而起，把小玉连头带脚地裹到了身下。但是在这个节骨眼儿上，小玉像个惊慌的女中学生一样地哭了，她说她还在读书呢，她还没有准备好做小林的女人呢，她能够好好地准备一下吗？能吗能吗？

小林不说一句话，无限羞愧地坐起来，顺便替小玉把衣裙拉好。他转过身去，背对着小玉，看大角细毛羊失望地低下头吃草，觉得真该对这些好心的羊们说声"对不起"才是。他知道他不可能再碰一碰小玉了，这辈子都不能了。有的男人被拒绝之后会再次进攻，屡拒屡战，越战越勇。有的男人只能够出手一次，他把多少年的期盼和力量都聚集到了这一次上，如遭抵抗，便溃不成军，悄然撤退，决不再来。

小林对小玉说："你放心好了。"就这么一句话，没头没脑，上下都没有铺垫。

小玉回答小林："我不怪你。我饿了，去吃麦当劳好吗？"也是挺不着边际的话。

毕业十周年，有热心人撺掇着要搞个同学聚会，好好纪念纪念，结果折腾了一阵子就罢休了，原因是大伙儿都忙，七荤八素的事情太多，眼睛一睁忙到熄灯，个个都感觉疲惫不堪，实在缺少一种消消停停聚会的雅兴。有人开玩笑说，或许毕业三十周年的时候能够放开情绪庆祝一番，因为那时候事业上差不多走到头了，该赚的钱都赚到手了，老婆盯得不那么紧了，儿女都大学毕业不需操心了，人生进入了另外一个境界，风花雪月都是过眼烟云，可以吟唱可以品嚼可以评点的，人活到那一步才是真正的洒脱。

尽管这样，怀旧还是人类的普遍情绪，有点像胀在膀胱里的一泡尿，不撒出来憋得难受。毕业纪念日那天，几个平常走动得近的同学约好了在大学宿舍楼下集合，而后依次将阶梯教室、系办公楼、图书馆、电教馆、计算中心、体操房、足球场、大饭厅等等地方"视察"一遍，发几句"今不如昔"的感慨，最后步出校门，习惯性地跨进马路对面那个叫"乐园餐厅"的饭馆。

推门的刹那，我们中间的一个蓦地大叫："小林！"

大伙儿举目寻找，果然看见小林孤零零地坐在餐厅一隅，面前摆着一个玻璃杯和一个空空的啤酒瓶。

重逢的过程有点像电影，我们大伙儿向小林奔过去，小林朝我们扑过来，之中一片"小林小林"的惊叫。但是小林一句话都没有说，他轮番跟我们拥抱，使劲拍打我们的肩背，再放手的时候已经是泪流满面。于是我们都明白了他为什么要回来，以及为什么他不跟我们中的任何一个人联系，却独自在这个日子里跑到这里来喝啤酒。

我们很快又团聚在一张桌上了。谁都没有提一句关于"新西兰"的话，小林更不说，他那天基本上处于一种"失语"的状态，微笑着轮流看我们每一个人，心满意足地听我们东拉西扯，仿佛他一去半年已经把中国话遗忘了似的，需要有一个复习和操练的过程似的。

小林渐渐恢复了跟我们的来往。第一次到我家去的时候，他带给我女儿一个新西兰的玩具：毛茸茸的人角细毛羊，真正的羊皮做的，摇一摇会发出"咩咩"的叫声。我女儿喜欢得要命，跟前跑后"叔叔，叔叔"地叫个不停，关于这种羊问了不下十个问题。小林有些惶惑地问我："真的是你女儿吗？她已经长这么大了吗？"然后他脸上的神情就很忧郁，凝视我的女儿，半天不再开口。

小林的电脑公司在他走之前就转让出去了，回来之后他应聘到一家很大的计算机集团当工程师，负责调试电脑，薪水还不错。晚上他在家里做兼职，替一些小的公司开发软件，设计程序，收入好的时候一个月能够过万。此外，零打碎敲的，他还帮人家做一些咨询啦，参谋啦等等杂事，收一些小钱。

从前他曾经控诉卢玮成天忙忙碌碌像一只工蜂，以至于他只能使劲儿地帮她花钱。现在轮到他自己做工蜂酿蜜了，他得把酿出的"蜜"源源不断输往新西兰，那里有他的"蜂后"，她要吃，要住，还要读书拿学位，正是花钱无止境的时候啊。

中午的时候，小林突然光临我的办公室。他手里拎着一只从什么电脑上换下来的零部件，一猜就是出去干活儿抽空子来找我的。他开始没有敲门，扒着我办公室的门玻璃使劲儿往里看，鼻子都压得发了白。我走过去开门，哭笑不得地说："干什么呀你？装神弄鬼，好像你从前没有进来过。"

他嘿嘿一笑："你这儿的两位老先生呢？"

我告诉他，退休了，年前就办手续走人了。说完这话，我醒悟到小林不到我的办公室闲聊已经很久。

他拖开一张椅子，小心翼翼坐下，把手里的东西轻轻放在桌上，而后就掏口袋，掏出一张用彩色打印机从电脑上打印下来的小玉的照片。

"瞧，就是这件玫瑰灰的外衣，她想配一件同样颜色的毛衣，高领的。我怕你看不清楚，带来让你看看。"

万家亲友团

  肖小玉站在新西兰某个大学的校园里，长发披肩，眉眼很干净，明媚而娇憨地笑着，唇下微微露一点粉红色的牙床，红得如玛瑙，光亮可爱。玫瑰灰的外衣束腰，近似于风衣，质地很好，也许就是那种大角细毛羊的羊毛做的。玫瑰灰的外衣里面，她临时配着一件白色毛衣，的确不好，配得俗了，若是有一件同色的高领毛衣相衬，那是相当高雅和谐的。

  这么一个干净的、雅致的、品位很高的女孩儿，当她从遥远的新西兰一封一封给小林发电子邮件，报给他一天天的生活费用，指定他买这买那的时候，她心里流淌着的是生活的幸福和对于未来的不惊不诧的等待吗？有没有这样的时候——比如深夜在独住的小房间里蓦然梦醒时，她想到了这么多年里已经对小林积聚了太多的责任，将来如何偿还是一个问题吗？

  小林在椅子上稳稳地坐着，历数他跑过的商场，又刨根究底地追问我一共跑了几家，是否抓到了一点成功的希望：没有高领的但是有低领啊，卖过这颜色但是暂时无货啊，什么什么的。他疲惫地叹口气说："不容易打听到，如果商场里没有熟人的话。"

  我知道他话里的暗示，但是出于一种特别的心理，姑且装不知道。

  果然他支支吾吾说："帝豪商厦的服装最多，要是卢玮……"

  我打断他的话："卢玮刚做过人流。"

  他一下子愣住了，嘴张了几张，脸上的神情里有一种显而易见的痛苦。

  当然他不是后悔，这一点我几乎可以肯定。如果他还跟卢玮生活在一起，今天的情况很可能更加糟糕。那么他的显而易见的痛苦是什么呢？

几天之后,我正在上班,接到小林从医院里找来的电话。他在电话里惊慌失措地说:"帮帮我!卢玮出车祸了!"

我跳起来,关电脑,打开传真机,锁门,因为电梯迟迟不来而转从安全楼梯一口气冲进街面上,招手喊了一辆出租车赶往医院,前后过程不到一刻钟。

卢玮就在这短短的一刻钟里大脑缺血而去世了。我冲进病房的时候,护士正在将一张白被单盖上她的脸,小林浑身颤抖地站在旁边,拳头堵着嘴巴,完完全全像一个羸弱无助的孩子。后来护士把卢玮的遗体推了出去,帝豪商厦赶来的人事科长跟出去招呼,病房里一下子空空荡荡。小林像突然惊醒似的对我说:"送她进来的时候她神志还很清醒,我的电话号码就是她说出来的,一个人怎么可能这么快地就死?"

他慢慢地坐下去,坐在旁边一张洁白的空床上,两手捂住脸,许久都没有声音。

卢玮出事的时候刚刚离婚不久,共同生活了一个星期的丈夫远走高飞去了海南,所以处理事故的交警只好把小林叫去清点汽车里的遗物。汽车是卢玮私人购买的,白色桑塔纳,车头部分已经撞得纠缠不清,瘪进去的车门处血迹斑斑,惨不忍睹。交警告诉小林说,卢玮是当天从南京出发去上海,下午又从上海经沪宁高速公路开车回来,属于疲劳开车,反应迟缓,与前面的一辆车追尾相撞,造成人车俱亡。交警从撞坏的车里扒拉出一堆东西,有一串钥匙,几张信用卡,几百块钱现金,一些女人的化妆品,一个能哭能笑的大眼睛娃娃,一件装在礼品盒中的玫瑰灰的毛衣。盒子外面的包装纸上有上海"巴黎春天百货"的字样。

这件玫瑰灰的毛衣,小林后来在卢玮的遗像前把它烧了。肖小玉在圣诞节前又发过来一封电邮,问小林有没有可能买到这样的毛衣?小林当晚就回了邮件过去,请求小玉不要再提到"毛衣"这两个字。估计小玉对这样的答复是很纳闷的。

再过了一些日子,小林到我家里喝酒,忽然对我说:"我还欠着卢玮的钱呢,二十万。"他喝下一大口酒,又说:"只好来世再还她了。"

紫金文库

万家亲友团

　　陈坤和万艳是一对年轻夫妻,结婚已经三年了,还没有小孩子。倒也不是丁克族,就是怀不上。万艳妈妈逢人就说,现在的空气和食品污染太厉害,搞得怀个孩子好像中大彩。万艳知道这是妈妈在替她做解释。她觉得这完全没必要,有就有,没有就没有,干什么瞎操心。

　　陈坤小时候是弃儿,似乎亲生母亲是外来打工妹,一不小心生了他,扔在了公共厕所边,后来被陈家当小学老师的两口子抱回去,上了户口,精心培养,长成了现在气宇轩昂的模样。父母当老师,小孩子最起码在教育问题上能得益,所以陈坤一路走来,小学中学大学,一直到硕士毕业,顺风顺水,毕业后进了大公司做暖通,地道的技术人才,凭一张暖通工程师的执照吃饭,拿高高的薪水,做有趣的事情。只有一条,陈家人好像寿命都短,他的爷爷奶奶外公外婆都已经早早入土,他的父亲母亲也在去年和前年分别离世，剩他孤零零一个，有时候举目四顾，未免戚戚惶惶。

万艳的家庭刚刚相反，祖父一辈就兄妹众多，到了父一辈，堂兄堂弟表姐表妹，数一数有二三十个，再到万艳这一辈，沾亲带故的万氏族人，上不了一百，至少也有七八十口，真的是热热闹闹，烈火烹油。这些万家子孙们南征北战，念书的念书，做官的做官，支边的支边，一家一家分布在大江南北，从前书信联系，后来出差和旅游的机会多了，彼此间偶尔能见个一面，认认脸儿，亲密关系说不上，谈起来牵肠挂肚倒是真的。

生活就是这样，平平淡淡，无惊无喜。小两口工资不低，雇了个钟点工每周打扫一次房间，平常三顿在单位食堂和小区快餐店解决，周末出门吃一顿特色餐，看一场电影。陈坤爱看国内拍的青春片，因为女主角颜值高，坐在影院前排的话，似乎一伸手就能将她们延揽入怀，满足了他的想入非非。万艳对陈坤的小小心思心知肚明，但是她不说破，说破就没有意思了，人类总是要有怀想天空的权利吧？

这就到了互联网时代，微信技术一夜间火了千家万户。万艳的一个四川表妹有天到北京旅游，召集首都的亲友们聚会吃饭，席上都是年轻人，谈谈说说好不热闹，端茶递酒相见恨晚。趁大家兴致高昂时，在座的一个大学生灵机一动，发起倡议，要在微信上建一个家族群，方便大家交换信息，沟通联系。议题一抛，众声附和。万艳的表妹说，群的名字就叫"万家亲友团"吧，简单，醒目，绝不会跟手机上众多的同学群同事群好友群搞混。

一语定乾坤，万家亲友团从此成立。当天晚上，聚会的一帮人各自将自己有联系的亲友们拉入群中，从爷爷辈的到子侄辈的，凡有手机者，一网打尽。那一晚，身在南京的万艳被表妹拉扯入群后，手机嘀嗒嘀嗒嘈呱了小半夜，尽是群里亲友们相互之间的问候信息，而且用词遣句高度重复，弄得她烦不胜烦，索性爬起来，把群聊模式设置成了"消息免打扰"。

陈坤，万艳的丈夫，万家的女婿，万家亲友团的一员，对这个庞大的微信群表现得无比投入，手机嘀嗒一响，哪怕他正在厨房里哗哗地洗碗，也会立刻关龙头，擦手，兴冲冲地奔进客厅，把茶几上的手机拿起来，第一时间开看。

他会敦促万艳："瞄一眼，哎，你三姑转了个视频。"

万艳蹲在地上研究一台空气净化器的说明书，头都不抬："又是广场舞。"

陈坤大惊小怪："你怎么不看就知道？"

万艳"喊"一声，懒得回答这个蠢问题。她三姑从贵州的一家三线工厂退休后，迷上了广场舞，每天日场一次，晚场一次，跳得连饭都不做了，把三姑夫赶回工厂食堂吃饭，亲友团里都在当笑话讲。

有时候万艳正上班，陈坤巴巴地给她来个电话："你二哥家小孩，上海的那个万维维，托福刚考过，说是感觉还行。他这回第三次考了吧？也该修成正果了。"

二哥是万艳堂叔家的二哥，二哥家的万维维是堂叔的孙子，跟万艳八杠子打不着的远亲了，陈坤居然也关注，还操心，让万艳啼笑皆非。万艳忍不住地在电话里教训他："上好你的班吧，不该管的你少管。"

陈坤不生气，乐呵呵辩解："家里人的事情嘛，人家既然说出来了，起码要点个赞是不是？"

万艳有次回娘家,跟父母说起陈坤,撇着嘴抱怨:"这人怎么变得这么八婆?从前真没看出来。"

万艳妈妈想了一会儿,不无哲理地回答她:"一个人要是在沙漠里渴久了,看见水源就会不顾一切地扑上去。"

万艳很佩服她妈妈,毕竟是做中学语文老师的,说话就是有趣味。

那一天夜里万艳做梦,果真看到了无边无际的灰黄色的沙漠,一个身影在高丘上奋力奔跑,每拔出一步都无比艰难。这个身影,有点像十来岁的稚气少年,又有点像七八十岁的龙钟老年。她很想超越上前看个清楚,却发现自己陷进了黄沙之中,锥子一样下旋,瞬间要遭遇灭顶之灾。她"啊"地醒来,一身冷汗,心脏狂跳。转头看陈坤,眉眼虽模糊,呼吸却恬然,皮肤散发出微微的温暖。她怜惜地想,陈坤要找什么水源?她这瓢水还不够他喝的吗?

陈坤做暖通,公司的楼盘遍及大江南北,他时不时地要出差,戴着安全帽上工地,检查图纸的落实情况,偶尔解决一两个疑难问题。工地上总是脏乱差,裸露的钢筋,深一脚浅一脚的泥泞,轰轰作响的水泥搅拌机,还有那些脑子不开窍的工程监理,陈坤想起来就头疼。他对万艳说:"最多做到四十岁,攒够了周游世界的钱,我们就辞职坐邮轮去。"

这样的时候,陈坤就要喝上一罐淡啤酒,庆幸他的家庭结构超级简单,将来若是周游世界,走到天边都没有牵挂。

出差在外的时候他们一般不打电话,至多就是飞机落地报个平安而已。没有牵挂,也就意味着他们之间没有太多的共同话题,没有可询问的,也没有值得汇报的。万艳倒是喜欢这种状态。她看不起单位里那些开口菜价闭口小孩的女同事们。

秋天，陈坤去上海松江。那里有他们公司做的一个酒店，就在未来的迪士尼乐园旁边。当初陈坤画图纸时，还兴致勃勃地邀请了万艳："等明年乐园开业，我要带你去住这个酒店。"万艳嘴上没说，心里很不屑地想，又不是小孩子，谁会对迪士尼感兴趣？

陈坤出差坐的是高铁，也不过一个半小时的事，感觉上跟同城上班没有太大差别，所以到达之后没有给万艳打电话。晚上八点钟，万艳一个人吃完了一碗速冻馄饨，打开电脑看美剧之前，顺手点开手机里的"万家亲友团"，立刻看到陈坤的一张乐滋滋的笑脸，是自拍照，背景似乎在一个日式火锅店，桌上有热热闹闹的杯盘碗碟，身后还有几张挤作一堆的模糊不清的脸，个个竖着两根手指头，做兴高采烈状。万艳皱皱眉，心想同事吃个饭还值得发照片，一点没创意。刚想关微信，屏幕上出现了陈坤的第二条信息："老婆，猜猜我身后都有谁？"

万艳不想猜。这太幼稚了，高中生才用这样的语气说话。

第三张照片跟着又过来，这回不是自拍，是陈坤用他的手机拍了别人：男人和女人，大人和孩子。万艳只瞥了一眼，瞬间明白，不是陈坤的同事，是她在上海的亲戚们，表姐堂哥和堂侄。其中两个不认识的，一个是堂侄媳，今年刚嫁进万家的门，另一个还小，三四岁，或者四五岁？应该是哪位亲戚的孙子吧。

既是这样，万艳不能不做反应，否则要得罪亲戚。她点开亲友团里的回复栏，思忖着应该写上一句什么话，表现出恰到好处的惊喜和热情。

刚写两个字，群里的短信已经一条跟着一条蜂拥而出，挤爆了一版屏幕，蔓延至第二版第三版第四版……有竖大拇指称赞的，有矜持地发上一个微笑的，有热辣辣送上一个通红嘴唇的，还有手舞足蹈的卡通图像，满地打滚的光屁股婴儿，完全无厘头的搞笑动画。

万艳沮丧地抹去了回复栏里已经写好的两个字，深感自己反应迟缓，缺欠机智。

电话铃蓦地响起来，显示的头像是陈坤。万艳无可无不可地接了他的电话。陈坤的声音里透着激动，连音调都比平常高了几分，变得有点尖细。他语气急促地大叫："听得见吗？喂喂你听得见吗？"

电话里的确嘈杂。可是万艳这边却是寂静无声的，凭什么听不见呢？她有点哭笑不得。

"他们都问你好呢，你哥和你姐。"陈坤喊。

"哦哦。"万艳答，同时心里想，那不是我哥和我姐，那不过是亲戚，难得见面的人。

"要不要跟他们说话？我把电话给你姐啊。来来……"

万艳有点慌乱地，都来不及组织词句，嗯嗯啊啊着，分别跟她的表姐堂哥们说了话。"挺想你们的。""来玩。""下次。"诸如此类的务虚性质的内容。

放下电话，万艳越想越恼火，觉得陈坤的行为简直就是越界，明明是她家的亲戚，陈坤怎么可以自作主张地跑去邀集一个饭局，还招惹了一帮亲友们微信参与，还措手不及将她一军，让她在电话里语无伦次像个傻瓜？

两个小时之后，估摸着饭局散场，陈坤已经回到酒店，万艳不依不饶地给他去了个电话，"陈坤你听着，以后没有我的同意，不准你在外地见我的亲戚！"

陈坤喝了酒，脾气很好，嘻嘻哈哈："不见不见，坚决不见。"

"你要是背着我干了什么，我宁愿跟你离婚，把你踢出我们家的群。"

"宝贝儿，别生气，来来，亲一个，来嘛。"

陈坤之前很少会这么跟她黏糊，听得出来，亲友聚会让他心情大好。

这事过去之后，隔了一星期，万艳的单位组织秋游活动，就近去了东郊栖霞山。年龄相近的男男女女，爬山，野餐，各种自拍、互拍，还席地坐下来打了扑克牌，用手机软件测了颜龄，算了星运。万艳被算出来她年底会怀孕，怀的还是个小公主。同事起哄，说若是预言成真，要请在座的吃一顿大餐。万艳嘴里说不信，心里却开心。毕竟三十岁的人，要不要小孩子是一回事，有没有能力怀上，又是另外一回事。

第二天是周末，闲来无事，趁着余兴，万艳选出手机里拍得不错的几张栖霞山红叶照，发到了亲友群。不出所料，只片刻工夫，得到的又是一片来势猛烈的赞，有叹红叶惊艳的，有夸万艳拍摄角度抓得好的，还有人更会说话，高调赞美"人比红叶更灿烂"。

万艳头一次在手机上收获到亲友团里漫溢的回应，默不作声地看了一遍，又看一遍，明白了一个道理，人活在世界上，被别人关注是需要。吃饭的时候她把这个发现告诉陈坤，陈坤哈哈笑着说："你总算刷出存在感了。"

万艳在大西北有个亲戚，是她表叔的儿子，曲里拐弯也算是她的表弟，看了万艳的红叶图，心血来潮，群里发了个号召："我们去看红叶吧。"居然一呼百应，到晚上，天南地北已经有十二个人报名参加。

万艳慌得要跳楼。她是独女,家务事上的操办能力一向偏弱。父母虽说同居一个城市,毕竟年迈,又住城郊,总不能闭着眼睛把麻烦推给老人。一想到十多个人的亲友团将会蝗虫一般涌进她的城市,她就懊悔脑筋搭错发了那些图片,恨不得剁掉自己的手才好。

没有料到的事情是,几乎不等她思考妥当,坐在卫生间马桶上的陈坤,已经在亲友群里抢着做了表态:欢迎加入红叶团!

万艳急眉赤眼地冲进卫生间,对着陈坤大喊:"这是我们家的事,你能不能别替我代言?"

陈坤放下手机,很无辜地看她:"你们家的事,难道不也是我的事?"

万艳就噎住了,冷静了一下,觉得非但不该怪陈坤,还得大力表扬他才对。拿老婆的事情当自己的事,这么忠心又靠谱的老公到哪里找?

万艳道歉说:"我是脑子里一下子乱了套。"

陈坤笑嘻嘻地:"你可以靠边,交给我就好。"

话虽这么说,毕竟做主拍板的还是万艳。两个人分工合作,在小区附近的"七天快捷宾馆"订了房间,在宾馆楼下的"大家乐"餐馆订了一日三餐,从两个人的单位同事手中分别借到了足够数量的"公共自行车租赁卡",还上网订购了成箱的水果和零食。

红叶团最后募集到的人数是连老带小十五个人,分别搭乘飞机高铁动车络绎到达。陈坤和万艳一个开车一个打的,来来回回接了几趟,总算把一行人安置下来。亲戚见面自然是烧一锅浓汤,天南海北的口音像猛烈的柴火,让汤汁沸腾到咕嘟冒泡。仅仅是将这些熟悉和不熟悉的名字面孔及亲属关系对上号,就不知耗去了万艳的多少个脑细胞。亏得陈坤这个理科男的脑子，穿针引线适时提醒，没让万艳闹出太多张冠李戴的笑话。

为接待红叶团，万艳和陈坤真是使出了吃奶的力气。万艳负责后勤保障，吃喝拉撒睡。陈坤是优质导游，全程陪玩。三天时间里，陈坤活像一只领头的雁，带着一支声势浩荡的自行车队，早起晚归，南来北往穿行在城市的各个景点。到了晚上，酒足饭饱之后，亲友群里的信息量便会瞬间猛增，有当天拍摄的各种美景美食，有关于人文历史的专业性很强的讨论，有红叶旅行团成员的音容笑貌，自拍和互拍，段子和搞怪。群里余下没来的，不是后悔坐失旅游良机，就是天天伸长了脖颈使劲刷机，在线分享聚会的快乐。

这意味着万艳钱包里的钱像流水一样花出去。还意味着她在餐馆里张罗饭菜时，必须使足全力，喊出最大的音量，才能压过那些亲戚们激动到忘情的嗓门。当初加入万家微信群的时候，她根本没有想到会有如此精疲力竭的付出。

热点总是轮流转换，一波未平，另一波又起，这也是亲友群里持续热闹的原因。

万艳有个远亲的侄女，年纪比万艳还大了几岁，三十五了，儿子已经读到小学四年级，忽然还想要个女儿，就加入了赴美生宝宝的大军。怀孕七个月的时候，一件宽松的羊绒大衣帮她顺利过关，进入美国洛杉矶，在台湾华人开设的月子中心落下脚来。

一场马拉松式的网上直播就此开始。赴美生子是新鲜事，新鲜事在微信群里最容易发酵，更别说这还事关万姓家人的生死安危。

星期天的时候，陈坤半躺在沙发上，嘴里含一支台湾黑糖话梅棒棒糖,手里举着"iPhone6 Plus"的手机。顺便说一下,自从加入"万家亲友团",陈坤发现自己的视力急速减退,为了保住一对画图吃饭的眼睛,他不惜血本更换了最靠谱的工具。此时,他躺着,头枕在沙发扶手上,手指不断地滑开屏幕,关上,再滑开,再关上,百无聊赖的模样,然后抱怨美国那边的孕妇太懒,两三天才提供了四张图片。

"时差十二个小时,孕妇不能不睡觉。"万艳替侄女解释。

"发张图片费多大事啊?她难道不知道这么多人在关心她?"陈坤从嘴里抽出冒着热气的糖棒,脸上是掩饰不住的无聊和郁闷。

万艳心里,就有一股来历不明的火头,盘旋又盘旋,寻找突破口。

"如果怀孕的这个是我,恐怕你不会一刻不停地关注。"她斜睨着他手里那台被迫患上了多动症的手机。

"说什么呀。"他懒洋洋地回应,"人家不是在美国嘛。"

"我是说,如果在美国的是我。"

"事实上你在我身边,嗯,我们之间随时都可以谈话,甚至可以做点特别的事情……当然,前提是你愿意。"他嘻嘻哈哈,一边第一百次地滑开屏幕。

对话就无法继续下去了。万艳起身,去厨房里倒了一杯水,咕咚咕咚地喝下去。其实她并没有那么渴。

然后,她回到客厅,站在博古架后面,透过稀疏的木格档,凝视沙发上的男人。她觉得他越来越陌生。他躺出这么一副癞皮狗的样子,还像小孩子似的吮一支棒棒糖,真丢人。

两个月之后,美国宝宝在洛杉矶的医院如期诞生,第一时间就睁开眼睛,啃了自己的拳头。一分多钟的视频发上来,亲友们大加赞许，都说，到底美国的空气好，食品健康，小孩子生下来就是皮实。

这事对陈坤的刺激就是，他开始比较勤奋地在万艳身上耕耘，希望也有自己孩子的照片发到亲友群，成为关注的中心。

黑暗的夜晚，他们汗水淋淋地绞缠在床上，你来我往，发出野兽般地喘息。他们的全部心思就是做爱，多多地、长时间地做爱，直到精疲力竭。陈坤手握着万艳的头发，婴儿一样甜熟地睡去。这时候，万艳会欠起半边身，一只手伸到肩头，掰开陈坤的手指，把他的胳膊小心放平。之后，她重新躺倒，翻一个身，背对陈坤，轻轻地呼出一口气，终于觉得自己不是个妓女，她是真正的自己。

春节刚过，亲友群里开始集中关注来自湖南的消息。湖南有万艳的伯父，是她嫡亲的大伯，父亲的大哥。大伯八年前就查出癌症，三次开刀手术，化疗的经历能写一本医学体验小说，病病歪歪坚持到今天，终于撑不下去了。先是癌细胞扩散，到了肝脏、骨头，痛苦到无以复加。再后来扩散到脑部，索性陷入了昏迷，倒也平静下来，苟延残喘，就等着咽气。

亲友群里的沟通加速，准备去湖南出席葬礼的同辈及子侄辈的人，互相联络，订机票订宾馆，提醒要带上适合丧礼的衣服，私信各方出多少份子钱才是恰到好处，希望大家统一标准，以免有人过头或不足，造成不必要的尴尬。

万艳的父母无法出行，因为老两口不久前去新马泰旅游，乐极生悲，老爷子扭断了脚背上的一块小骨头，目前还打着石膏，不能下地，老太太必须在家寸步不离地照应着他的吃喝拉撒。父母缺席，万艳自然要替代出阵，事关礼节，面面俱到总是最好。

陈坤对万艳说:"我陪你去。"

万艳说:"求之不得。"

陈坤警惕:"好像不愿意?"

"说什么呢?为什么不愿意?"

"口气不对,冷得很。"

万艳哭笑不得:"拜托,这什么时候?我伯父都死了,明天就下葬了!"

网上订了票,两个人打车到地铁总站,再换乘轻轨往机场。半路上万艳摸到提包里的房门钥匙,忽然想起出门匆忙,忘了检查房门锁好没有。她"啊呀"一声惊叫。

"干什么?别吓人好不好?"陈坤责怪她。

"你看见我锁门了吗?"万艳煞白了脸。

"没注意。"

"再想一遍。"

"的确没注意。我负责拎箱子了。"

万艳越想越觉得慌——也许现在家里的房门还大开着,也许已经有小偷大模大样地进了门,正在起劲地翻箱倒柜,也许小偷正在眉飞色舞地打电话,从四面八方招来更多同伙,以便拿走她家里更多的东西。

万艳用劲地揪住提包把手:"不行,我得回家一趟。"

陈坤叹口气:"你要么是健忘症,要么是强迫症。"

"随便你想,我肯定要回家。"

他们在地铁总站下车。陈坤先去机场办票,万艳原车返回。

结果房门是锁了的。万艳舒一口气。她这么年轻,不可能得健忘症。

又打一辆车，还去地铁总站。下班时间到了，路上突然堵了起来，挤挤挨挨好不容易到达目的地，陈坤打来电话："到哪儿了？"

万艳告诉他："地铁电梯上呢。"

"别过来了。"陈坤说，"闸门关了，我已经登上飞机了。"

"不可能的，飞机从来没有准时过！"万艳快要哭出声来。

"你看，亲爱的，还就是不巧，偏偏今天准时了。"

"你真是讨厌！"万艳很失态地大叫，惹得旁边的行人纷纷对她注目。

陈坤笑嘻嘻说："别这么大声，你要感谢我才对，起码我们家里还有我做个代表。"

现在万艳跺烂脚也没用，葬礼是第二天一早，而当天已经再没有航班飞往湖南。

万籁俱寂，万艳孤独地闷坐家中。她没有回单位销假，怕同事笑话她。打开微信群，葬礼的照片一帧接着一帧在群里上传，一水的黑色，黑色中跳跃出黄色和白色的鲜花，场面肃穆，仪式周全。她看到其中一张，陈坤穿着黑色西装，打一条蓝白条纹领带，悲伤地站在亲友群中，高挑，挺拔。不能不承认，这么帅气的小伙子，即便穿着丧服，也是整张照片的亮点。

晚上陈坤给家里打来电话，说湖南的亲戚一家过于悲痛，得有几个人留下来陪个几天。"他们说我留下合适，你觉得呢？"

万艳不觉得，尤其是本应该在场的她反而困守家中。可是如果亲戚真的挽留，她没理由开口说不。

三天之后陈坤才满脸疲倦地走进家门。他瘦了一点，眉眼显得忧郁。而且，关于葬礼，关于葬礼之后的种种，似乎也没有对万艳做太多交代。

微信群里,再没有人提到湖南。这个万艳能理解,经历一场丧事之后,人们总是避免触景生情的吧。

有一天,是在万艳生日的那天,吃过了一顿烛光牛排加澳洲红酒的浪漫晚餐,回家之后,趁着酒意,陈坤异常艰难地对万艳提起离婚。

"离婚?"万艳大吃一惊,差点儿把一杯滚烫的茶水打翻在地。

陈坤抢前一步,接过茶水,放到玻璃茶几上。"离婚。"他低声重复,不敢看万艳的眼睛。

沉默了好一会儿。有一股冰冷的气流在两个人之间来回穿梭。万艳喉头发紧,像有人卡着她的脖子,一门心思要让她窒息。

"谁?"她问,"从什么时候开始?"

陈坤坦白:"你伯父的葬礼。那三天我陪的不是你伯母和堂哥们,是你伯母的外甥女,我们两个去了凤凰城。"

万艳冷笑道:"凤凰城!"

她心想,如果沈从文老先生还在,看到他的凤凰城成了情人幽会的缱绻之地,不知道会不会再写出一篇《边城》。

她给她的父母打了电话,哭诉了陈坤的负心。又给湖南的伯母打了电话,控诉了她那个外甥女横刀夺爱的可耻行径。当然,她想不出保留自己这段婚姻的理由。这世界总是这样,来来往往,熙熙攘攘,每个人都是过客,想得开就好。

陈坤倒是洒脱,选择了净身出户。既然他早已是一个孤儿,又有暖通工程师的资质,那么,在哪儿生活其实都一样。

倒是有一个要求,是他郑重其事、言辞陈恳地对万艳提出来的,那就是:允许他继续留在万家亲友群里。他说,在精神上,在情感上，他跟这个微信群体密不可分，而且，作为历史，他存在过，这是无法抹去的事实。

万艳冷静思考之后，回答他说，她得把这个奇怪的要求发到微信群里，让亲友团成员充分讨论之后，决定他的去留。"这是最公平的。"她在电话里告诉他。

万家亲友团

我母亲的学生

　　大概在十年之前吧,我母亲家里来了一个不速之客。事先没有任何通告,既没有电话也没有口信,那人将一部崭新的锃亮的轿车开到母亲家楼下,上楼,敲开房门,热情万分又不由分说,把我的老父母架起来就走,弄到城中心一家颇豪华的饭店,山珍海味一通猛上,饭毕又恭恭敬敬将两个老人家送回家里,反客为主地伺候了毛巾茶水,留下一地的土产物品,才告退离开。

　　母亲打电话给我,是催我赶快过去帮她消化那些土产。两只老母鸡是杀好的,自然不能久搁;鱼要趁新鲜刮鳞剖肚;鸡蛋有两纸箱;麻油是拿小桶装的;光那几袋绿色大米,没人帮忙的话,我老父母没准儿要吃到米桶里长虫。

　　我在电话里问母亲:"谁呀?谁这么大方?"

　　我担心老年人坐在家里上当受骗。这年头,给你颗糖球再让你吐出块金锭的事情,身边不是没有发生过。

"说什么呢?"母亲觉得我低估了她的智商,声音一下子高亢起来,"我的学生嘛!学生上门来拜谢老师嘛!"

她絮絮叨叨告诉我,这个学生叫邵水通,"文革"中的初三毕业生。初见面她根本想不起对方姓甚名谁。她在老家县中当那么多年的班主任,教过的学生成百上千,不可能个个记得清楚。

"多少年了嘛,那时候都还是十几岁的孩子,脸模子还没长开嘛。"母亲这么解释。

后来,在饭局上,经对方一再提醒,加启发,加暗示,才记起了他的诨名:潲水桶。

"想起来没有?我跟你们说过的,学生时候我对他多好!结果呢,他反而记恨我,后来还批斗我,揪掉我一撮头发!"

母亲这一说,我有印象了。她的学生大都是循规蹈矩平平常常那种,在老家做个小官,当个不咸不淡的公务员,再就是开公司的小老板,知青回城后早早被下岗的工人,这些人毕业之后极少有机会来到省城,与退休多年易地而居的母亲几乎再无交往。偶尔有几个风风光光混出世面的,或者当学生时候离经叛道,头上长角身上长刺的,母亲对他们的印象才比较深刻,闲时喜欢翻来覆去挂在嘴上作为谈资。

这个"潲水桶",一定属于母亲有印象的那类吧,我记得听母亲提到过,她曾经把他作为一种"忘恩负义"的典型,愤愤不平地以他为例,来控诉"文革"中那批学生们"坏了良心"。

这个人来自农村,怎么说呢,家境上肯定是比较贫寒的。其实那年头,"贫寒"是中国人家的普遍状态,邵水通的家庭不过是比班里同学更加不堪而已。他个头小,面黄,精瘦,头发都长得稀稀拉拉,一副营养不良的模样。但是他能吃,脸盆大小的饭钵头,熬

万家亲友团

得像糨糊一样的大麦糁子粥,他两手捧着,嘴边上转一个圈,响声都不见,眨眼间粥光钵尽。县中食堂实行的是搭伙制,每人一个粗陶饭钵,自带粮食,象征性交一点柴火费,由食堂代为蒸饭。菜票却是各人购买,吃饭时八人一桌,桌上一个热腾腾的菜桶,冬天白菜夏天茄子,浇几滴油,抓把盐,炖得烂分分软乎乎,各人拿铁勺舀进自己饭钵子里,连汤带水混个假饱。

初中学生,尽管还是长身体的年头,终不比长年下地的劳作之人,再加学生的那点可怜的自尊心,每桌吃到最后,菜桶里多多少少要留下点老梗黄叶之类。这时候,磨磨蹭蹭吃到最后的邵水通便开始打扫战场,挨桌去搬那些浸透汤水的沉重的菜桶,倾倒,喝汤吃菜之后,还拿手指头在桶壁旋转一圈,吮吸沾在指肚上的一星点可怜的油花。

我母亲说,其实这是一个好习惯,有一年她参加"夕阳团"出国旅游,看见老外们吃到最后也会刮盘子,只不过人家拿面包刮,拿西方的教义说,这是珍惜"主的食物"。可中国人不行,中国人好面子,寒酸也寒酸在家里,不能做给别人看。邵水通每天打扫食堂的战场,免不了就让同学笑话了,背地给他起个浑名,叫"潲水桶"。

上到初二,邵水通的父亲去世了。听说是饿死的。他没吃早饭在地里插秧,起身时一阵头晕,栽倒在秧田,泥水糊住了口鼻,一口气没上来,小命归了天。按理说邵水通家里更加赤贫,可他却没有退学。我母亲替他申请到每月两块钱的助学金,他就用这钱买菜票。他每天蒸在饭钵子里的,不是大米,也不是麦糁或小米,而是受潮发霉的山芋干,揭开钵子,同桌学生就能闻到一股酸馊味。

然后,就是在同宿舍的学生中间,隔三岔五地开始丢菜票。数量也不大，一张两张的毛票。搁现在，中学生身上少个三五十块怕也不会太在意，可那会儿不是没钱嘛，分币都能攥得出水，两毛钱能顶三五天的菜金呢。

也不知道怎么的，都认准这钱是邵水通拿了。感觉这玩意儿很奇妙，有时候它的确像雷达一样灵敏得叫人害怕。何况也有事实：邵水通躲在宿舍里连吃了一星期的盐水萝卜干，这星期忽然有钱打了菜。

就反映到他们的班主任，我母亲那里。

母亲不准她的学生把这事说出去，校领导面前不能说，外班级学生面前也不能说。母亲的想法，这种事说大也大，关乎品质；说小也小，长身体的孩子嘛，肚里没油水，他饿得慌啊。母亲怜悯邵水通，她不想为了几毛钱菜票毁掉一个学生的将来。

于是，她就做了一件说不上是愚蠢还是聪明的好事：她从自己工资里拿出五块钱，买了厚厚一摞食堂菜票，趁学生宿舍无人时，压到了邵水通的枕头下。

如果真的是没有人看见，那也就罢了。偏偏那晚邵水通尿了床（顺便说一下，这个学生上到初中还有尿床的毛病），早晨他把被褥抱出去晒太阳，枕头掀开，皮筋裹扎的一捆菜票赫然暴露在大家面前。

五块钱啊。一毛钱一张的菜票，有五十张之多。结结实实一捆。

当时的情况，所有人都目瞪口呆地愣在宿舍里，每个人的目光，箭一般地刺进了那捆菜票，准确而深刻。

然后，一两分钟之后，大家又哗地散开，急急忙忙地，拉开抽屉掏扯口袋，去检查自己身边的菜票夹，拿出来，沾着唾沫星，一张一张数。数完一遍，不能确信，回过头再数。

而这一切，都是当着邵水通的面进行的，丝毫也没有回避对他的讶异和鄙视。

那个可怜的孩子，那一刻孤零零地站在宿舍里，心里经历了怎样的孤独、悲伤和黑暗，没有人能够说得清楚。

在我母亲这儿，从那一天开始，她对邵水通的微薄的物质援助，一直持续进行，到"文革"开始她被批斗被停发工资才无奈结束。援助的情况是这样：每天早晨母亲在学校食堂买一个热腾腾的花卷，拿花手绢包着，锁在她的办公室抽屉里，到第二节课下课后，十点钟左右，她走到教室窗口，招手喊邵水通出来，带他到走廊僻静处，把那个已经微凉的花卷交到他手上，之后急忙转身，做贼一样回办公室。

母亲后来对我们说，她之所以立刻就走，是不想看见邵水通感激涕零的样子，她做好事从来不求报答。

我母亲心地善良但是头脑简单，她喜欢施舍者的崇高的感觉，却往往会忽略被施舍的那个人的复杂心态。

"文革"开始，母亲和学生之间的关系颠倒了个儿，学生穿军服，扎红袖章，气宇轩昂地站到了讲台上，指点江山挥斥方遒，把母亲和她的同事们批斗得体无完肤。母亲成了"牛鬼蛇神"，被揪进牛棚里，每天灰溜溜地写检查，替学生抄大字报，扫地做卫生，偶尔还跪着让学生们"踏上一只脚"，仿佛对方非如此不革命。

邵水通当上了红卫兵的小头目，因为矮，瘦，三根筋撑着一个头，出去造反和武斗都不顶用，留在学校里做后勤，负责看管他当年的老师们。每有批斗会，传令兵通知他，他便从牛棚里把那个被批斗的对象押出来，一路拳打脚踢地轰到会场去。

有一天轮到我母亲被批斗，解押途中，因为绳子勒得太紧，我母亲恳求他松一松绑。她喊他的名字："邵水通……"

母亲心里一定认为，初中三年中她对他是有恩的，别的不讲，光花卷就给他吃了上百个，人不能不讲良心。

就在那一刻，在母亲喊了邵水通的名字之后，突如其来地，他发作了，豹子一样跳起来，伸手揪住我母亲的头发，哗地一下子，将我母亲仰面扯倒在地。母亲的一缕头发缠到他手上，鲜血从母亲头顶上流下来，花里胡哨淌了满脸。我想我母亲当年的模样一定超恐怖，所以邵水通自己也被吓着了。他惊吓之后的反应是越加狂暴，跳着，骂着，用脚尖拼命踢着，而我母亲被反绑了双手，除了蜷身曲膝保护面部和乳房之外，无处藏匿她的身体。

那一顿暴虐的结果，是母亲浑身青紫，腰部软组织挫伤，肩胛骨裂，头皮被撕裂一块，至今还留着一个不规则的疤痕。母亲每天早上要仔细梳理头发，才能将那块伤疤遮住。

偶尔母亲跟我们讲起这个故事，总是自比成"农夫"，不能理解被她养育的"蛇"为何要反咬她一口。她的意思是，蛇咬人因为本能，而邵水通是人，人怎么可以恩将仇报。

我母亲七十多岁，这世界上有太多的事情她不能理解。

母亲在电话欢欣鼓舞地说："邵水通当年是做了坏事，他现在忏悔了，他来看我，说明他真心觉得对不起我。"

"你确信？他对你道歉了吗？"我追问。

老太太"哦"了一声："那倒没有。道什么歉啊，我不在乎形式的。"

我没有再说什么。这种事情，如果我评判太多，母亲心里会不爽。

万家亲友团

有了这么一个其乐融融的开头之后，邵水通开始频繁地往我母亲家里运送东西。都是食品，四时鲜蔬，米面粮油，五花八门。有一段时候，不光我母亲很少去菜场，连我都跟着沾光，拎回来的杂货堆得储物柜的门都关不上。逢年过节，邵水通索性让他的司机拿麻袋装着东西往楼上扛，弄得同楼道的邻居探头探脑，以为我母亲家里住着哪个重要部门的手握大权的官员。

我意识到这样的情况不太正常：如果是一般意义上的人情往来，不带这么声势浩大的。

我问母亲，这个邵水通现在是什么身份？贪官还是污吏？母亲很不高兴地责备了我，说我们这些人都是被网络弄的，满脑子阴暗，总把人往坏处想。母亲说，邵水通不当官，当老板，在县城开了家五星级的大饭店。他从前当"潲水桶"，那是人穷志短。人家现在有钱了，想孝敬一下老师，你不好乱起疑心。孔夫子的学生还惦记着给老师送肉吃呢，尊师是美德你懂不懂！

母亲义正词严，我在她老人家面前显得獐头鼠脑活脱脱一副小人模样。

有一年，我记得是"SARS"过后，灾难远去，幸福重来。活着的人不免欢欣鼓舞，四处寻朋友见面，庆贺自己死里逃生。邵水通专门开着一辆大奔驰到南京来，除了送上当季的土特产品之外，还执意要带我的父母出去吃饭。那天赶巧我在母亲家，邵水通顺带邀请了我。

我是第一次见到这位大老板的真人版。之前在母亲的叙述中，她这位学生是面黄肌瘦发育不良，可是见面后我发现，这简直就是一个天大的惨误，这位邵老板非但圆胖喜感，个头也算得上高大魁梧，跟我年老龙钟的母亲站在一起，视觉上的对比相当强烈。

183

屈指算起来，母亲当他班主任时，他也就是十三四岁吧，男孩子到高中之后才拔节猛长，那是完全有可能的。反过来说，如果当年他人高马大，我母亲也许就会对他严格有加，该批评批评，该处罚处罚，后面的事情又不知道是怎么个写法。

就餐的饭店是南京最好的海鲜酒楼，我和我父母加上邵水通，总共四个人，摆上席面的食物十四个人都吃不完。古典式桌椅，银闪闪的餐具，精致到繁复的菜品，一切一切都带着那种昂贵的、奢华的、派头逼人的气势，压迫得我们呼吸艰难。我看见我母亲把一副银制的刀叉拿起又放下，惊慌失措地拿提花餐巾去擦她面前的一小滴汤汁，非常努力地去咀嚼她根本嚼不动的牛排，把一个简单的就餐程序弄得陌生而慌乱。她不时地抬眼看我，又看邵水通，脸上的神情小心翼翼又自惭形秽，仿佛在说，瞧我，我这个没出息的土老太婆，我怎么把事情搞得这么糟！

可圈可点的是邵文通的表现，他面对满桌的食物，一边浅尝辄止，一边谈笑风生。他说我小的时候他见过我，那时候我母亲在教室里上课，正敲着教鞭训人呢，我抱着半岁的弟弟跑到教室门口大叫："妈妈，弟弟要吃奶了！"全班学生哄堂大笑。还有，我那时候爱看小人书，每到考试前，就有学生拿小人书贿赂我，叫我去偷看试卷上的作文题。"嘿嘿，"他说，"没想到你自己就成了写书的。人啊，三十年河东三十年河西啊。"

我有点敏感，总觉得他这话不是顺嘴说说的。

吃完饭，邵水通又开着大奔送我父母回家。到了楼门口，我代表父母对他致谢，请他留步。他执意不走，要把两个老人亲自送上楼。"不差这几步的。"他说，态度非常诚恳。

我父母住的小区是八十年代建造起来的教师公寓，没有电梯，上下楼完全步行。邵水通高大肥硕，我父亲身形也不算矮小，他一边一个架着我的父母时，三个人便同时拥挤在狭窄的楼道里，免不了磕磕绊绊跟跟跄踉踉。我走在后面，仰头看着他们别扭的步态，觉得这不像扶携，倒像是绑架，忍不住心里发笑。其实，我父母虽说年迈，腿脚还相当利索，每天上楼下楼买菜散步，一个人走得清清爽爽，搀扶或者架助的时候还远远未到。邵水通如此夸张地服侍二老，在我看起来总是不够家常，有一点舞台上演戏的模样。

也许我是小人之心了。我们这些舞文弄墨的人，没事就喜欢七想八想。

又是几年过去。邵水通的探访断断续续坚持不懈。每回来，依然是大袋小袋扛进家门，林林总总摊满一地。我跟着母亲沾光，几年中着实享用了他不少东西。我一直等着他有一天开口，请我们家的人出面帮他做一件事情。在我们如今的社会里，"互惠"从来都是人和人之间相处的原则。这么说吧，如果有一天我无缘无故接受了别人的重礼，而对方闭口不提要求，我会忐忑不安，会觉得心里悬着个东西，而且那东西会随着时间飞逝成倍地膨胀。可是邵水通偏有点不食人间烟火的圣徒模样，起码在我们家人面前是这样。看上去，他就是个纯粹的"运输大队长"，开着他自己的车，源源不断地往我母亲家里运送着四季食品，那些肥肥的鸡仔，白花花的大米，泥巴还未及干透的萝卜山芋，以及麻鸭蛋，水菱角，豆瓣酱，干腌菜……新鲜丰富的物品，铺天盖地而来，排山倒海而来，仿佛要把我母亲淹没，把我们这个家庭淹没。

偶尔有几次，在我母亲家里碰上的时候，我克服不了自己的好奇心，处心积虑地逗他说话，问他问题，千方百计把话题往从前的事情上挑引。我很想知道他对自己的初中三年如何评价，对他和我母亲之间发生的故事如何评价,对"文革"和红卫兵又是如何评价。可是他拒不上当。他嘿嘿地笑着,给我母亲端茶递水,捶腿捏肩,其恭敬,其耐心,其细致,令我这个做女儿的自叹不如。

如此,我更加不安。他现在给予我母亲的,远远超过了母亲当年给予他的。这是一个巨大的压力,我无法把它从我的身上卸去。更何况,我母亲浑然不觉,自得其乐。她老人家认为师生之情就应该这样。说起来,当年是她对他施手援溺,可怜的孩子才波澜不惊地读完中学。在六十年代,每天一个花卷什么概念?她自己的儿女都没有享受这份待遇。老古话叫知恩图报呢,再怎么科学文明再怎么现代化发展,先生就是先生,学生就是学生,师生关系什么时候都不能改变。

老太太好像已经忘记了她头发里的那块伤疤。

也好,无论虚妄还是真实,能让年迈的老母亲开心,这总是好事。

大概在2007年的时候,夏天,六月份,天气极其闷热潮湿时,邵水通给我母亲打了个电话,说是他们班级毕业四十周年,他想搞个周年庆典,师生们聚一聚。费用他来,吃住都在他的饭店,一切都不消别人操心。邵水通对我母亲说:"老师你无论如何要来,你和老先生都来,班主任不能不到场,学生们都想你。当年教过我们的老师中,大家印象最深感情最亲的就是你了!"

我母亲最听不得煽情的话,一听就信以为真,就飘飘然。可是她又有点犹豫,毕竟七八十岁的人,出门总是有风险。母亲就打电话给我,征求我的意见。

"那不行。"我说,"我最近事情多,抽不出空陪你们去。放你们单独出门,我不放心。"

"哎哟,那个……"我母亲心里想去,絮絮叨叨说服我,"人家都准备了,不去不好。再说还有那么多学生呢,还怕我们缺人照顾啊?你看,我和你爸腿脚都没毛病,风油精血压计我们全带上……"

人老了就像小孩子:她提要求,我断然拒绝;她降格以求,我适当妥协……没有什么绝对的原则性,亲情爱心就在这些一来二往的拉锯扯皮中。

可我母亲没有继续坚持,大概她自己也觉得大热天出行终不是正事。

到晚上,邵水通却把电话打到我家里来了。"冒昧冒昧,对不起了,我是替两位老人家求情,给个方便。"他嘻嘻哈哈。

我答:"方便不了。我是不想给你们添麻烦。"

"哎哟,哎哟,就三天时间嘛,吃住都照总统规格来,还不行?"

"邵老板,承你美意,可这事不是儿戏。"

"真不行?"

"真不行。"

他有点不悦,一下子挂了电话。

我颇感抱歉。可话说回来,万一老母亲出得门去在哪儿磕着绊着了,倒霉的人肯定是我。原则性的事情我必须坚持。

过一天,邵水通的电话居然又来。这家伙还真有点不屈不挠的劲头。

"还是我啊!"他嗓门很大,"没脸没皮吧?嘿嘿。"

我赶快声明:"你打一百次电话也不行。"

他在电话那头突然沉默,好半天没有开口,再说话时却先叹一口气。"妹子啊,你听我说,我们这届学生,都已经是年过半百的人了,班里有两个同学早几年就跟我们阴阳两隔了。说句大实话,人到这个岁数,是见一次少一次。四十年,毕业整整四十年啊,'文革',插队,回城,做生意,这个运动那个运动,各人忙各人日子,四十年中大家从来还没有聚过。这回是我挑头做东,恳求你帮帮老哥,成全我一次。"

一席话,说得万般悲凉,我一时竟然发了愣,身上麻嗖嗖的,不知道如何接腔。

"反正,有我们这些学生,老人家的安全问题你尽管放心。最坏的可能性,天塌了,那还有我们几十个人顶着呢。"他又开起了玩笑。

我还有什么话说?我不能把人家的情分不当情分。

邵水通的确尽心尽责,自己腾不出空,专门安排他饭店里的公关经理来接我的父母。那个女孩子嘴巴超甜,我母亲还没出门下楼,已经被人家灌了一肚子迷魂汤,高兴得有点晕头转向。

"阿姨你放心,奶奶交给我了。"女孩子关车门之前笑嘻嘻对我保证。

父母去了两天,每天来一个电话向我汇报:来了多少学生,同学宴摆了几桌,场面如何热闹,母亲从前的同事哪些故亡了,哪些还活着,老年痴呆到什么样的程度,见面认识还是不认识。我听得出来,老太太置身在从前的集体当中,在她那些步履蹒跚的搭档和发鬓斑白的学生当中,是真的开心。

第三天中午,父亲打来一个电话,却把我吓得半死。父亲在电话里结结巴巴说,你妈妈晕倒了,正在校园里拍集体照呢,人就倒了。我汗毛一凛,急忙问父亲:"人怎么样了啊?抢救没有啊?"

"那个那个……送医院了,没事了哦,真没事了哦。"父亲有脑萎缩的症状,语言正在往幼儿园孩童的用词水准退化,无法把一件事情描述得精细详尽。

我赶快放下手边的事情,临时叫一辆出租车,火急火燎赶往故乡县城。

到了县医院一看,母亲早已恢复如常,一个人占着一个单间病房,倚在抬高的病床上,脑袋后面垫着雪白的靠枕,笑眯眯地享受着身边一群老学生的伺候。

"哎哟,"母亲说,"不告诉你没事嘛,大老远地还过来。"

原来她的一个学生就在这家医院当院长。有这样的关系,我果然是多余操心。

年届退休的院长很负责任地把我带到办公室,依次展示了我母亲的胸片,心电图,脑部CT片,和林林总总的化验报告。反正,趁着出这个事,能做的身体检查,他们统统替母亲做了一遍。"老人家健旺得很,再活二十年都没大问题。"院长拍胸脯保证。

"那么,她怎么突然会晕倒?"我询问。

院长挠着头皮说,还真是查无原因。兴许是气压低,天气热,三四十号人在太阳下面排队照相,拖延了一点时间,老人家有点吃不消。"毕竟小八十岁的人了呀。"他说。

"也或者,是她这几天兴奋过度。"我开了个玩笑。

"有可能。"院长点头附和。

"你们也真行,毕业四十年了,还能聚得起这么多人。"

"那是啊!你母亲都到了,我们怎么能不到?"

我心里忽地一动,明白了邵水通为什么会一个电话接着一个电话,不把我母亲请过去不肯罢休。这事说起来,的确有点"拉大旗做虎皮"的意思。

可是话说回来,一个少年时代被同学戏称为"潲水桶"的人,曾经因为几张菜票一餐饱饭差点儿被赶进深渊的人,他出钱出力筹办一个同学会,容易吗?他凭什么不想铆足了劲儿弄得精彩,弄成他人生落幕前的最后一次辉煌呢?

出了院长办公室,我在走廊里碰到邵水通。他正满头大汗地拎着两个绿皮大西瓜往病房里跑。一见我的面,因为惶恐,因为歉疚,也因为后怕,什么什么的,他激动得差点儿要对我下跪。

"对不住对不住,一千个一万个对不住!"他把头低到胸口。如果不是两手坠着两个西瓜,可能动作幅度还要更大。"老人家命大福大,命中注定她就是我的恩人!你说,这要是真有个三长两短,我可怎么对你交代?"

我本想对他发个火,起码也要谴责他几句,为他把我的老母亲当成道具。可是我看到他的一头大汗,满脸惊惶,竟又不知道说什么才好。况且我发现,他似乎消瘦了许多,也憔悴了许多,从前油光光喜感十足的一张脸,居然瘦得松松垮垮老皮拉瓜。我不由得怜悯起了他,想,以一己之力操办如此大的一个活动,方方面面都是考虑到筹划到,真不是说着玩的事情。

我回答他:"是我母亲让你们费心了!老人家嘛,谁也不能保证今天站着明天会不会躺着,生命规律。"

他越发的感激涕零,连声称道说,大城市来的知识分子,思想境界就是不一样。

晚上是告别宴会,同学聚会上最后的晚餐,他邀请我参加。我母亲本是好热闹的人,输过两瓶营养液后,精神大好,坚持要出院,跟她的学生们共享欢乐。拗不过她,院长专门备了个药箱带到餐厅里，以防万一。

宴会就在邵水通自己的饭店里举行，选了一个最大最豪华的厅，备足了酒水和饮料，再加大厅里布置好的气球彩带横幅什么的，明明白白地昭示给大家，接下来的将会是一场TOP级的盛大狂欢。

席间，餐具之精美，菜式之丰富，烹饪之讲究，服务小姐之甜美可爱，完全配得上一个县级城市五星级饭店的称号。尽管如此，我发现邵水通的神色还是透着紧张，似乎他身体中的每一根神经都是绷着的，支棱着的，雷达一样往各处发射着信号，随时准备应付不测。从开席之前以东道主的身份致完答谢词之后，他几乎没有坐稳过五分钟的时间，不是招呼倒酒，就是往后厨催菜，忙上忙下，忙前忙后，陀螺一样地转个不停。

"吃啊，吃啊，菜不好，酒管够！"他热情地，急切地，甚至有点上赶着似的，使用当地通俗的语言招呼大家。

菜是肯定要浪费掉大半，因为在吃完桌上一圈分量巨大的冷盘之后，客人们已经有了饱意，面对源源不断堆上桌面的山珍海味，举筷的频率明显放缓。毕竟也都是五十大几往六十岁上奔的老人了。

一个吹着翻翘头、挂珍珠项链、模样像是当地干部的，慢悠悠地放下筷子，突然说了一句："现如今人家不是溻水桶了，这称号该换到我们头上了。看到没有，我们大家在这儿胡吃海喝的，人家到现在筷子都没动过。"

还真是，宴席过半，邵水通面前的餐具却干净如初。

我猜测，就好像厨子不屑吃自己烧的菜一样，邵水通开着这家饭店，他对每天要在眼面前出现的山珍海味早就腻歪透了。

那边喝酒已经喝到高潮，敬班主任，敬数学老师俄语老师，敬班长，敬学习委员，敬宿舍的舍长，敬来敬去，乱成一团也笑成一团。我看见我母亲端坐着，不停地举杯，不停地笑，脸上居然泛着少女般的红晕。根本搞不清喝下去多少酒，席面上个个红头赤脸，神情狂放，语言湍急，只见人们手舞足蹈，嘴唇翻飞，青筋暴突，谁也听不见谁说了什么，急吼吼地建议着什么表白着什么。反正，中国人的酒桌上，最放得开来最和美融洽的就是这一刻。

一帮发丝花白体态臃肿的女同学，大概也是喝得有点高了吧，开始敲着桌子放声歌唱，唱的都是六十年代的流行歌，《我们走在大路上》《黄水谣》《美丽的哈瓦那》，什么什么的。唱着唱着，还不尽兴，七八个人挪开酒桌，空出一片场地，上去就跳，是藏族舞蹈《洗衣歌》。

哎，是谁帮咱们翻了身哎？阿拉嘿司！

是谁帮咱们得解放哎？……

男同学们激动起来，涌上前起哄，把桌上擦过嘴的酒气弥漫的餐巾打开，一边一条搭到女同学的手腕上，权充哈达。当年的班长，拿起餐边桌上两个精巧的酒桶，双臂翅膀一样展开，自告奋勇跳进女同学群里，手拎着酒桶做炊事班长挑水状，插科打诨的，乐颠颠地穿来插去。

呷拉羊卓若若，尼格桑梅朵桑哎，

军民本是一家人，帮咱亲人洗呀洗衣裳。

就在这时候，在欢宴的高潮当中，我看见邵水通孤独地站在角落里，面无表情，遥遥地望着他当年的同学们。他的目光，朦胧而又尖锐，像是望到了千里万里之外的将来，又像是退缩回到他忍辱负重的少年时代。我不知道他那时心里在想些什么。他全力以赴操办了这场豪华盛宴，却又落寞地置身于欢宴之外，是出于一种什么样的心理。

回到南京不多久，也就是三两个月的样子吧，我母亲接到消息说，邵水通去世了，死因是胃癌。母亲跟我唠叨这件事的时候，唏嘘了很久，感叹着人生的无常。老年人对"死亡"这两个字总是格外敏感。谈着谈着，母亲突然想起似的，问我："你说说，邵水通办那场同学聚会的时候，是不是就已经病入膏肓了？"

我恍然记起邵水通在医院走廊里对我千恩万谢时，那张瘦得松松垮垮老皮拉瓜的脸。

母亲扬起脸，很坚定地表示："他到死都还怨恨着我。"

我说这不可能，邵水通活着时对她多好，逢年过节，恨不能把副食品店搬到她这儿来。

"你不懂。"我母亲说，"他这是要让我尝一尝，嗟来之食什么味道。"

我心里忽然一疼，像被子弹击中了一样。我呆望着母亲的脸，感觉我们今天所经历的一切，是那么的虚妄空幻，缥缈无常。

长夜暗行

三十年前，新婚之夜，大魏剥光了自己的衣服，滑进被窝，刚把手搭上新娘李玎的滚烫的胸脯时，忽然听到院子里有老野猫的不怀好意的叫。大魏顿时心里一喀噔，想起晾衣绳上的那串腊肉。都怪今天闹洞房的节目太多，气氛也太好，大魏竟然忘了晚间收腊肉这回事。他慌忙起身，胡乱套件棉袄，蹬了条裤子，开门出去。腊月天，霜满地，寒风凛冽，大魏热身子出门，禁不住打个大大的喷嚏。

腊肉拎回来，唏嘘着甩了衣服再上床。李玎扭着身子撒娇说："哎，手上一股油腥味。"大魏返身又下床，光着身子，抖呵呵地冲进卫生间里洗了个手。

再上床，就已经不行了，怎么都弄不成事情了。大魏沮丧道："冻的。"李玎正好这天也累，便打个呵欠，顺坡下驴地劝他睡觉，明天重新来。两个年轻人，各自躺平，瞬间睡去。

可是从此以后，大魏再没有成功过一次。

他们去了南京上海，跑了很多医院，看了无数泌尿男科，光是倒掉的中药渣渣就能够堆出一个半人高的小丘，却没有丝毫起色。医生同情地责怪他说，腊肉让猫吃就吃了吧，那么关键的时刻，怎么可以中途按下暂停键。大魏哭丧了一张脸，无比悲情地告知医生，那是他腌晒了一个冬天，准备送给老丈人的年礼，便宜了野猫，春节他拿什么上门？

如此这般，折腾了三四年之后，行房无望。李玎倒还好，毕竟是从高中开始恋爱结婚的，十来年的感情放在那儿，心里难受时，最多抱着大魏痛哭一场，两个人互相把眼泪鼻涕蹭到对方脸上。丈人丈母就没那么好说话了，三番五次地上门约谈，从大道理讲到街坊传言，讲到香火人伦，最后苦口婆心要他"做个有道德的人"，"爱李玎就应该让李玎幸福"的人。

大魏确实爱李玎，爱到骨头里，爱到没有一丝丝的念头想要放弃她。高中时候，为小儿女的恋爱，两个人跟班主任斗智斗勇，竟耽误了学习，两个原本能够读一本的孩子，最后只分别考了本地的大专和职校，这个代价不轻，不能说放弃就放弃。再说，大魏认为自己还年轻，身体上还有进步空间，如果碰到妙手回春的好医生，很难说未来的日子不会繁花似锦。这样一想，他就不怨李玎的父母，相反对两个老人敬重有加。将心比心，如果他有女儿，碰上这样的事情，他一样要为女儿的幸福鞠躬尽瘁。

端午节，大魏带着李玎，拎了自己腌制的一兜子咸鸭蛋去看望老丈人。又是腌制品，他难道还没有从腊肉的遭遇中接受教训？说起来叫人叹气，实在是那个年月商业不发达，市场上买不到现成的东西，要寻摸一点稀罕东西讨老人家高兴，只能自己动手，丰衣足食。

到了丈人家，固执的老头儿却摆了脸子不让大魏进门。他甚至也拦住了李玎，因为女儿拒不听从他的劝告选择离婚，这让老两口一直恼火。高声大嗓的争执惊动了邻居，陆陆续续围上来一些人争看西洋景，免不了还有些指指戳戳。大魏骑虎难下，就有点急火攻心，恨丈人不通情理，不单单当众打了他的脸，还让无辜的李玎丢了面子。当老丈人进一步指着他的鼻子骂他"废人"时，大魏愤怒得将一网兜咸鸭蛋用劲摔在了台阶上。鲜红紧实的蛋黄，裹着半透明的黏糊的蛋液，在坑洼不平的水泥台阶上漫溢流淌，色彩之斑斓，引得围观邻居一片啧啧惋惜。大魏心知不妙，事情做得过了，有点儿没法下台了，只能拉上李玎掉头就走，先避避老丈人的火头再说。没想到爱女心切的丈母娘突然从屋里冲出，要抢李玎回家过节。也是天意要毁了这家人，老太太急急忙忙冲下台阶时，脚底被蛋液一滑，身体瞬间甩了出去，头磕到了石条的一道锐角，手脚一阵抽搐，当场没了声气。

一向温顺和恬静的李玎就此崩溃，在脑科医院治疗了三个月，先后服用了好几种抗抑郁的药物，勉强算是痊愈。出院后还留下一个毛病，不能看见生的蛋黄和蛋清，看见就会惊叫、冒汗和昏厥。

这事对大魏造成的心理阴影，实在不比李玎更小，只不过他是男人，表现得没有李玎那么歇斯底里。但是从那以后，他就成了邻居中千夫所指的混蛋，是一个只会"胡搅蛮缠"的废人，在出门都是熟脸的小城里再也待不下去了。他辞掉工作，随身只带了最后一个月的工资，搭朋友的货车一路南下，到江西，到湖南，到广东，都没有寻到什么好的机会。最后，搭上了开发海南的顺风车，他往那个炎热荒蛮的孤岛进发。

从湛江往海口的轮渡上，大魏认识了一班意气风发却又故作深沉的大学生。男男女女都穿牛仔裤，格子衬衫，一双脏得看不见鞋带的旅游鞋，唯一的性别差异就是男的留长发，女的剪短发。他们坐在自己胡乱捆成的行李卷上，大声地谈论萨特和加缪的区别，争辩切格瓦拉的行为是不是更适合中国，以及苏联和美国的武器中哪样更好，哪国的宇航员更优秀。其中的一个女学生，身材瘦小，却热情洋溢，轮渡行驶到大海中央时，她凭栏眺望，忽然地张开双臂，迎着海风，旁若无人地吟诵起了高尔基的《海燕》：在苍茫的大海上，狂风卷集着乌云。在乌云和大海之间，海燕像黑色的闪电，在高傲地飞翔……

船到港口，行人要走过长长的栈桥，中途有个大学生的行李散了，书本衣服被子花花绿绿摊了一地。旁边的同伴们七嘴八舌，又手足无措。大魏走过去看，原来是那个吟诗赞颂海燕的女孩子。他二话不说，上去就帮着动手，捡拾，归拢，压紧，打包，三下五除二，动作既漂亮又利索。一群人看得呆了，对大魏简直就是五体投地。问清了大魏是独自一个人闯荡海南，更是钦佩有加，当即邀他入伙，搭帮着开拓事业。

现在大魏知道了，这些大学生都来自湖南的某个省立大学，临毕业，因为听了一个海南老校友的一场鼓舞人心的报告，热血沸腾，自愿放弃分配，呼啦啦地结伴过来，要实现开疆拓土的梦想。实际情况是，他们既没有背景，更没有资金，完全地人生地不熟，一到海口就成了没头苍蝇，转来转去连个住处都找不着。最后还是大魏牵头，租下了椰林边上几间农民房，搭了大通铺，砌了灶台，挖了临时厕所，勉强安顿下来。

白天他们四散开去，找工作，寻商机，朝着梦想靠近。大魏先进了一家空手套白狼的房地产公司，进去之后才知道，这公司的注册资金根本就是假的，一间小办公室，几个牛皮哄哄的人，干的是倒卖批文的活儿。公司老板从上家低价买进批文，然后就要靠大魏他们巧舌如簧地四处奔走，把到手的批文加价卖给下家。做这种活儿，老乡圈子很重要，像大魏这样两眼一抹黑的，短时间内不可能出业绩。所以大魏干了一个月，一分钱奖金都没有赚到手，不得已主动辞了工。

接着，他考到了驾照，加入到走私汽车的团队当中。有客人付了钱，坐飞机到海口提货，再雇司机把这些漂亮的走私车开回内地：广东、浙江、山东，甚至新疆、内蒙古、甘肃。大魏接一趟活儿能赚不少钱。最根本的是，他只需付出时间和体力，其余一切用不着操心。他喜欢这种走南闯北的生活，到处都是陌生的人，陌生的风景，谁也不知道谁的过往，谁也不关心谁的去向。到晚上，找个旅店，切一盘卤烧，喝二两小酒，随便看两集电视剧，倒头睡觉。

偶尔他也会想起李玎。这种想念，就像回忆小时候去看露天电影的感觉：因为电力不足，银幕上的形象是影影绰绰的，风景是模模糊糊的，风吹过来时，人物和风景都变了形，扭来扭去，像哀号或者挣扎。

他给李玎给过两次电话，一次打到她单位，结果她出门办事，是同事帮她接的；还有一次打到丈人家，老头儿一听他的声音，毫不犹豫就挂断，弄得大魏心里很难受。后来他就不再给她去电话了，觉得这种自讨无趣太过伤人。

在海口，大魏他们最常光顾的是烧烤摊。趿着拖鞋，穿一条印有椰林海水的宽大的沙滩裤，上身随便套件圆领汗衫，甚至什么都不套，光着，溜溜达达走过去，摆开小板凳就落座，要一箱啤酒，点上几盘便宜海鲜，吃，喝，交换自己的信息情报，介绍生意，顺便也聊聊同学朋友的事情，谁谁发了财，谁谁回内地了，还有谁下落不明，人间蒸发了。他们不再谈萨特，切格瓦拉，太空飞行器，谈的是钢材，汽车，楼盘，证券交易。他们打着赤膊，拍着大腿，喷着唾沫，把烤焦的贝壳和竹签扔得一地。海风吹过来，凉爽中有一股咸滋滋的潮湿，他们的长头发因此黏糊糊地垂在脑门上，显得一个个无精打采，落魄，邋遢。

女孩子们同样不事修饰，一条人造棉的睡裙从头到脚套下去，头发用牛皮筋马马虎虎束到脑后，被太阳晒成黝黑的皮肤几乎跟男孩子们一样粗粝和疲惫，别着两条腿坐在小摊上喝啤酒，啖海鲜，笑得双肩耸动，完全忘记了自己的性别。也许她们出门工作的时候是修饰了的，化了装，穿着制服，把声音憋在喉咙口，装出天真的一惊一乍的表情。可是夜幕落下，回到熟悉的群体当中，伪装便迫不及待地剥去，露出她们原本就有的尖牙和利爪，毫不留情地点评她们各自的上司，同事，发泄一天中积攒下来的愤懑还有憋屈。

大魏和那个在轮渡上朗诵高尔基作品的女学生林娟好上了。当然是林娟表示了主动。夜晚坐在路灯下吃烧烤时，借着微弱的光线，林娟把她的脚从拖鞋里伸出来，义无反顾地踏在了大魏的光脚背上。那只脚温暖，肉感，脚趾灵巧地摩擦大魏的脚背，像一只肥嘟嘟的肉虫子在觅食或者蹭痒，让大魏的心脏忽地停止了跳动，口干舌燥，脊背僵直。

他们脱离了集体，另租一间小屋，开始甜蜜的同居生活。小屋临海，只有一床一桌一柜，另有一个马马虎虎架在水泥台面上的铁制灶具，旁边拖出一根塑料软管，接在锈得快要报废的煤气罐上，供他们做点简单的饭菜。因为咸湿,被子总是潮乎乎的,有一股沤溲的气味,而且,无论大魏怎么勤快地拆洗和晾晒,到了晚上,脱光了钻进被窝时,黏湿的感觉就开始让皮肤不爽,以至于有一次,林娟半夜爬起来,插上电吹风,试图把被子吹干时,居然因为用时过久,吹风机里的电阻丝过热,冒出一股难闻的糊焦味,宣告寿命终结。

大魏在床上的表现仍然不尽如人意,他甚至还没有一次真正进入过林娟的身体。他的兴奋期总是短暂得那么可怜,像海风掠过门前的椰树林,椰叶微微晃荡两下,做一个助兴的姿态,又沉默下来,静息养神。

有一次他摆弄半天之后,忍不住咒骂了一句。

林娟躺在旁边,手里还捧着一本诗集,拿手肘拱拱他:"干什么要气自己啊?人不是都靠这个活着。反正我无所谓。"

林娟是个奇怪的女孩子,她不爱美食,不爱打扮,当然也不爱性生活。但是她怕黑,怕孤单,怕蛇和小虫子,也怕香蕉、芒果腐烂之后的形状和气味,她说,那让她特别恶心。她每天晚饭后,只要点上一盘蚊香,捧一本小说或者诗集,安安静静地躺在大魏身边,读到精彩处,冷不丁地爬起来,感情充沛地对大魏朗诵一段,把激情宣泄出去,就觉得生活美好安逸得要命。

有时候,大魏在床上看着林娟聚精会神阅读文字的脸,看着灯光打在她脸上的每一处阴影和光亮,便奇怪这世界上怎么就有如此和谐的搭配,一个人所缺少的,偏偏是另一个人所不需要的。

相安无事的日子过了几个月,大魏攒积了一点钱,他在考虑要不要回老家去一趟,找李玎好好谈一谈,看她愿不愿意跟他到海南来。这边的生活到底简单，别的不说，因为四季炎热，衣服被褥都要少买几套。而且，在那段时间，实话讲，只要肯吃苦，海南还是个遍地黄金的地方。

问题是，李玎如果来了，林娟又怎么办？虽说同居不受法律保护，毕竟两个人有了感情，说分手，从此便形如路人，老死不再往来，这样的事情大魏真是做不出。

犹豫不定时，大魏结识了一个在米线馆里端盘子的火辣辣的黎族女孩儿，范金花。这女孩小矮个，扁圆脸，大眼，大胸，大屁股，嘴巴一张，一口被槟榔染成漆黑的很吓人的牙，普通话也说得结结巴巴，做起事来却是不管不顾死缠烂打。那一天，大魏坐在米线馆里，刚要了一碗牛肉米线，就看见范金花追着几个半大孩子到门口，揪住其中一个的裤腰带不撒手。原来是碰上小流氓吃霸王餐。一帮人缠在一块儿拉拉扯扯，那个被揪裤腰带的急了眼，掏出水果刀就往范金花的手上划拉，手起刀落，红艳艳的鲜血蚯蚓一样顺着女孩的手腕爬，看得大魏心惊肉跳。他想这女子真是憨，才几块钱的事情，拼得命都不顾了。他起身上前，仗着块头大，几声怒喝，三拳两脚，把几个半大孩子吓走。之后，又捏住范金花的手帮她止血，还奔到旁边药房买了云南白药什么的。不料这一来，十八岁的范金花热腾腾地缠上了大魏，有一天米线店关门后，范金花死拖活拉把大魏拽进厨房间，不由分说扑倒他，三两下扒去了他的裤子，滚烫的小腹随即贴到了他的耻骨上。

到底是五指山区来的女孩儿，那种霸蛮，那种辣火，那种不管不顾非要不可的决绝，真是超越大魏全部性经验的感受。

完事之后大魏才惊觉，自己居然就成了！不是浮皮潦草的成，是一气呵成，一泻千里的美妙。那一天，躺在油腻厨房里散发出蛤喇气味的米线包装袋上，各自喘息平定后，范金花羞涩地掩住一嘴黑牙，操着不太熟练的普通话夸奖他："哥哥你力气大得很！"

大魏瞪着眼睛，半天没说话。他想号啕大哭，想冲出门去给李玎和老丈人打电话：他不是废人！他好得很，一百个一万个的好！

他一翻身，搂紧了范金花，红着眼珠子，酣畅淋漓地又要了一次。

事到如此，他不能不跟林娟分手，搬到范金花的出租屋里生活。

林娟不乐意。虽然没有性生活，可是她已经习惯了跟大魏的这种相依为命。她坚持认为大魏是找借口要摆脱她，因此而收买了大字不识的范金花做伪证。她说，除非你们做给我看。

什么什么？做？给你看？

对，做给我看。林娟拒不松口。

大魏的一双眼睛瞪得有铜铃铛那么大。然后他就想，林娟真是疯了，一个大学生，这种混账话也说得出口。

大魏不再提分手的事。可实际上，他很少再回他们两人的出租屋。

两个月之后，海口的警察突然找到大魏，出示了拘留证，原因是林娟在出租屋里被杀。大魏五雷轰顶，又百口莫辩，因为按照正常推断，作为林娟的前男友，的确他身上嫌疑最大。他既悲伤，又愤懑，万念俱灰地困在拘留所，连一个可以求助的有能力的律师都找不着。

还好，不到一周，案子破了，是外来流窜犯作案。那天林娟从银行取了一笔钱，可能是她全部的存款，准备离开海南，回老家重新开始人生，哪想到被歹徒盯上，一直跟到出租屋里，残忍地下了手。大魏脱了身，从监房出来后马上去找林娟的那帮同学，询问死者骨灰的下落。万没想到的是，他竟然遭到大家的怒目而视。不仅仅是言语上的，一伙年轻人还齐心合力把他暴打了一顿。无论怎么讲，林娟遭此横祸，大魏有脱不了的责任。

大魏不可能独自留在海南讨生活了。他在海口新开张的一家五星级酒店订了一间房，把范金花领过去，昏天黑地地相守了三整天。然后，沿着当年来时的路，坐轮渡过海到湛江，又从湛江坐上长途车，颠簸一天后，踏在了深圳罗湖的土地上。

这一次，他没有初到海南的那种慌张和茫然。他口袋里揣着小小的一笔钱，租房、办暂住证、找工作，都有了不多不少的经验，所以很快在一家驾校里找到了陪驾的活儿。深圳比海南发展得好，高楼林立，干净整洁，满街的白领们行色匆匆，开公司，读夜校，兼职炒更，考托福移民，跟蛮荒之地的海南相比，又是另一种气象。大魏住下不长时间，就有了如鱼得水的自在。陪驾之余，他买了一辆摩托，在火车站带客，也帮公司送货，有时候还跟着香港水客们贩卖录像带，瞅准了客人，神秘兮兮地拉到僻静小巷里，半遮半掩地掏出几盒花花绿绿的三级片，一手交钱一手交盒带。他很快又攒起了一笔钱，琢磨着是该开个小饭馆，还是干脆弄家装修公司，招上几个木工水电工，就能开张接活儿。深圳这地方，新盖的楼盘真是多啊，弯一弯腰就能够捡到金子呢。

闲暇时间，他喜欢窝在出租屋里看书。这个爱好，还是在海南跟那伙大学生住在一起的时候被培养起来的。在他栖居的那片城中村里，有一家装修义气的二手书店，书价便宜，可买可租，大魏跟开书店的老任成了朋友。深圳的气候温暖湿润，花草树木生长葳蕤，打开门窗，懒懒地斜倚在床头，手捧一本纸页微黄的书，嗅着柠檬和紫荆的芳香，一瞬间里，他可以暂时忘记自己流浪觅活儿的卑微身份，进入到一个读书明理知天下的更高层次。他读了一些世界历史，读了托尔斯泰的《战争与和平》，凯鲁亚克的《在路上》，阿加沙克里斯蒂的几本侦探小说，甚至还借过一本黑格尔的哲学书，勉强读完三页，终于向老任承认，他不是这块料。总之，他读书的口味很杂，南腔北调的，有点误打误撞盲人摸象的意味。他跟老任交心说，书不在好坏，读得进去才好。

那一年春节，他决定回一趟老家，找到李玎，把他们之间的事情做一个了结，看看是离婚，还是带李玎出来，两夫妻在深圳终老此生。他买了飞机票，还置办了一套像模像样的西装，不为他自己，为李玎的面子。因为第一次坐飞机，一切都没有经验，就早早地到了机场。实在太早了点，他的这班飞机还没有开始值机。他百无聊赖地在机场里晃荡，忽然看见门口有一排IC卡电话，也是新奇，便买了一张十块钱的卡，照看卡背面的步骤提示，拨通了老丈人家里的电话。

接电话的是个小男孩儿，两三岁的年纪吧，奶声奶气问他："你是谁呀？"

他反问小男孩："你是谁？"

"我是宝宝。"对方说。

"谁家的宝宝？"

"妈妈家的宝宝。"

"妈妈叫什么名字？"

"妈妈叫李玎啊。"

"你你你姓什么？"大魏的唾沫开始发干。

"我姓宝宝。"

大魏耐心诱导："不不，你应该有一个名字，你的大名，对不对？你的大名叫什么呢？"

小男孩明白过来了："叫魏东。"

电话那一头，从远处传来了苍老的声音："宝宝你在跟谁说话？"

大魏一个激灵，手一抖，慌慌张张挂了电话。

这就是说，李玎有了孩子？她跟别的男人有一个小男孩儿？这么多年，他丢魂落魄在外面流浪，家里等待他的居然是一个不知来历的落户在他名下的野种？

他退了机票，一个人孤零零地坐在候机室里，从上午一直坐到下午。他连一口水都没有喝。他不知道这几个小时是怎么过来的，墙上的时钟怎么就会从上午九点走到了下午两点。

后来，他起身，去柜台上又买了一张飞海口的票。他想要范金花，想得五爪挠心，一时一刻都不想延误。

天黑落地，打一辆出租车，直奔从前的米线馆。小饭馆儿还在，人都换了，连老板都换成了贵州人。问起范金花，贵州老板说，有印象，应该是回老家嫁人了。"老家在哪里？""那啷个晓得？五指山里头嘛，黎族寨子嘛，去不得，老虎豹子怕是都有，没得法子找啰。"

夜色沉沉，大魏昏头昏脑，茫无目的地在海口游荡，走入一条小巷子，又推门跨进一家洗头房，找了一个涂着红指甲的按摩女，谈定价钱，上了咯吱作响的楼梯，躺到窄得像一条板凳的小床上。

他累到满头大汗，还是没有弄成。红指甲的女人笑眯眯地收了钱，贴心贴肺地说了一句："大哥你是头一回吧？你慌个啥呢？"

她最后在他屁股上不轻不重拍一掌："再来啊，二回就好了。"

他不可能再来，因为他终于明白，除了黎族姑娘范金花，这辈子他大概跟谁都做不成。

九十年代初，裹挟在一大拨出国留学移民的人潮里，大魏去了澳大利亚。

起先他在维多利亚州的一个养马场找到一份工作。澳洲地广人稀，马场辽阔壮美，站到高高的塔楼上，天际茫茫，四野寂静，远远地一棵参天大树拔地而起，像伫立在旷野中凝神哲思的智慧圣僧。大魏每天清晨四点起床，先去马厩打扫马圈，然后牵马出来，送到跑马场，看骑师训练它，跑个一两千米，再交回他手上，由他负责给马洗澡，擦身，天冷时还要披上一条毯子，小心翼翼地送回马圈，喂水喂食。

一天的事情，基本在日出之时完成大半。之后，大魏拖着齐膝的长筒胶靴，一身臭汗、疲惫不堪地回到宿舍，冲澡，洗头，刮脸，用小刷子把每个指甲缝都刷得干干净净，换一身衣服，去餐室吃早饭。他吃两份煎蛋，在全麦面包上涂半寸厚的黄油，还喝大量的牛奶。他仍然会觉得饿，觉得肠胃里空空如也。他明白，这是体力过于透支的缘故。

闲暇时候也多，澳洲的马场主人对工人们算不上苛刻。可是大魏语言不好，既看不懂电视，又没法跟别的打工者们扎堆取乐。周末轮休，那些满脸胡须的汉子们总会把自己修整得像个新郎，开上几个小时的车，去城里找妓女。他们很友善地招呼大魏一块儿走，用他能够看懂的身体语言，比画出欢乐的床戏场景。大魏一律回报以笑，摇头。他对自己完全没有自信，不想把中国人的面子丢在澳洲的妓院里。

他还是喜欢阅读，找片树荫下的草地躺下来，拿树桩当枕头，一本接一本地读金庸小说。小城里有个公共图书馆，有一次被他发现了馆里居然藏有一套《金庸全集》，他惊喜过望，从此就成了图书馆常客，每周去一次，还回旧的，借出新的。那个图书馆的采购员不知道是不是懂中文，反正上架的全是香港武侠书。大魏读了一肚子精彩的侠客故事，痛恨自己英文太烂，没有办法讲出来跟大家分享。

马场的打工者来来往往，今天你待腻了走了，明天他觉得新鲜又来了，一栋小楼里住的人，萍水相逢，谁都不会打听谁的过往，谁也不会关心谁的未来。这样的日子安宁而自在，大魏很满意。若不是有一天亲眼见到赛马发脾气，把一个暑期打工的澳洲大学生踢得内脏破裂，他也许会选择一辈子在马场做下去。

那个壮小伙儿蜷缩在地口吐鲜血的模样太让人触目惊心，救护车呼啸而至时，大魏帮忙把担架往车上抬，结果他心慌腿软，一个趔趄，差点儿拽着担架扑倒在车前。

他离开了马场。说到底，养马这件事属于勇敢者的游戏。

接下来再干什么呢？大魏有点茫然。幸好喜爱阅读的好习惯帮助了他。他每天读中文版的澳洲日报时，发现在报上刊登的所有招工广告中，砌砖工的工资最高，活儿也容易找。条件当然有，必须在建筑行业类的技校学习三个月，考到一张工卡。这个难不倒大魏，中国人的学习能力世界一流。他悬梁刺股地苦战三个月，毫无悬念地把工卡考到了手。

他去了阿德莱德，那地方华人还不太多，找工作更容易。

工资高，但是活儿要比马场苦，其中最关键，阿德莱德那一带的上空靠近南极臭氧空洞层，盛夏时节，紫外线高得惊人，有一天他新买了诺基亚手机，干活时带在身上不方便，随手放在身边的彩钢瓦堆上，一排大砖砌下来，手机响了，他从脚手架跳下去拿，拿不起来，原来塑料后盖熔化变形了，跟滚烫的瓦块粘到一起了。

几个月后，他看上去已经像是一个印第安土著人，黑里透黄的皮肤，细长微肿的眼睛，轮廓不够分明但是显然很有力量的下颚，剪得很短又像刺猬一样竖起来的毛糙糙的头发，肩臂宽厚平展，胳膊一使劲，皮肤下面结实的肌肉仿佛小老鼠在滑动。他学会了用英文骂娘，会跟包工头点着计算器斤斤计较地算工时，也会跟工友们坐在酒吧里就着奶酪喝啤酒，看电视里的棒球比赛，掷飞镖，听到粗俗笑话时跟着嘿嘿几声。

酒吧里有个打工的女学生，爱尔兰人，一头泛黄的枯草色的头发，鼻子通红，满脸深褐色雀斑，唯有一双浅绿色眼睛还能招人喜欢。人高马大的女孩子，长出了膀大腰圆的男人的身材，穿紧绷绷的牛仔裤，上身一件松垮垮的圆领衫，印着几个很朋克的英文字：干你！

工友们喝着啤酒，醉醺醺地逗她："西贝拉，你想干谁？""来吧，妞儿，干我吧，包你满意！"

西贝拉一只大手稳稳地抓住五只啤酒杯，滴酒不带晃荡，健步走过来，往大魏他们面前的餐台上"咚"地一放，眼皮不带撩一撩，拔脚就走。

有人捉狭，暗地里伸出一条腿，拦在走道上。西贝拉高昂头，走得风快，眼看要绊上去了，却忽然一转身，拐入旁边的走道去，惹得那人笑骂："丑娘儿们，鬼精！"

大魏起身，走到柜台上，又点了一杯啤酒，指名给西贝拉。西贝拉诧异道："为什么？"大魏笑一笑，答："我朋友说，爱尔兰人都喜欢啤酒。"

西贝拉的绿色眼睛瞪着大魏看，毛茸茸的，像猫咪。她把流淌着冰水珠儿的啤酒杯端起来，凑近嘴边，先喝一大口，心满意足地喘口气，而后，几乎没见到她喉咙怎么动，半升装的啤酒杯已经底儿朝天，滴酒不剩。

西贝拉抬起手背，抹去嘴边的啤酒沫，告诉大魏："其实你不用为他们道歉，这些人就那样！"

大魏想，这个西贝拉，真是个绝顶聪明的女孩子。

就这么一来二去，大魏和西贝拉成了好朋友。一个来自中国，一个来自爱尔兰，在南半球的阿德莱德，同是天涯沦落人。大魏的工资高，请西贝拉喝一两杯啤酒不算什么事。西贝拉在大学读书，读的是很偏门的人类地理学，没有奖学金，父母付学费，她要自己打工挣出生活费，吃用上都俭省。年底时，西贝拉的房东要移居到珀斯儿子那儿，阿德莱德的房子必须售出。房东赔付了西贝拉一个月的违约金，请她尽快搬走。西贝拉无可奈何，拖着行李找到大魏，求他收留几天。

起先是西贝拉睡床，大魏睡沙发，有一天西贝拉半夜起身，不由分说地把大魏拉到了床上。大魏一向对自己的身体比较怯懦，见到女人总是往后退，谁知那晚睡得迷迷糊糊，来不及多想，撞上西贝拉滚烫柔软的肥美身躯，马上感觉到自己的蠢蠢欲动，脑子一热，来了个反客为主，甩开膀子大干了一场。

第二天，沙发撤走了，房间里只剩下一张床，空间大了许多，西贝拉非常满意。

同居半年后，西贝拉竟然怀了孕。可是她没有通知大魏，自作主张地跑到医院里，做了简单的人流术。大魏为此差点儿发疯，红着眼珠子打了西贝拉一个大巴掌。这是他平生头一回打女人。西贝拉不在乎地耸耸肩，坦白告诉大魏："我父母不可能接受一个中国面孔的小孩子。"

大魏于是明白了，无论他有多认真，他跟西贝拉之间的关系就是生堆火，取个暖，暖和过来了就熄火走人。

既然是这样，与其等着西贝拉走，不如他先走。大魏去工地上辞了工，家具、被褥什么的都留给了西贝拉，只身登上飞机，去到下一个落脚地，墨尔本。

我就是在墨尔本认识大魏的。那段时间我在墨尔本的莫纳什大学做访问学者，租住了大魏的房子。我知道大魏是澳洲华人圈里有点小名气的房产投资人，他从九十年代就开始低价买进房屋，专挑那些地段好但是年久失修的老房子，花费不多的钱付个首期，然后自己动手修葺：加固，拿漏，粉刷，厨卫出新，整理花园，砌出围栏。之后转手租出，房租抵扣贷款，腾出手后再盘进第二栋，第三栋……他心态平和，小赚即安，只做低端，不碰豪宅，所以顺风顺水。我认识他的那一年，他手里已经有了大大小小七八套房，也算是墨尔本资产过百万的富人了。电话里他讲话有一点点结巴，声音是从喉咙口发出来的，听起来浅，发飘。等到见面，才发现他体态魁梧，略微发福，但是远没有到不可收拾的地步，大约是他每日都在动手劳作的原因吧。他拎着一盒蛋糕来见我。蛋糕是他自己做的，口味不很好，主要是有一点黏牙，应该是火候没到。不过房主给房客送蛋糕吃，这事本身让我感动。

后来我才知道，他是个极其谦和低调，对所有房客以礼相待的人，每周他巡回看望七八栋房子的房客，从不空手上门。他的房客基本都是国内来的留学生，长期或短期的访问学者。每有新人加入，他要带领着去办银行卡，电话卡，地铁年票，熟悉超市和菜场。此外，哪儿东西便宜，哪条路线方便，什么地方能买到二手的日用品，一一交代，不厌其烦。久而久之，他作为"好房东"的口碑大增，穷学生们都喜欢在他的房子里扎堆。

我那年刚满四十，他五十有五。我们的年龄大致相当，所以，跟那些十七八岁、二十出头的大学生们比起来，我们之间有更多的共同语言，有时候坐到一起，弄几罐啤酒喝喝，彼此能聊很久。

他一直都没有孩子。到墨尔本之后，很想找个华人老婆结婚成家，国内的行，香港台湾东南亚的也行，结果却都是成不了事，对方试一回就开溜。实际上他不是无能，跟黎族姑娘范金花，跟爱尔兰女孩西贝拉，不都是好好的吗？"我想了很久才想明白，"他喝一口酒，啧啧嘴，告诉我说，"我只跟外族人才行，跟同祖同宗的，没戏。心理上落下来的病。"

沉默了一会儿，他一使劲，"喀叭"捏扁了手中的啤酒罐，补充道："他妈的，就是这么日怪！"

冬天，我访问期满，必须回国了。打电话给他，他有点恋恋不舍："真可惜，我们两个这么投缘。"他转而邀请我："一定要到我家里吃顿饭！早该请你了，没想到这么快就走，日子真不经过。"

我能想得出来他脸上感慨唏嘘的神情。

他到我的出租房里来了很多次，我还是头一回去他家做客，空手自然不合适，所以我特地在农贸市场买了一箱加州橙，还有一大棒荷兰郁金香。

到他家才发现，鲜花在这个家里非常不搭调，偌大的客厅和餐室，除了乱，还是乱，桌上，地上，所有的柜子和储物架上，书，报纸，各种纸巾牛奶果汁的空盒子，包装袋，穿过和没穿过的鞋，半干半湿的浴巾，皱巴巴等待熨烫的衣服，铺摊得到处都是。房子也旧，墙面发了黄，窗帘根本不透光，地毯掉毛掉成了光面，脚踩上去都打滑。我没有想到，他把那些出租的房子一栋栋打理得花是花草是草，却对自住的这一栋如此马虎。

他摊摊手，苦笑着自嘲："没有中国老婆，活该过这种日子。"

说话间，从厨房进来一个披着灰色长发的白种女人，矮个儿，微胖，穿花布长裙，皮肤被阳光晒得焦黄，看脸上沟沟壑壑的皱纹，好像有六十来岁，可是我知道当地人不经老，看她走路的步态体型，应该是不到五十。

她给我们送来两杯咖啡，同时右手指间还夹着一支点燃的烟。我注意到她身体的平衡感似乎不太好，走路有点往一边歪斜着，所以满杯的咖啡不免晃荡晃荡洒出一些在地毯上。我急忙出手接过她的咖啡杯。她倒没坚持，杯子脱手后，顺便在桌上一个空的纸巾盒子里弹去指尖的烟灰，对我笑一笑，又点个头，转身上了楼梯，遗下一缕袅袅不绝的烟味。

"艾玛。"大魏指着她的背影介绍说，"我们同居，有五年了。"

五年？不短的时间。他俩为什么还不结婚？

我不便问。家家都有一本难念的经吧，谁知道他们什么情况？

趁饭前空隙，大魏领着我参观了他的这套别墅：除了客厅和餐厅，楼下另外还有一间起居室，有一间书房，有很大的洗衣间，储藏间，车库，加盖了透明屋顶的宽大木阳台，阳台上甚至还有一间带门窗的木制狗屋。我探头看了看，里面没有狗。不知道本来就空着，还是狗狗在花园待着。

我真心替大魏可惜，这房子要好好打理一下，放在国内，绝对是千万级的豪宅。

最后,我们去到了后院花园。澳洲的阳光,即便在冬季,照样灿烂炫目。金子一般华丽丽的光线里,我居然看到花园中间有一架细木头支撑起来的晾衣杆,两米来长的竹竿上,挂着一嘟噜一嘟噜的腌腊肉,红白相间,油渍漫溢,腊香扑鼻。我不由得咽了一口唾沫。好家伙,这个大魏,到澳洲这么多年,仍旧不忘家乡的风味。

蓦然,我记起了大魏对我说过的故事,三十年前,他悲催的新婚之夜。仿佛我明白了他这一生漂泊的缘由。长夜漫漫,在他的最初,生命将要出发的地方,永远有一线微光,千里万里召唤他的魂魄。

枕上的花朵

我是在睡梦中被那阵一波压着一波的哭闹声惊醒的。起先它和着我的梦境,从深不可测的地方遥遥地升起来,像从大树根部孤独地生长出来的一朵灰色蘑菇,背上还有着纵横交错的破碎的花纹。而后那蘑菇的细胞飞快地分裂和成长,癌瘤一样地膨胀开来,转瞬间占据了我的梦境的全部空间,将我的呼吸压迫得几欲窒息。

我一下子就醒了。

这才知道我并不是完全在做梦,哭声是真实存在着的。它在窗外看不见的夜空中飘飘荡荡,尖细而且悠长,带着一种撕心裂肺的惨痛,好像末日之前的哀悼。哭声间或会闷进了喉咙里,变成"嗯嗯"的倒气,手脚抽筋的那样一种窘迫,似乎哭泣者随时都可能倒不过这口气来,一下子呼吸停止。片刻后哭声又忽然地通畅了,从口腔中吹箫样地扯出来,绵长而尽兴,中间会经历忽高忽低的几个波段,有一点如歌如吟的意思,使我想起从前农村里女人的哭坟。

然后,声音再一次闷住了,压进了喉咙里,倒气,抽搐,呼吸随时会停止,像极了恐怖电影中的某个片断。

我心惊胆战,手脚发冷,暗夜中能感觉到自己心脏的跳动很不规则。我担心在异国他乡会犯了心律不齐的毛病。

这是我飞抵澳大利亚墨尔本市的第一个夜晚。我睡在女儿的身边。床很大,我们一人一个被筒,并肩而卧。女儿蜷曲了身子,用一床鸭绒被把自己裹得严严实实,活像个酣睡的婴儿。她在这里读高中已经一年有余。辗转过二四处住所之后,她现在租住在市郊的这栋大屋,楼下的三四间房,分别住着她和她的两个同学,楼上住房东一家。女儿告诉我说,房东是澳洲人,房东老婆是中国人。"房东是老酒鬼。你不要理他。"女儿告诫我。实际上从女儿带我踏进屋门,到我洗过澡上床睡觉,我没有见到房东家的任何一个人。整个楼上黑灯瞎火,寂静无声。

澳大利亚实在是一个土地资源太过丰富的国家。晚饭后女儿领我在住处附近转了转,我发现每一家都是两层甚至三层的房间众多的独立别墅,每栋别墅的间距都大得令人吃惊。多数的别墅似乎无人居住,大门紧闭,窗帘低垂,橙黄色街灯映出一块块窗玻璃的反光,更添幽秘和寂静。家家屋前房后都有面积可观的花园,奇形怪状的热带植物长得茂盛而蓬勃,白色马蹄莲的花枝一直探出栅栏,伸到我的胸口,花朵涡卷如一只漂亮的喇叭,月光下泛出一种高贵而沉静的白。

我向女儿请教,这里的街道如何不闻人声?女儿说,今天是周末,年轻人出门度假去了,剩下那些独居的老年人,他们总是早早上床睡觉。"澳大利亚很闷的,除了酒吧,再没有别的夜生活。电视节目也不好看。"女儿说得很平淡,一张圆嘟嘟的孩童面孔上波澜不惊。我即刻想到的却是治安问题。假设我现在独自居住在这样的大屋里，四面不靠，鸡犬之声不闻，我会陷入何等的恐惧之中！

所以，当我深夜里被这种诡异的哀哭声惊醒过来时，我一下子想到的是暴力，是劫杀，是死亡和沉没……无数好莱坞电影中的惊恐镜头。

我从床上坐起来，摸索着去穿鞋。我必须确认房门是否锁好，可能的话，我要凑到窗口听上一听：到底是从哪儿传过来的，因为什么而有的声音……

女儿忽然从被筒里伸出脑袋，迷迷糊糊问我："妈，你干什么？"

我转头问她："你听到了吗？"

她抬起半个身子，侧耳听了听，马上又睡下去："是房东两口子回来了。"

我的脑子里一时没有转过弯来，还想再问，话到嘴边，灵光蓦然一闪：天哪，那不是女人的哀哭，那是房东两口子在楼上做爱的声响！

我一下子满脸通红，心跳的程度却比刚才有增无减。我做贼心虚地将目光瞄向女儿枕头的方向，好像是自己当着半大不大的女儿的面，做出了令人尴尬万分的事。

女儿闷在被子里打个哈欠，睡意蒙眬地拉长了声调："常有的事啦，我都已经听惯了。"

我什么都不敢再说，挨着女儿的身体，小心翼翼地躺下来。我就这样大睁着眼睛，绷紧神经，提心吊胆地听着楼上时断时续的哭吟，一直到那声音慢慢地拉长、舒缓，变成一种疼痛般的叹息。过了一会儿，楼上有了脚步声，又有了哗哗的水声，是房东夫妇在冲澡，上厕所。其中的一个人大概光着脚，脚后跟敲击楼板"咚咚"发响，听上去身子很沉。另一个人穿着拖鞋，走起来"嗒啦嗒啦"，很急促也很琐碎。最终这一切的声音都消失了，一切复归平静，只有身边女儿的呼吸均匀而香甜。

漫长的墨尔本的静夜里，我终于迷迷糊糊地睡了过去。

第二天大清早，楼上的声音又一次把我弄醒。这回是有人下楼，"啪啪啪"一口气地奔到底，然后直冲大门，钥匙哗哗地开锁，唰啦一下子拉开门扇，走出去，随手砰地把门带上。我急忙翻身下床，扑到窗口，想看清楚出门的是谁。可是窗外浓雾弥漫，几米之处的树木花草就已经是影影绰绰，出门人的身影一刹那消失无踪。

女儿很不高兴我把她吵醒，咕哝一句："今天是星期六啊。"

我边穿衣服边说："我帮你们弄早饭去。"隔壁是两个跟女儿差不多大的女孩，既然我在这里，就应该履行做母亲的职责。

女儿却说："谢了。星期六她们都要睡到十点钟的。我们只吃两顿饭。"

天啊，真不知道这些离开父母的孩子过的是怎样混乱的生活！

可是我既然起来了，总不能重新脱了衣服回被窝去。我轻手轻脚离开房间，去卫生间洗漱。整栋楼房里寂静无声，睡意沉沉，四处飘浮着一种幽暗的不真实的意味，让我的感觉总像是在梦中。

卫生间很脏，到处是水迹，还有乱扔的毛巾、抹布、用完的洗发液和沐浴液的空瓶、发夹、头饰、袜子和拖鞋。如今女孩子的住处一点儿也不比男孩子们讲究，甚至因为零碎东西更多，显得更加杂乱和龌龊。我一边用清洁剂擦洗着脸盆、浴池和抽水马桶，一边为她们将来的婚姻生活担忧发愁。我不知道孩子们将来成家之后，有了责任之后，是不是能够稍稍地改变一下她们过于自由的生活方式。

　　洗衣房里的混乱程度同样让我吃惊。三个女孩换下来的内衣外衣胡乱堆放在一个很大的洗衣筐中，一件摞着一件，闷出了一股湿湿的霉味。旅游鞋咧着口，耷拉着鞋舌头，东一只西一只散着，因为出脚汗多，气味熏人。洗衣粉的袋子是躺着的。仅有的鞋刷子早已经没了毛，剩下一块赤条条的光板。铁丝掰成的简易衣架扭曲成天津麻花，往上面挂衣服时肯定要重新加工掰直。我想起昨天晚上见到的三个女孩，头脸衣服一个赛一个的光鲜亮堂，谁知道她们内里的日子过得这么窝囊。我又想，房东太太幸亏还是个中国女人，她每月收了这些同胞孩子的钱，难道对她们的生活就一点不管吗？哪怕督促她们收拾整理也是好的呀！

　　本来我是准备放着这些衣物不动，把女儿叫过来看看，责备一通的。后来心一软，忍不住又动了手，一边开动洗衣机，一边找一把旧牙刷洗刷那些臭鞋。实在我也是看不下去。

　　因为老爷洗衣机的轰鸣声太响，我没听见房东中的另外一个是什么时间起床下楼的。等我端了一大筐的湿衣服出门晾晒时，才发现大门外的空地上停着一辆很有年头的澳洲产的汽车。那车的颜色是中灰，一种死气沉沉的自来旧的颜色。车的前灯、后杠、以及车门处，全都是被碰撞之后又马马虎虎敲击复原的痕迹。甚至连涂上去的车漆都顾不上协调，深一块浅一块就不说了，居然有一处车门把手下涂着怪异的橘红色，好像是修车人手边正好有这么一罐漆，随便拿过来涂上算数。修车人不讲究，车主也不讲究。说不定还就是车主自己动手涂上去的，他对这辆破车已经是自暴自弃，不高兴讲究了。

　　一双男人的大脚从车肚子下面伸了出来。脚上穿着泥土色的、鞋帮磨得发亮的翻皮鞋,鞋带没系,蚯蚓一样拖挂在两边。脚踝处裹着灰色的线袜,袜口松紧已经没了,袜筒像牛舌头耷拉着。再往上,因为裤子缩到了膝盖处,裸露出来的光腿上,汗毛密密麻麻,粗黑卷曲,完全地遮盖了本来的肤色,也看不出这人的年龄身份。

大概他从车肚下面看见了我移动过去的脚吧,他双手撑着地面,一点一点地、很费劲地挪了出来,然后笨拙地起身。原来这是一个五十多岁年纪的白种男人,身体高大而臃肿,体重起码有二百斤出头,那身帆布的连身工作服被他的大腿、屁股和肚腩绷出一道一道的折痕,线缝随时都有可能怦然炸开。我简直想不出来他刚才是怎样把自己塞进那身衣服里去的。因为胖,他的脸型圆得像一只南瓜,眼睛怕光似的眯缝着,一只硕大的鼻头红而且发亮,明显是酒精中毒的标志。嘴唇上留着的小八字胡,被他精心捻成两撇上翘的形状,说明他对自己的容貌还存有一定程度的关心。遗憾的是我一向对男人的八字胡抱有成见,它总是让我想到油滑、奸邪、无所事事这样一些不好的词句。

"你好!"他有点局促地笑着,伸过来一只沾满油污的大毛手。手伸到半途,他自己瞥见了满手污迹,又不好意思地缩回去,在那身工作服上擦着。帆布工作服的本来颜色好像是白的,也可能是奶油色之类,反正现在成了一块斑斓的油画布,上面涂满了谁也看不懂的污迹油渍,使他的脏手再一次擦上去时可以毫不顾惜。

"哦,你看……"他回身指指他的破车,又搓了搓手,耸耸肩,表示对我礼貌不周的歉意。

我说:"没关系。"我客气地笑着,意思是能够理解。

他忽然弯下腰,从脚边的工具箱里拿出一罐啤酒,砰地打开,仰了头,咕咚咕咚一口气地灌下喉咙。他喝得那么急迫,仓促,不管不顾，简直就如毒瘾发作那样的狼狈。他的胸脯急剧地一起一伏，喉管如小鼠似的上下滑动，白色的啤酒沫顺着他的嘴角和脖颈缓缓流下，到他终于把啤酒罐从嘴边移开时，嘴角那一圈白沫还没有来得及消失，活像京剧脸谱勾出来的一张吓人大嘴。

我一下子想起了女儿告诫我的话："房东是老酒鬼。"我想他的酒瘾真是大到不能控制了。

他舒服地喘过几口气，这才意识到站在他面前的还有一个客人。他再次弯腰，从工具箱里摸出另一罐啤酒，摇晃着，用眼神询问我想不想要？我笑着摇摇头。他也笑了，也跟着摇头，意思却跟我不同，笑容中带着羞惭，是表示对他自己行为的不齿。

"你是露丝的妈妈？"他问我。原来他只知道来了一位母亲，却没弄清来的是哪个女孩的母亲。

"不，我是苏姗的妈妈。"我说。

"从南京来？"

这回轮到我大为惊讶。我没料想他居然知道南京。南京是一个不太大的、也没有多少特点的城市。他知道北京上海是应该的，知道西安桂林拉萨也属正常，可是他居然从嘴巴里蹦出南京这个地名，就让我感觉匪夷所思。我知道，一般外国人对于中国的了解，远逊于我们对国外的了解。

他接下来又对我说了些什么，好像还说到他的妻子什么的，我已经不能听懂了。他说话很快，我的英语水平又实在有限，除了几句简单的生活用语，我还远未达到能够与人交谈的程度。

他终于意识到了这点，摊摊手，表示遗憾，而后再一次费力地躺着挪进车肚。

我晾好衣服，回到房子里。女儿已经起床，并且冲过了澡，披着湿答答的头发。晨起沐浴是外国人的习惯，我不能不佩服这一代年轻人学会享受生活的能力。他们把自己融入世界和潮流的速度比我们想象的要快得多。

"你跟那个老酒鬼说话了？"她站在窗口梳理头发，一边朝窗外努一努嘴。

我严肃了面孔："请你学会对别人的尊重。"

"Sorry。"她轻描淡写地道了个歉。但是她又不甘心地补充一句："他领救济金生活，除了喝酒什么都不干。"

我强调："那是人家的福利制度，跟你没有关系。"

"哦！"女儿发出一句拖长的怪声。她总是用这样的方式表示对我的反驳。

我让女儿带我去超市，买食物，再买一些必要的生活用品，鞋刷衣架之类。我要买肉、鱼、虾、蔬菜，让女孩们集体享受几天的中国美食。我已经注意到楼下的冰箱里空空如也，她们过惯了饥一顿饱一顿的狼狈日子。听女儿说，一般她们买回来的食品都是在眨眼之中扫荡一空，余下的时间里宁可饿着，最多用牛奶和饼干填空。我哭笑不得。但是我知道我无法改变她们，这就是她们喜爱的自由生活。

超市设在一个很大的商业城中。女儿首先带我上下电梯去看那些琳琅满目的特色商品。她牵着我的手，熟门熟路地进了一家风格前卫的服装店。她伸手在货架上摘下一件连衣裙，然后拉我进了试衣间。我在她期待的目光中一件件地脱去衣服。她内行地审视我的身体，微微点头，似乎还算满意。可是我已经相当窘迫。我实在不习惯在比我高大的女儿面前裸露身体，因此脸孔发红，胸脯也下意识地佝偻起来。

女儿开导我:"妈妈你要自信。你看人家澳大利亚人,胖成一堆,照样穿露脐装。"

"可我是中国人。"我说。

她不说话,动手帮我套那件连衣裙。裙子的颜色接近肉红,面料很薄,极其性感。最要命的是,那是一款单肩的新潮衫裙,也就是说,一边的肩膀完全裸露,另一边的肩臂处用同色布料打了一个漂亮的蝴蝶结,结带逶迤垂挂至胸,可以想见走路时衣带飘飘的样子。

"非常合身。"女儿下了结论。

我红着脸看镜中的自己,我承认的确合身,而且非常漂亮、性感。问题就在于过分漂亮了,它完全不适合我。

女儿说:"这件裙子我早就帮你看上了。我一直等着你来试它。"

我很感动,毕竟女儿心里始终想着我的。可是我无论如何都没有勇气穿它出门。辜负了孩子的一片好心,我非常歉疚。

女儿逼视我的眼睛:"你是不是真心认为它很漂亮?"

我点头。

"如果是我,我喜欢它,我就敢穿它。"

我说:"可是我不是你。"

女儿不无轻蔑地说了一句话:"你们这些人就是虚伪。"

我也认为我有时候虚伪,可是做人就是这个样子的,在我们这个年纪的人群当中,容不得特立独行者的存在。

接下来,超市购物的过程中,我和女儿之间的气氛有了微妙的变化。女儿因为她推荐的衣服没有被我接受而不悦,我则因为自己的世故和平庸而鄙视自己。可我还是不准备轻易妥协。

万家亲友团

买好了大包小包的东西,我们在咖啡座稍事休息,每人要了一大杯卡布奇诺。女儿生气归生气,还是懂得照顾我,帮我往咖啡里加进香草粉、糖,以及她自己喜欢的一些调味料。"你尝尝。"她说。我尝了一口,没感觉到特别的好。但是我依然表示了赞许,也是一种缓和气氛的意思吧。因为接下来我要对她说的事情比较重要。

我承认我是一个比较守旧的母亲,昨天夜里发生的一切给了我太深的震惊,我不能想象尚未成年的女孩子听着楼上那种放肆的声响会有什么感觉,日久天长又会对她有什么影响。所以我委婉地提出来,最好尽快换一个住处。

"我跟露丝她们处得很不错。"女儿开始跟我弯弯绕。

我说:"关键是房东,他们……"

"不就是叫床的声音太响了吗?"她若无其事地迎着我的眼睛。

天哪,我简直要背过气去了,我十七岁的女儿用这样的口气来描述这样的事实!

"我们都已经习惯了。"她把脸转过去,看一个两边眉梢上挂着两只小圆环的澳洲女孩。"我们不是小孩子,别以为我们什么都不知道。"她又开始注视那个女孩的男朋友。"这一家房租不算贵,房东夫妇也不算讨厌,女房主还是中国人,不容易碰上的。想想看,如果换一个房东是同性恋,那不是更可怕?"

我已经无言以答。她把话说到这么极端,实际上也是明明白白表示了她的态度。小孩子一旦从身边放飞,那就真是由不得父母了,再想横加干涉,也是有心无力了。

晚上我给她们做了几个费时间的菜:萝卜炖羊肉、糖醋排骨、牛尾汤、肉末炒意粉。女孩们早早围聚在我身边,小狗一样地嗅着锅里飘出的肉香，甜言蜜语夸奖我的手艺，当然是希望我第二天再接再厉。女儿说，她们上周末也做过一次炖羊肉，从羊肉开锅不久就开始轮流上去尝试咸淡，结果等羊肉烂熟可吃的时候，锅里只剩下汤水。我听完笑得眼泪都出来了，然后我又觉得心酸，意识到这些孩子离开父母真不容易。

房东杰克下了楼。现在我已经知道他叫杰克。他手里拿了两罐啤酒，问我们在享受美食的同时想不想喝点儿什么？上海女孩露丝马上尖刻地向我们指出：杰克肯定是闻到了楼下厨房里的香味。我想起女主人从一大早出门到现在还没有回家，就问她们，房东太太很少煮中国菜吗？我女儿回答说，从来不。女房东早出晚归，她们之间连照面的机会都很少。杰克基本上靠啤酒和炸薯条维持生活，所以他终日里总是醉醺醺的样子。

我有点同情杰克，就跟女孩们小声商量，能不能邀请杰克共进晚餐？话才出口，三个孩子把头摇得拨浪鼓一样，理由是：杰克身上的酒味太大，不好闻。我只好拿盘子把各样菜盛了一点，笑着递到杰克手上。杰克非常惊喜，但是他也不肯白沾我们的光，他死活要我收下那两罐啤酒。我看见他喜滋滋端着盘子上楼的时候，每走三步楼梯就往口中拈进一块肥烂的羊肉。

当天晚上女主人是什么时候回家的，我不知道。我平常在国内是整天坐着不动的人，那天又是打扫，又是购物，接下来做饭，感觉就非常疲劳，再加也没有报纸电视可看，就早早睡了觉。大约十二点来钟的时候吧，我再次被楼上的哭叫和呻吟声弄醒，但是因为知道了是怎么回事，也就不再惊惧。正像女儿说的那样：习惯了。

星期一，女孩们去学校上课。学校在城里，很远，要坐火车，所以她们中午都不回家。女主人照例很早出门。杰克在大门外捣鼓他的破车。杰克肯定是把修车当作他的乐趣或者事业了,他天天要把自己弄得一身油腻,乐此不疲。

我那天的计划是擦窗户玻璃和吸地毯。挺大挺漂亮的房子,因为缺乏清扫和管理,看上去窝窝囊囊,楼里的空气也不够洁净。下一步我还打算拉着杰克修整一次花园。墨尔本的气候虽然适合花草生长,但是长得过于繁茂也是一种颓丧。

我跟杰克要来了吸尘器,先吸女儿的房间,再吸楼下门厅、过道、起居室。然后我看见楼梯上铺着的红地毯更加肮脏,眼睛里怎么都不舒服,就顺便吸了上去。不知不觉吸到了二楼,发现楼上起居室的零乱劲儿比楼下有过之而无不及:满地喝空的啤酒罐、胡乱撕开的装薯条的纸袋、薯条碎屑、粘着西红柿酱的纸餐盘、擦手的纸巾……我愣了好一会儿,感叹房东两口子居然能在这猪圈一样的环境里惊天动地地做爱!我想,已经上了楼,就手帮他们收拾一下,也算是我的一种无声抗议吧,说不定能让他们有所觉悟,从此多少改进一些卫生习惯呢?

我拖了一只大号的垃圾袋,把所有地毯上的垃圾一股脑儿往袋子里装。啤酒罐在袋子里相互碰撞咣啷咣啷作响,渐渐激起我的劳动快感。我一路捡拾过去,一直把清扫范围扩大到了朝南的阳台。这时候我在阳台的玻璃门边看见了晾晒在木头栏杆上的一床被子和一只枕头。

当时的第一个判断:被枕肯定不是杰克晾出去的,是女主人大早出门前的行动。接下来的一个念头:女主人不似我想象的那样邋遢,她还是讲究干净和舒适的,只是她没有时间顾及床铺之外的卫生。

然后,我的视线落在枕头上。我被那只绣花的枕套吸引住了。枕套的质地是纯棉布,最早肯定是白色,那种令人不舍的无瑕的白,年深月久被脑油和汗渍浸泡之后,有了无可奈何的脏迹,是那种茶垢一样的黄,中间略深,往边上渐渐地淡些,但是因为那种淡,更显得陈旧,看上去极不舒服,属于那种早该替换的货色。现在国内纯棉和绦棉的枕套,颜色千娇百媚,图案纷繁多姿,就是买街边摊档上五块钱一对的大路货,也比眼前的这只体面许多。比较不一般的是枕套上的绣花。绝对是手工绣制。很简单的十字绣。针脚有大有小,有正有偏,反映出绣制者的生疏和笨拙。肯定是女主人年轻时候的游戏之作。我起先还没有看清楚绣在枕上的是什么图案,因为那些线头有的刮断了,有的起毛磨损了,有的干脆烂糟了,变成了模模糊糊污迹似的一团。仔细辨认,才看出来绣的是一枝并蒂莲花,其中的一朵大些,蛋青色的花瓣夸张地怒放,中间隐约有一点嫩黄色花蕊;另外的一朵便显出娇弱和羞怯,嫩黄色,蛋青的花蕊,新娘似的倚在蛋青莲花的枝下,欲开不开的,半遮半掩的,幸福绝顶的模样。

　　两朵莲花,占着枕套四分之一强的面积,其余的部分只是留白,一无所有,有点像水墨画中讲究的构思。但是我知道,那空白的面积本来是要有内容的,绣这只枕套的人,我从前的同事余爱华,她咬断最后一根线头的时候告诉我,等她有一天,恋爱谈妥了,尘埃落定,准备结婚,她就在这些空白处补绣上四个字:百年好合。

　　当时我没有答话,可是转过头去,我笑得喷饭。我那时候恰巧就是在吃饭,单位食堂的饭菜,用一个白色搪瓷饭盆打了,汤汤水水合并一起,托着饭盆边吃边到处走动,哪儿有热闹往哪儿凑。

引我喷饭的是从她口中冒出来的"百年好合"四个字。大学毕业刚刚工作的我，听见这样一个陈旧发霉的词，简直就像是看见了一个从棺材壳里爬出来的死人，那么的惊诧和别扭。余爱华不是一个新近才从"农村包围城市"的临时工之类，她是地地道道南京大学七六级的毕业生，比我更早地分配到机关，我觉得这样四个规整严肃的字不应该被她昭示出来，作为她的一种婚姻坐标。

我还清清楚楚记得余爱华嘴边拖着线头说那句话的样子：她坐在办公室的硬木椅上，双腿并拢，上身笔直，像她对处长谈工作时的习惯姿态。冬日正午的阳光从大玻璃窗外漫溢进来，把她扎在脑后的头发照成微黄。她的脸略显瘦削，瘦而且黑，轮廓非常清晰，鼻梁高挺，眼眶稍陷，有一点异族女孩的韵味。会欣赏的人，觉得她的这张脸相当耐看；口味大众化的，就认为她的模样刚性有余，柔性不足，跟她事事好强的性格一样，不那么讨人喜欢。

我还记得她对我说完那句话不久，办公室的走廊里有脚步声走过，她慌忙拉开抽屉，把手里的枕套连同新疆手鼓那么大的绣花绷架塞进去，用胸脯顶着抽屉关好，脸上的表情有一丝紧张，颧骨四边甚至泛出了羞红。后来脚步声又过去了，她才直起身，缓缓地吐出一口气来。我当时还好奇地问她一句："你害怕什么？"她回答我："在办公室里绣花，总是不好，如果是基层单位来人，看见了尤其不好。"我心里不以为然，撇一撇嘴，转身走了。那时候我对她的看法，就如同我女儿现在对我的结论：虚伪。每一个年轻女孩子，心中都曾经有一朵花开放过的，她实在没必要拿一块黑布遮住自己，只把那朵花开在别人看不见的角落。

有好几分钟的时间，我手里拎着那只半人高的黑色垃圾袋，傻了一样地站在阳台上。我看见楼下的杰克蜗牛一样地从车肚子下面蠕动出来，爬进驾驶室，轰轰地发动了车子。汽车排气管中有一股黑烟冒了出来，车子垂死般地挣扎了一下，然后就不再响了。他笨重的身体从座位上骤然弹起，用劲拍一下方向盘，嘴里好像还骂了句什么，重新挪出车门。出来的时候，他的手里多了一罐啤酒。他需要用酒来勉励自己接着再干。

我扔下垃圾袋，顾不得里面的啤酒罐和快餐纸盒滚散一地，飞一样地冲下楼梯，奔出楼门，心跳不已地站在杰克面前。

"怎么啦？出什么事了吗？"他把喝了一半的啤酒罐从嘴边挪开，一副吃惊的样子。

我结结巴巴，连说带比画："你的妻子，她的名字……她是不是叫余爱华？"

杰克断然否定："不，她叫海伦。"

"中国名字？"我说，"另外的……名字？"

"她就叫海伦。"杰克说完，觉得没必要跟我再作纠缠，咕嘟咕嘟喝完余下的啤酒，把空罐子用劲捏成扁形，准确地投掷到了路边的垃圾筒中。接着，他跟我含糊地道个歉，再一次把自己仰面放倒，一点一点移进车肚子下面。

那一刻我忽然有个奇怪的感觉：有没有可能杰克从来没打算把这辆车彻底修好？或者说，他留着车里的某个关键部位故意不碰，就让它坏在那儿？因为一旦汽车没有毛病，他就无事可干了。他活着也需要有个寄托的。

傍晚女儿回家，进门直奔厨房，看我又做了什么好吃的。我抓住她伸向搪瓷炖锅的手："先告诉我一件事。"

女儿无可奈何道："什么事啊？比吃饭还重要吗？我中午只吃了一个三明治，留着肚子的！"

我问她:"房东太太叫什么名字?"

她偏着头,想了半天,扬声喊她的同住伙伴:"露丝!你知道房东太太的名字吗?"

露丝在她敞了门的房间里回答:"不就是叫杰克太太吗?"

女儿又喊另外的一个:"娜娜!"

娜娜嘴里咬着一个苹果跑出房间:"别问我,我肯定不知道。"

"瞧!"女儿若无其事地耸耸肩,"我们都不知道。名字对她很重要吗?"

"她可能是我从前的一个同事。"我急切地盯着她的眼睛。

"有可能。"她漫不经心地移开目光,"可是我真的饿了,我要吃饭了。"

我不再阻止她用饭勺捞锅里的肉吃,可是我心里有些失望,为她完全不能跟我的想法同步。她不知道,一个二十年前的老朋友对我有多么重要,在遥远的异国他乡能够碰上旧日同事是多么惊喜。她实在还是个孩子,友谊和同伴都是新鲜即兴的,现开现喝的盒装牛奶一样,她还没有尝过酿久的生活是什么味道。

晚上,女儿在电脑上做作业,有关人类发展史的什么内容。碰到不懂的问题,她可以上网查资料,还可以直接发信跟同学探讨。做完的作业,也不用打印出来,一下子就发到任课老师信箱里去了。我在她床上百无聊赖地坐着,心里很感慨,想到十几年前丈夫在国外念学位,所有的问题都要靠一本英汉字典解决,回国时那本字典已经被他翻得稀烂。那时候,我带着幼小的女儿出国陪读,我们舍不得用光丈夫的奖学金,日常花销是靠我们双双出门打工挣来的。八十年代的留学生,打工是正常现象,不打工的反会被人视作异类。转眼之间我们的下一代出国,她们的生活和学习跟我们从前的经验已经完全两样。

女儿做完了她的作业，转头问我："妈妈你怎么还不睡？"我回答说，我要等房东太太回来。女儿做了个夸张的表情："你不可能等到她的。她总是很晚，非常晚。"我说："哪怕等到天亮。"女儿就显得犹豫，磨磨蹭蹭了好一会儿，才跟我商量："你可不可以先睡？你看，我现在要发几封私人信件，还要进聊天室逛一圈，跟大家说几句废话，我希望这些是我的个人秘密。"

"你尽管发你的信，"我说，"我不会偷看。我懂得尊重个人隐私。"

"可我觉得不舒服。我总是想到背后有你的眼睛。"她开始撒娇扯皮。

"你如果用英文，我根本看不懂。你知道我的英文程度。"

"不，我用的是中文。我有很多网友在国内。"

我只好站起身："那好吧，我出去走走。"

女儿追上来，把我的外套递给我，叮嘱说："一定不要迷路。记住家里的电话。"

有一瞬间，我感觉我们之间的角色互换过来了，她成了妈妈，我成了女儿。这样的感觉非常舒服。女人其实总希望有人照顾着和宠爱着。我忽然想起余爱华，她怎么没有孩子？或者她的孩子不在身边？送回了国内？

走出楼门，夜凉如水。不由自主地打了个寒战。澳大利亚的气候非常奇怪，白天热得穿露脐装，晚上睡觉照盖羽绒被，一天之中差着几个季节。我裹紧了外套，顺着前天散步走过的路线再走一遍。其实我是个不喜欢重复生活的人，但是天黑地广，四周寂静无声，万一走进岔道，迷失了方向，我很难寻找到打电话的场所。

万家亲友团

附近一个私家花园里的特殊装置引起了我的好奇，那东西被安在两人高的木杆上，像一个躺卧的金属笔筒，被街灯照射得幽幽发亮，看上去结构还比较复杂。我琢磨了好一会儿，才悟出这是一只电子眼，主人坐在家里，就可以用它来监视走进楼门的每一个行人。我吓一大跳，赶快逃开，生怕被屋里的人看见我凝神琢磨的样子，会以为我要对这屋子动什么脑筋。结果我慌里慌张撞到了另一家半地下室的窗口前。花枝遮映的窗户里很难得的透出灯光，说明这间屋里有人在活动。我稍觉安心。有人气的地方总让人温暖，即便语言不通，也可以用表情交流，不像冰冷冷的电子眼那么叫人生畏。谁知道当我低头往那窗户里看时，眼前的情景更让我惊惧：凸现在窗玻璃上的是一颗凝然不动的雪白脑袋，白发下的面孔总有七八十岁年纪，皱纹交错的皮肤紧绷在一张怪模怪样的脸上，嘴巴瘪成一条直线，眼睛深陷如两只黑洞，眼皮半天都不带眨动一次，好像站在那里的不是一个活人，而是摆来吓唬盗贼的木乃伊之类。看到我惊惧地后退走开时，老人忽然张开无牙的嘴巴，对我笑了一下。我这才明白，老人站在窗口的原因只是因为无聊和寂寞，他希望看到行人从他面前一个个地走过去，看到这个世界处于活动之中。甚至，他或者还盼着有人会礼貌地敲开他的房门，向他讨一杯水喝，跟他聊上几句家常。可惜这个时代的人们不会这样做了，他想象中的情景只会发生在澳大利亚的牛仔时代，在"鳄鱼邓迪"的时代。

余爱华出国多年，她一直生活在如此寂寞的世界中吗？她天天辛苦地早出晚归，会不会也是打发寂寞的一种方式呢？我不由自主地又想到了她。

回到家里，女儿已经关了电脑，就等着我上床睡觉。她说：

"我担心死了。刚才我忘了跟你说,这附近发生过强奸案的。"看见我渐渐张大的嘴巴,她又补充:"你放心,我们晚上从来不单独出门。在国外怎么生活,我已经很有经验了。"

尽管如此,我还是表示担忧。我希望她搬到市区去住,好歹人气要旺一点。她马上嘲笑我,说墨尔本市中心的夜晚比郊区还要荒凉,因为公司和商店的职员下了班都离开城市回家,市区是一个空巢。我还想询问她,唐人街是不是会好一点,扭头一看她已经睡着了。

我起身,蹑手蹑脚走过去关了房间里的灯,然后坐在椅子上,等着余爱华回来。楼上的电视机开着,大概在放着脱口秀之类的节目,语言的频率很快,一句紧逼着一句,说的人和听的人都来不及喘气似的,背景效果中不时夹有夸张的哄笑声。杰克脚步重重地走来走去,把地板踩得咯吱作响,有时不小心踢到一只喝空的啤酒罐,那罐子就会轻快地滚动起来,一直到碰上了墙壁或者沙发腿,才乖顺地停下。我奇怪他既然不工作,整天无事可做,为什么不能出去迎一迎他的妻子?他放心让一个女人深更半夜独自回家吗?

为了打发时间,我开始回忆跟余爱华相识相交的日子。我记得,那正是我大学毕业分到机关,拿上了每月五十多元的丰厚薪水,单身一人无牵无挂,精神最感自由和振奋的黄金时期。我在机关宿舍有一间单独住房,虽然窄小,放进一张小床、一桌一椅、两个竹制书架,基本上不成问题。我的更多的私人藏书是装进纸箱塞到床肚子底下。四喇叭的手提录音机和大量磁带占据了小床三分之一的面积,使我睡觉时半个肩膀总是悬在床外。吃饭有单位食堂,菜价在五分到两角之间,经济实惠。机关的公共浴室定时开放,免费使用。工作谈不上紧张,偶尔写篇材料什么的,即便不合格,还有处长把关修改，改完了我拿过来抄写一遍，或者直接送机关打印室。因为闲适和快乐，我的身体在那段时间里吹气似的膨胀，由丰满而丰腴，以至于唇红齿白，皮肤娇嫩得吹弹即破。几年之后我从机关出来，体重就开始一年年下降，从此再没有恢复昔日辉煌。

那个年代的审美标准跟现在还不尽相同，"骨感美人"这种词汇尚未在媒体大量出现，所以我的爱慕者为数不少。我们机关的老大姐们上班闲来无事，眼睛也总是盯在我们一班新分配过去的大学生身上，以撮合我们的美好姻缘为己任，笔记本上排着次序地为我们介绍对象，不惜搭上大量时间和公交车票钱。我被大家安排着跟各种身高体重学历和职业的单身男性见面，身边频繁变更着陌生的男性面孔，百无聊赖地对他们重复自己的家庭情况和兴趣爱好，然后一次又一次地怀疑浪漫爱情是否根本就是一种虚幻。

余爱华就在这个时候出现在我的生活里。

余爱华比我早两年分配到机关，那时候也还是单身。我们机关里人员很多，楼上楼下分好多处室，我跟她之前也就是眼熟，还知道她是机关团支部书记，此外几乎没说过话。我不是那种跟别人见面就熟的人，她也同样如此。她长着一张轮廓分明的严肃面孔，做事一板一眼，穿衣打扮绝对中性，说起话来，三句不离"理想""人生"，所以我们都对她敬而远之。老大姐们从来不给她介绍对象，怕自讨没趣，也觉得她那样的个性不会让男人喜欢。她们说："余爱华的第一目标是要入党，其次才谈得上恋爱结婚。"那么，因为她暂时还没有能够入党，介绍对象的事情自然就只能放缓一步了。

那一天晚上，我吃过晚饭回办公室，准备把碗筷放进抽屉，然后上楼看电视。那阵子电视里放的是香港连续剧《上海滩》，住机关宿舍的人总是七点不到就上楼占座位。电视机太小，机关会议室又太大，坐得远了，周润发和赵雅芝这一双璧人眉目传情的样子实在看不过瘾。

我关上抽屉的时候，听见门外脚步响，一抬头，余爱华已经走进门内，并且顺手带上了我的办公室房门。

"耽误你一会儿时间，好吗？我想跟你谈点事情。"

她尽量做出轻松的样子，可我还是觉得心里无端发沉。我站着，告诉她我还要上楼看电视，有事情能不能快一点说。我想不出来她会跟我说什么，我们不在一个处，行政上和业务上都不可能发生关系。

"你还是坐下吧。"她微笑着命令我，然后自己先在我对面的椅子上坐了下来。

因为不熟，我不好意思对她任性，要求改日再谈什么的。我无可奈何地跟着坐了下来，一边在心里惦记着楼上的座位问题。

"知道我想跟你谈什么吗？"她和颜悦色。

我摇头，脸上的表情肯定是很不耐烦。我说："你说吧。"

她咳嗽一声，神情里有短暂的犹豫，甚至还稍稍地红了面孔。她结结巴巴，先扬后抑："其实……我一直认为……你是个很不错的同志……你单纯，喜欢学习，积极要求进步……"然后她话头一转："你自己是不是也感觉到了什么？"

我茫然："我感觉什么？"

她带点尴尬地笑着："比如说，在恋爱婚姻的问题上……"

我尖锐地回她一句："我有问题吗？"

她摇摇头："你不要误会我的意思，我是说，机关里的同志们有一些看法，觉得你的恋爱态度不够严肃，就是说……次数太多了，谈一个吹一个，给人印象不太好。你是不是太挑剔了点儿？"

我起先觉得愤怒，而后又觉得好笑。我知道这不是什么"机关同志们"的看法。那时候已经是八十年代，社会上的风气非常解放，离婚和婚外恋都成了比较正常的事情，没有人会对我选择男朋友的方式大惊小怪。有"看法"的只能是她，她自己一副标准的刻板面孔，吓得男同胞们退避三舍，因此对我的恋爱现状愤愤不平。

之后跟她的交往渐多，才知道她对我的看法不是出于嫉妒或者酸楚，那是我自己心眼儿小了。她是真心的认为我的世界观人生观都有问题，起码是过于"小资"，跟一个标准机关干部的形象不相吻合。她出于团干部的责任，觉得有必要帮助我纠正思想。

可我那时候年轻，自我感觉不错，很多事情上比较锋芒毕露。我记得我一气之下放弃了晚上的电视，即兴作了一场关于现代社会爱情和婚姻观的演讲。我是中文系毕业生，读过的中外爱情小说无以计数。那时候西方的各种现代思潮正在流行，乱七八糟的哲学书籍我也看过不少。我这人轻易不大讲话，一旦讲开，思绪就会突然地活跃起来，言语也就特别地犀利和大胆，强词夺理什么都来，气势上也比较咄咄逼人。要是换一个倾听对象，也许就恼了，起码也会对我心生不满。可是余爱华没有，她非常认真地听着，有时候会忍不住插话，用她的正统纠正我的偏邪。总的来说，她没有一点生气的意思，完全是一副平等交换思想的姿态。临走的时候，她甚至跟我要了几本书的名字，说要去书店买来看看。

一个星期之后，还是在晚上，她第二次来到我的办公室。我们住机关宿舍的年轻人除了八小时睡觉，其余时间都是以办公室为家的，因为办公室比宿舍宽敞，冬天可以烤火，夏天有电风扇可用，宿舍就没有这么好的条件。那天楼上的《上海滩》已经放完了，周润发的死让我欲哭无泪，也令我中毒太深，我从那时候开始就对香港电视剧有瘾，白天无论多累多烦，想到晚上还有两集好看的电视剧等着，有我喜欢的男人女人在剧中生生死死地爱着，心里就倍感熨帖。

余爱华肯定是知道了电视剧已经放完才来找我的，她甚至还带来一包瓜子，摆出一副准备跟我彻夜长谈的意思。

"你手里缝的，那是什么？"她隔了宽大的办公桌朝我伸过脑袋。

我把新疆手鼓那么大的绣花绷子放到桌上，给她看。我刚刚从处里的打字员那儿学来这种"十字绣"的针法，正在笨手笨脚试着绣一块手帕。我一上来就绣了一种很复杂的德国童话式的图案：带红顶的森林小木屋、圆头圆脑的彩色蘑菇、穿巴伐利亚传统花裙的小女孩，还有门前一条象征性的河流、河岸上星星样的黄色花朵。

"真漂亮啊！"她惊呼，紧抓着我的绣花绷子，爱不释手的模样。

"你喜欢，我可以教你。针脚并不复杂，不需要太专业的技能。"

"是吗？"她欢天喜地地应着，然后就绕过办公桌，坐到了我的身边，一边看着我下针，一边讨教各种问题，连绣花线和绣花绷子在哪儿采买都问到了。看起来她是真的感兴趣。我开始对余爱华有了初步的认同。无论多么理智和刚性的女孩，她的内心里总有柔软光滑的一面，对花花草草的东西是天生的喜欢。

研究完绣花技巧，我们言归正题。她找我的目的，其实是要探讨读书心得。我介绍她读的几本书，她买来了，也读完了，她需要有个人听她说一说，说了心里就舒服些。她对外国人敢于在书中那么大胆地谈论情欲和性爱的问题感到吃惊。她说"情欲"和"性爱"这两个词的时候，稍稍地顿了一顿，像是难以出口，并且脸上真的红了。我估计她以前从来没有碰触过类似的字眼。她告诉我，机关同事对她的看法和议论她都知道，她的确是个过于正统和认真的人，这没有办法，从小的生活环境和教育环境令她如此，已经成为习惯，想改很难，自己心里的那一关就闯不过去。但是她的心里并非别人认为的那样死水一潭，她也有女孩子隐秘的渴望，有一些自己都难为情的念头，甚至不那么道德的想法……

我听她说到最后一句话的时候，简直大为惊讶，完全想象不出来她指的是什么。

她犹豫了很久，指头在桌面上划来划去，拿不定主意是否应该对我说出来。日光灯装在办公室的天花板上，光线自上而下，加上她微微低着面孔，她眼窝和鼻翼的阴影就更加浓重，是那种雕塑一样大刀阔斧的线条，比多数女孩的确少了一点秀美和柔软。

她不说，我自然不好催促她说，好像我急着打探别人隐私似的。可我又不能自顾自地低头绣花，放着她不管，那样又显得我不通人情。我们之间的气氛就非常尴尬。

忽然之间，她哭了。泪水从她深深的眼窝里溢出来，顺着颧骨和腮帮无声地滚落。她坐着不动，也没有抬手去擦，完全浸透在一种悲伤和绝望中。她的眼睛依然大睁着，却没有看我，看着屋角的什么地方，目光的焦点是虚着的，也许是因为泪眼蒙眬，让我感觉到那种虚。我在吃惊了一会儿之后，依稀醒悟到她的哭不是痛苦，其实是一种快乐，她需要有这一场宣泄，可以把压在心里的东西释放出来。

长了一副刻板无趣的面孔的余爱华，原来也会为感情而哭啊。

在这种时候，我不知道说什么才好，也真的是无话可说，所以我就把一只手放在她腿面上，轻轻捏了一捏，传达一种安慰和理解。我发现她腿上的肌肉非常放松。她那一刻整个身心都是放松的，敞开的，感性和轻盈的，像花朵在黎明中打开的一瞬。

"对不起啊，真的是对不起啊。"最初的激动之后，她反复地对我说着这样两句话。

我向她表示："你无论说什么我都能理解。"我期望知道她的秘密，这是女孩子的好奇。

她终于长长地吐出一口气：上身先是挺直，慢慢地把空气吸进去之后，含住，在五脏六腑荡涤一番，然后非常收敛地吐出来，随之身体软下去，矮下去，舒服极了的那种样子。"我喜欢上了一个不该喜欢的人。"她眼巴巴地看着我，耳语一样："我们处长。"

我的身体猛地往后一弹，碰到椅背，就定住了，像贴在上面的一件东西。

"连你都惊讶了。"她苦笑了一声，好像有一点责备我。

我赶快解释："不不……我不是……我只是……"我发现越解释越乱，只好住口。

她的处长，我当然认识，王强，那一年也就是三十出头吧，机关干部年轻化的第一批受益者。王强的妻子是我们机关年轻女孩最眼红最羡慕的一个人，因为她拥有那么出色的丈夫。王强非但聪明英俊，而且谦和，上下级关系都处得很好，就连路上碰到我们这些新分来的大学生，也是老远就停下，点头，微笑，笑容是发自内心的，绝不卑微，也丝毫不带暧昧，阳光那样的明朗和健康。余爱华喜欢他，一点儿都不奇怪，因为我自己同样如此。关键是，余爱华嘴里的"喜欢"不是一般的喜欢，那已经是等同于"爱"的一个用词，她提到他之前的悲伤和流泪，明白无误地昭示了她内心的一点一滴。

"可是，他的儿子都快上小学了啊。"我忍不住地替她焦虑。

现在想起来，那时候的我号称"现代"，骨子里还是传统。如果放在更年轻一代人的身上，这样的问题根本就不是问题。爱一个人，尽管去爱，妻子儿子视作无物，还不行吗？什么时候爱到尽头，大家挥挥手走路，"不带走一片云彩"，多么的简单干脆。

余爱华忽然凑近我，眼睛里放出一种异常的光亮："我只告诉你一个人，你千万不许说出去。王强不爱他的妻子，他们夫妻感情不好，有可能离婚。"

我又一次地对余爱华感到惊讶。她远不似我从前想象的那样无趣和刻板，她已经对暗恋着的处长做了很多调查，或许还有跟踪和监测，所以掌握了如此丰富的第一手资料。我问她是不是准备等下去？等到王强有朝一日离婚，然后她乘虚而入？

她嗔怪地责备我："什么叫乘虚而入啊？"

我连忙道歉："对不起，用词不当。"我又问："万一他离不了婚呢？或者想离又不离了呢？"

她先是说，她可以无休止地等下去，等一辈子。想了想，她又反驳自己，不可能的，她的运气不会这么坏，我不应该用悲观主义的思想影响她。

那天晚上的谈话到此结束。余爱华第二天上街买来了绣花所用的一切材料。她先绣了一块手帕，很简单的一朵向日葵，用金黄色和黑色的丝线搭配，挺漂亮。然后她就买来一对洁白的纯棉布枕套，开始绣那两枝并蒂莲。我发现她对花朵有着特别的兴趣。可是她在生活中从来不穿花色衣服，连格子之外的图案都很少上身。

我注意观察年轻的处长王强，果真发现了一些蛛丝马迹的动向。比如说，星期天他到机关来加班的时候，把他的儿子带过来了。从前他儿子一直是有人在家里照顾的。再比如说，机关里发电影票，每人两张，王强和他妻子都没有去，去的是他的老父老母。还比如说，有一天我看见王强妻子到机关里来，没有去找王强，却直接进了局长办公室。下班时候我在自行车棚遇到她，她好像眼圈有点红，低了头不跟人招呼，匆匆忙忙骑车走了。

我不能不佩服余爱华的细致，她比任何人都要更早地发现了他们处长生活中的一切异常，因而无比坚定地竖立起了她自己婚姻的信心。

但是，世间的一切总有太多的意外，世界是因为一个又一个的意外才发展成了今天的样子。八四年王强率队去深圳考察学习。新兴的城市深圳除了有令人震惊的建设速度之外，还有了另一样新兴的职业：妓女。那时候也叫：暗娼。谁也说不清王强是怎么昏了头，把自己如花的前程丢到了脑后，睡到了一个年龄可以当他姐姐的妓女的床上。一同去深圳的机关同事都感到吃惊，在王强被深圳的公安扣押之前，他们一点儿都不知道王强是怎样被那个妓女拉下水去的。

王强回到南京，没有进机关大门，直接去了拘留所。那时候赌博嫖娼都是大事，大到要开除党籍，开除公职。

机关上下震惊。党员和干部们大会小会开了不止一次，缺席批判王强的堕落行为。王强的所作所为实在太过超前，南京人的脑子里根本还没有"嫖娼"这个概念呢。

有一天晚上我到余爱华的办公室，我问她接下来怎么办？她非但没有沮丧，反而眉飞色舞地告诉我："知道吗？王强妻子同意离婚了，今天到机关里来开离婚证明了！"

我于是明白，我什么都不必再说。我只跟她讨论了新开播的日本电视连续剧《血疑》，又说了一会儿枕套上绣花的技术问题，然后告辞出门。我想，她说过要把"百年好合"四个字绣到枕套上去的，现在应该可以做动手的准备了。

不久我结了婚，调离了机关，到另一个单位工作。我知道余爱华实际上一直都没有结婚。几年之后又听说她自费出国。那时候她已经入了党，提了副处。她是先退党，再辞职，才办妥了出国手续的。机关里又一次全体震惊，甚至比听说王强的嫖娼还要吃惊。要知道，余爱华为争取入党，经过了多么不懈的努力啊。

还有那只枕套，余爱华既没有绣上她心仪的词句，又没有舍得丢弃，她夜夜枕它入睡，是不是觉得枕上的花朵也可以在心里常开不败呢？

那晚我一直坐到了十二点以后。因为房间里黑着灯，女儿的呼吸声又如同催眠小曲，我实在困倦不堪，只好站起来，赤了脚在房间里走动。我不明白余爱华天天深夜归来，清早出去，怎么还有精力在床上折腾出那么大的动静。莫非澳大利亚的牛肉比别处养人？

楼门前的车道上响起了碎碎的脚步声。接着，听到钥匙在门锁中索索地转动。我赶快走出房门，随手拉开门厅里的吸顶灯。余爱华被倏忽而来的光线晃得眼睛直眨巴，一只手下意识地举起来挡了一挡。我看见眼前的余爱华是一个胖墩墩的中年女人，上身一件过臀的桃红色织花毛衣，下面配大花九分裤，花卉的色彩非常鲜艳，裤子的弹性也好得过分，腿面和腿肚的肌肉勒出圆弧形的突出线条，十分不堪。还好，脚上一双平底软皮鞋是黑色的。少年流行穿彩色牛皮鞋，她倒是没有紧跟潮流，将自己从头到脚地用色彩武装起来。

她适应了楼里的光线，放下那只遮光的手之后，有片刻时间，我怀疑站在面前的是不是我的同事余爱华。她的脸不再是那样凹凸有致轮廓分明，而是臃肿虚浮，眼袋、颧骨、嘴唇都是鼓出来的，松松地悬着，密布了细细的皱纹，纵欲过度或者酒精中毒的那种症状。难以接受的是她的化妆技术，粉底打得既厚又白，剃光的眉骨上画着蚯蚓一样弓起身子的细眉。国外唐人街的中老年女性都喜欢画这样的眉形，我实在弄不懂这是怎样的一种审美情趣。

我试着喊她："余爱华？"

她愣愣地盯着我看，惊讶得不能自已："我的天哪，怎么会是你？"

她一把拖起我的手，一直把我拉到楼梯下的卫生间里，关上了门。"我们在这儿说话，别弄醒了孩子们。"她说："你女儿，她叫苏姗吧？搬过来的时候提起过你的名字，当时我还在想，是不是我的那个同事？我后来还想细问，太忙，没找着时间。哎呀，太好了，我们会在这儿见面！你说这是不是缘分？"

我说："都这么多年了！"

她也说："都这么多年了。你女儿都这么大了。"她垂下头。再抬起来的时候，我发现她的眼圈隐约有一点红。我的心里也就跟着酸涩起来。

我们互相都没有提对方的变化。人到中年，这是一个很敏感的话题。她大致地问了一下我的现状，我作了如实汇报。然后我反过来再问她，她好像不太愿意回答，手捂着嘴打一个大大的哈欠，不无疲惫地说："太困了，都已经一点钟了。我们明天再说吧。明天我休息，有一整天时间。"

我送她到楼梯口，恋恋不舍地看着她上楼。因为处于攀登的姿势，她的身体微微前弓，臀部撅起来，过长的毛衣被臀尖顶出两个小小的山头，而且随迈腿的动作有节奏地高低起伏着。我发现她穿这一身衣服其实很性感。起码杰克是喜欢的。

回到女儿房间，脱衣躺下，早先的困劲全没了，很久都没能睡着。难得的是楼上没出现令我尴尬的响动。余爱华知道有我的存在，某些举止着意收敛了吗？如果她跟杰克解释这样做的原因，杰克又是否能够理解？

忽然地，我又想起二十年前走进我的办公室里，郑重其事找我谈话的团支部书记余爱华。每个人的身体中其实都潜藏着两种以上的人格，因为环境的关系，很多人至死都没有表现出来的机会罢了。

我折腾到下半夜才沉沉地睡过去。早晨闹钟响，我听到了，我只是催促女儿起身，上学，然后我迷迷糊糊接着再睡。八点多钟，有人在外面咚咚地擂门。这时候阳光已经从窗外一直照到我的床边，零乱的房间里呈现出一种橙色的温暖，女儿睡过的枕头上残留着浅浅的凹痕，她换下的牛仔裤和运动套衫搭在椅背上，口袋里滚出的硬币在地上可爱地躺着，硬币旁边是她的粉红色拖鞋，一只的鞋头枕在另一只的鞋跟上，就像她小时候喜欢枕着我的小腿说话。

是杰克下楼开的门。下楼的脚步声沉重而迟缓，还夹着他大声地叫唤，大概是让门外的人不要性急。后来，他开门之后，就在门口跟来人说了一阵子话。我从窗户里探了探头，看见那是一个年轻的澳洲男人，穿一条带破洞的牛仔裤，一件黑色短袖套衫，头发脏兮兮地披到肩膀，胳膊上的汗毛丛丛簇簇，在阳光下泛出一层毛茸茸的金光。杰克跟他交谈几句之后，放他进门。两个人一前一后脚步咚咚地上楼。那个年轻人脚步与脚步之间的间隙隔得有一点长,我可以肯定他的长腿是每一步迈两格楼梯。

趁他们都不在眼前的机会,我赶快溜出房间,到卫生间洗漱、上厕所。我一向不喜欢让外人看到我油亮亮的隔宿面孔,尽管我已经是不需要过分注意形象的年龄。

我在上厕所的时候,听见楼上传出争执的声音。余爱华那一口怪腔怪调的英语夹杂在其中,而且渐渐地成了主角。她反复地、愤怒地说着一个词:"NO! NO!"还有"没有""不可能"之类的词句。出国十几年,她还是一口中国式英语,所以我马马虎虎能听懂一些词。杰克的舌头有点大,吐字含糊不清。也许清早他已经喝了过多的酒,酒鬼都是这么说话。那个年轻澳洲人,嗓门最高,性子也最是暴躁,说话又急又快,澳洲土音很重,我只知道他几乎每句话都带着一个英语的"操"字,其余就一概不懂了。

一开始,几方面的态度虽然都不够好,但是勉强还能够说理,有点各执一词互不相让的意思。年轻人说得最多,步步紧逼。余爱华坚守阵地,拦截很死。杰克一声声地追问:"为什么?为什么?"也不知道是问余爱华呢,还是问那个年轻人?然后,不知不觉地,争吵就升了级,声音放得越来越大,尖叫,怒吼,咆哮,辱骂,什么最伤人就来什么。他们都忘记了楼下还有一个来作客的中国女人。即便余爱华还记得起来,但是事到如今,她想要顾着我也顾不上,她完全地陷入了两个男人的包围之中,声嘶力竭,疲于应付,连嗓子都变得沙哑起来,变成一种垂死挣扎的哀号。

我奔出卫生间,站到楼梯口,手扶着栏杆,想要上去劝解,又不知道会不会把事情弄得更坏。照他们的规矩,也许我应该退避三舍?或者干脆打电话报警?

忽然地，楼上有"嗵"的一声闷响，像是有人跌倒，或者砸了什么东西。从这之后，形势一片大乱，脚步声杂乱地奔来奔去，啤酒罐叮里咣啷四处乱滚，盘子是照着瓷砖砸过去的，碎裂声惊心动魄，板凳肯定有一张四脚朝天，椅垫之类扔过去的声音发飘，不够分量，幸好还没有人头脑发昏地去碰电视机，否则还会有冒着黑烟的爆炸。

最后，是余爱华一声凄厉的惨叫。我的心跳一下子加快，眼前有一点发黑，浑身都瘫软下来似的。我当时想上楼都没了力气。

幸好，随着她这声惨叫，一切都停止下来。楼上沉寂了约莫一两分钟时间，就看见那个年轻人阴沉了面孔，箭一样地从楼梯上冲下来，一阵风地从我面前刮过去，哗地拉开楼门，消失不见。他没有看我一眼，可是我看见了他那张跟杰克非常相像的宽阔下巴。

然后，杰克跟着下楼。他也是一副怒气冲冲的样子，只是他的步态无法像年轻人那样灵活，几乎是横着身体连滚带爬下来的。他看见了站在楼梯边的我，稍稍地一愣，嘴里嘟囔了一句什么，赶快追着年轻人出去。

又过一分钟，我听见杰克在外面发动了他的那辆破车。那车吭吭地哼了好一阵子，才勉强起步，呼哧呼哧走远。

我扶着栏杆上楼，只觉得两腿打飘，胸腔里嗵嗵地敲鼓。我一路走一路喊："余爱华！余爱华！"

她鼻子嗡嗡地回答一声："我在呢。"

我扑上楼去，一眼看见余爱华蜷在墙角地毯上，脸上血肉模糊，也不知道是从鼻子里还是从额头上流下来的。她穿的那身大花睡衣上也有血，一点一点，触目惊心。看见我站在那里目瞪口呆手足无措的样子，她苦笑一下，说："吓着你了。"

我弯腰问她："你怎么样？要不要报警？"

她摇头："是杰克的儿子。"

我愤怒："那你就该是他的母亲！他怎么可以对母亲下这样的毒手？"

她不以为然："他亲生母亲就是被他气死的。"

这一下轮到我无言以答。我去厨房绞了块湿毛巾，给她擦血，又打开橱柜找药品。她已经从地上移坐到沙发上，有气无力地说："别张罗了，我没事，一点外伤。"

"他常这样对你？"我从她手上接过沾了血的毛巾。

"偶尔吧。他没有钱的时候。"

我惊讶："他来跟你要钱？他没有工作吗？"

"他挣的钱不够用。"

"他为什么不跟杰克要钱？"

"杰克更没有钱。他是拿救济金的人。"

"可是他有房子啊！光收房租就有一大笔啊！"

余爱华得意地笑起来："房子是我的，我赚来的钱，我买的房。"

我下意识的一声轻叫。现在我大概明白了他们之间的关系。

余爱华盯住我的眼睛："接下来，你是不是要劝我离婚，让杰克滚蛋？"

我声明："暂时还没有这么想。"可我想说的是：这样的日子你感到幸福吗？

余爱华站起来，开始收拾地上狼藉一片的东西。我帮着她收拾。我们先把椅子扶起来，椅垫之类的东西归到原位，啤酒罐装进垃圾袋中，最后拿一把扫地的刷子扫那些破碎的瓷片。整个过程中，余爱华一直闷着头，专心想事情的样子。她最后跟我说了一句话："把杰克换掉又会怎么样？一百个人的婚姻，九十个人都不会圆满。婚姻就是妥协和忍受。"

我承认她的话算得上至理名言。我还猜测到，杰克肯定不是她的第一个男人，她到澳洲这么多年，所经历过的曲折波澜，绝对复杂得超过我的想象力。

晚上女儿回来，我把今天发生的事情告诉她，她嚼着糖果回我一句："家常便饭啊。"

我说："你这种态度，是不是也太冷淡了？余阿姨毕竟还是我们中国人。"

女儿却跟我认真起来："怎么可能？她跟杰克结婚，已经拿到了澳洲身份。"

我怔了半天，忽然觉得我在很多方面都天真得可笑。是啊是啊，做什么事情都是有代价的，我怎么可以光看事情的表面得失而不计它的成本？

余爱华到楼下来，给我们拿来一包橘子，是她家后花园的橘子上长出来的果实。橘子不很大，但是清甜，澳大利亚这地方真是长什么都合适。三个女孩子很会察言观色，知道了她跟我的旧日关系，马上提出来需要请她更换一些家具和厨房用品。她们并且立刻集合到了露丝房间里，商量之后，开出一张长长的清单。我以为余爱华会表示为难甚至拒绝，还要叫上一阵苦。我知道她的房子是按揭的，她维持这个家并不容易。可是余爱华拿着清单仔细看了一遍，一句废话没有说，折起来放进口袋里，答应近日就办。我嘴里不说什么，心里却有些高兴，毕竟她让我在女儿和她的同学面前很有面了。

她下楼的目的是请我们全体房客明晚吃烤肉。她说她跟杰克讲妥了,烤肉和烤肉炉都由杰克准备,她明天的晚班请假,这样下午就可以回家。她说,澳大利亚也没什么好吃的,她又不会做菜,还是烤肉来得热闹。三个孩子自然都欢呼雀跃。

她走了以后我才想起来,我竟然忘了问一问她的孩子,我是一直很想知道她有没有孩子的。我女儿在旁边很有把握地说,别问了,肯定没有。我说,你别乱下结论。她扬起眉毛:"怎么是乱下结论呢?你看她到楼下坐了一会儿,把你带给我的一袋相思梅全吃光了,如果是妈妈,她肯定不舍得吃孩子的东西。"我想了想,哑然失笑。我承认女儿的判断极有道理,孩子对母亲的辨识力几乎是天生的。

第二天下午,余爱华果然回来得很早,还带回来一纸袋的蘑菇、青椒、洋葱,说是可以跟肉类一块儿烤着吃的。她在后花园里清理出很大的一片空地,然后又检查家里的饮料够不够喝,纸杯纸盆需不需要再买,胡椒粉、孜然粉、盐是不是齐全。她穿着那身色彩鲜艳的衣服,楼上楼下跑个不停,真心地要把这场烤肉宴会办得让大家高兴。她还说:"杰克会买肉,他知道什么部位的肉烤起来最嫩。我做这些事情总是不如他。"她又问我,杰克是什么时候开车出去的?我说好像上午就走了吧?一直没看见他。她点点头:"借烤肉炉去了。我们总是借他弟弟家的烤肉炉用。"

五点多钟,孩子们回到家里。她们动手切那些蔬菜,切成拇指那么大,一块一块往铁钎上穿,一边嘴里不停地说着话,说学校里老师和同学的那些趣闻,麻雀一样吱吱喳喳。烤肉的乐趣不是吃,就在于这些大家动手准备的过程,充满温馨,充满情趣,不似平常的家宴,一人辛苦,其余人坐享其成,缺少关爱和平等。

六点钟,一切准备妥当,可是杰克还没有回来。我们坐在后花园里，边喝饮料边等。余爱华有些着急，不断地走到前门车道上去看。她对自己寻找的解释是：杰克的车不好，可能又在哪儿抛锚了。"要不然，我们先吃些炒饭？"她征求大家意见。女孩们坚决摇头，她们从中午起就开始节食，只为了晚上这顿盛宴，怎么舍得用炒饭来破坏气氛？

终于听到杰克那辆老爷车的吭哧吭哧喘息声。余爱华"啊"的一声叫，眉眼舒展开，笑得像个无锡泥阿福，跳起来就往前门跑。我们都一齐跟过去，准备帮忙往车下搬东西。杰克的车是扭来扭去"之"字形地开进车道的，而且停车时一下子没刹住，车头顶翻了门口的一个垃圾筒。我看见余爱华的脸上倏然变色，笑容像被一把刷子抹去了一样，嘴唇紧闭，眼袋和腮帮子都耷拉了下来，一声不吭。于是我和三个女孩子都站住不动。我们醒悟到有不好的事情将会发生。

杰克打开车门，踉踉跄跄地走了下来，又打开后面的车门，拎出沉沉的一打罐装啤酒。他拎着这些酒要往楼门里走的时候，猛然抬头，看见了站在台阶上的一排五个女人。他停住了，奇怪地眨巴着眼睛，好像不明白我们怎么会对他举行如此隆重的欢迎仪式。他喘着粗气，微微地摇晃着身体，红通通的鼻头可笑地鼓胀着，眼仁和眼白一片混浊，空着的那只手举起来，比画了好几下，要说什么，却怎么都说不出。他的思维、语言、动作在此刻全都错位了。

余爱华一动不动，她的脸色由通红而变得青白，又由青白转而发紫，不新鲜的猪肝一样吓人。终于她对他叫出一句："你去死吧！"还觉得不能解气，又补充一句："和你这辆该死的车一块儿去死！"

杰克莫名其妙地看着她，又挨次看着我们的脸，结结巴巴地问出话来:"为什么?为为为什么?出什么事了?"

余爱华转过身,把我们几个用劲一推:"走,我们叫车去餐馆,请你们吃海鲜!吃光用光算数!这个家我也不要了!"

她真的把我们带到了一家香港人开的餐馆,鱼呀虾呀鲜贝呀点了好几个菜。她还叫了啤酒,一个人就灌下去两大杯,弄得我直担心她会喝醉了当场呕吐。女孩们都吓得不轻,谁都不敢多说什么,饭菜也吃得小心翼翼,结果桌上剩了好多。结账的时候,那顿饭花了一百多澳币。我抢着要付钱,她抓住我的手,死活不让,指甲把我的手背都掐出了几个血痕。

那天晚上我很久都不敢睡,张耳听楼上的动静,随时准备冲上去当"灭火"队员。还好,楼上静悄悄一点动静没有,很可能两个人都喝得多了,上床就烂醉如泥,想吵架也吵不起来。

隔天我起床之后,楼上依然安静。探头往窗外看看,杰克又在一身油污摆弄他的破车了。我走到楼梯口,往楼上喊了几声余爱华的名字,没有人答应。不知道什么时候她已经出了门。生气归生气,日子还是要过下去的,看起来两者之间她分得一清二楚。

我决定进城,到余爱华上班的地方看一看她。之前女儿曾经告诉我进城的详细路线,我很想试试凭自己的几句破英语能不能在墨尔本做成我想做的事情。我下楼找杰克,向他询问余爱华的详细工作地点。比手画脚纠缠了好一会儿之后,他终于明白了我的意图。他很高兴地搓着手,连声说:"OK,OK。"他好像全然忘记了昨天所犯的过错和余爱华对他的愤怒,油污的大手在衣服上擦了擦,抓住我递过去的本子和笔,以墨尔本的米黄色中央车站为基准,画出了到达余爱华工作地点的公交线路图。他的手指粗而短,指甲缝和关节处嵌满了黑色的油泥,小小的圆珠笔捏在他手里,就像捏着一根掏耳朵的小棍子，陌生，而且还不灵活，画出来的线条也是歪歪扭扭哆哆嗦嗦，弄得他不断摇头，沮丧地笑，对自己非常无奈。他最后在我的本子上标了一个地名：维多利亚市场。他在这个地名上画了一个粗粗的圈，表明这是余爱华工作的地方，也是我的短途旅行目的地。

我没有购买月票或者周票，口袋里揣着现金上了路。在车站，我看见一个华人老太太站在一辆橘黄色公交车的车门口，用广东话对司机表示她的愤怒。中年的司机探出半个身子，用英语激烈地回击着。双方的语言我都听不懂，我估计他们之间也是不可能沟通的，可是他们照样有着表达自己意见的热情，双方的指责你来我往，活像表演一出荒诞情景的戏剧，使我忍不住发笑。这时候，他们双方在同时看见了我，马上把语言的对象转移到我的身上，广东话和英语从两边对着我的脑袋倾盆而下，然后眼巴巴地盼着我来搭起他们之间的桥梁。我无能为力，只好连连道歉，落荒而逃。

路上一切顺利。所有公交车的站名、每班车到达和发车的时间、快车还是慢车，标得清清楚楚，司机也都是严格按照时间表来操作，基本上不会让人无着无落地空等。比较起来，国内交通在时间的把握上完全就是信马由缰了。

我想象中的维多利亚市场，是一个有着维多利亚时代建筑风格的气派非凡的商业场所，所以，当我实际上已经走了进去，穿行在那一排排塑料大棚式的简易构架中时，我还在不断向人询问："对不起，请问哪儿是维多利亚市场？"

我不知道国内的什么地方可以与此相比。也许早先浙江义乌和福建石狮的小商品市场跟这里有些相似。可是那两处市场我都是久闻其名，而未曾身临其境，还是无法确信是不是真的类同。总之我一走进这片一望无际的棚架式市场，就完全地迷失在商品海洋中，再也分不出东西南北，进路和出路。我糊里糊涂沿着两边货摊空出来的小路行走，耳朵里听着各种英语、广东话、普通话、越南语、印巴语、阿拉伯语等等乱七八糟语言的吆喝，嗅着羊皮、羊毛编织品、廉价香水和香料、金属及塑料的小玩意儿散发出来的混杂成一团的气味，心里涌出一种莫名其妙的恐慌。我不是担心抢劫、偷窃、行凶、非礼这样一些实质性的伤害，我是无端地心跳，出汗，好像走进陌生梦境中又挣扎不出来的那样一种焦虑。

万万没有料到的是，我居然在成百上千的货摊中很快发现了余爱华。她那天穿着一件葱绿色外衣，非常显眼，在整体上灰秃秃的摊贩们中间一下子就跳了出来，醒目地招摇着。我这才明白她为什么总穿这些红红绿绿的衣服，她要在无边的千篇一律的货摊中突出自己，非如此不可。中国人还是比别人聪明。

我本来想马上跑过去，站到她的摊档前，给她一个惊喜的。后来我看见有一对六十多岁的中国老人从她摊前走过，被她招呼着停了脚，我就没有再凑过去，只是迂回着挪近了一些，看她怎么做成这笔生意。

她首先拿出来的是一大盒澳大利亚特产品：绵羊奶护手霜。那一盒很沉，打开来看时，是三四一十二瓶，整整一打。

"买吧，从澳大利亚回国的人都带这个，冬天搽手再好不过。搽脸也行。纯绵羊奶制品，别处没有。"她满脸堆笑，一口气地说下来，冰激凌一样滑溜。

"绵羊奶护手霜啊，国内也有的。"老太太拿起一瓶看了看。

"那都是假的，绝对没有澳洲产品这么纯粹。"余爱华斩钉截铁。"想想看啊，澳洲是出绵羊的地方啊，全世界还有比澳大利亚更好的羊？当然也没有比这更好的绵羊奶了。大姐你试试。"

那个被余爱华称为"大姐"的老太太，很被动地让余爱华捉住一只手，手背上涂抹了少少的一点护手霜。老太太戴着蚕豆大小的翡翠戒指，乳绿色玉镯，穿体面雅致的绲边唐装，操着带上海腔的普通话，一望而知是过来探亲的有点闲钱的老人。

"怎么样啊？"戴金丝眼镜的老头儿凑过去看老太太的手背。

"好像……就这个样吧？"老太太说不出个所以然。护手霜搽到手背上不可能有清凉油的瞬间反应。

"那就买几瓶算了。"老头儿似乎不忍辜负余爱华的一片好心。

"多少钱一瓶？"老太太开始问价。

"给个整数，一百块，这一大盒都归你。"

老太太马上涨红了脸，"不可能的呀！你也要得太狠了呀！听我女儿讲，这东西最多卖三块钱一瓶的呀。"

余爱华一拢胳膊收回了她的货品，好像生怕对方抢走了似的："大姐呀，货跟货不能比的呀。你说的那是什么牌子？我卖的又是什么牌子？"她熟练地说了个英文单词。"品牌货哎，原产原装，有质量保证书，产品说明书。都是中国人，我怎么可能骗你？"她把两大张印满密密麻麻英文的粉红色纸头放在两个老人面前。

"总之是太贵了。至多这个价。"老太太伸出四根手指，玉手镯在腕子上晃晃悠悠。

余爱华脸憋得通红，咬牙蹙眉跟自己的思想斗争了半天，无奈地一拍手："算了，五十块卖给你！你们是上海人，我是南京人，差不多也能算老乡。我不赚你们一分钱，只图你们回上海帮着做个宣传。"

"一整盒太多，我只要四瓶。"老太太又缩回半只脚去。

余爱华惊叫："四瓶怎么够？你们来一趟澳大利亚，回去要不要应酬？亲戚啦，邻居啦，小保姆啦，小孩的老师啦……喜欢这东西的人不要太多哦！一人送上一瓶，好看又实惠，花不了几个钱，说起来还是外国货，你们想想……"

老太太抱起那一大盒护手霜，掂了掂，大概还是觉得太沉，还在犹豫。

余爱华忽然从旁边的一大摞羊皮中抽出一张，啪地摊开在两个老人面前，手掌从皮面上柔滑地抚过去："要不这样，这是我摊子上最好的一张羊皮，我便宜点搭给你们，怎么样？"

那的确是一张不错的羊皮，洁白，柔软，毛绒很长，冬天铺在沙发上坐，取暖设备都用不着开。

老太太手摸着羊皮，脸上是真心的喜欢。结果她们以八十元的价钱谈定下来。老头儿掏出皮夹子付钱的时候，余爱华顺便又介绍了一种软羊皮做的鞋，看上去笨头笨脑，穿起来舒服得吓人，特别是冬天晚上坐着看电视，一双鞋抵一条毛线裤。她卖给老太太只算一半的价，十块钱一双。

就这样，本来是随便逛逛的老头老太，离开余爱华的摊位时，手里抱了一盒十二瓶护手霜，一大张厚羊皮，两双羊毛鞋。口袋里却少掉了一百五十块澳大利亚元。

老人走远了之后，我笑着站到她面前，真心真意地说："恭喜你呀，又发一笔财。"

她又惊又喜地责怪我："怎么一个人摸过来了？真敢啊！你该让杰克开车送送你。"

我说："免了。他那车子要是半路上一抛锚，我起码半天时间要丢掉。"

她问我："想买东西吗？"

我说我也来几瓶绵羊奶护手霜吧。刚才听她说得那么好，不买真有点对不起澳大利亚。我说着要掏钱，她面红耳赤地把我拦住："你干什么你？瞧不起人还是怎么的？送你的那一份，我昨天就带回家去了。"

我说："你做生意不容易，我不能白要你的东西。"

她瞪着眼睛看了我半天，声音忽然变得忧伤起来："我们之间是什么关系啊？从前在机关食堂吃一锅菜的日子，你以为我都忘记了吗？"

我看见她眼圈都要发红的样子，只好答应下来。我说我请她吃午饭，就在这附近找个餐馆。她先是高高兴兴准备收摊，收到一半又住了手，说："不行，出去这半天会耽误生意。今天早上起来的时候我右边眼皮直跳，左跳祸，右跳福，我福气来了，今天还应该有一单大生意。我不能走开。"

我心里直好笑，她所谓的"一单大生意"，撑死了也就是卖个两三百块钱的羊皮和护手霜，扣除成本，能不能赚到几十块钱都难说，她竟然就分分毫毫都舍不下。没办法，我只好跑出老远的路买来两份中式快餐。拎着饭盒和饮料回头时，要不是余爱华那一身招摇的葱绿衣服，我肯定要在这片摊贩的森林里转来转去找不着北。

我本来要等她下午收摊一块儿回家，结果她不行，她一共打着两份工：维多利亚市场关门之后，正赶上唐人街的中餐馆下午开门，她要去中餐馆做洗碗工，晚九点之后才能歇下来。那时候往郊区的班车已经少而又少，个把小时才能等到一班，所以天天回到家里都是深更半夜。

"余爱华，你房子都买了，何必这么辛苦！"我温和地责备她。

她嘴巴里含着一口饭，不无哀怨地笑了笑："不辛苦，我坐在家里干什么？等死？"

我后来细想想，觉得她句话的分量很重。简单的几个字中，包含了对她目前生活的不满，以及对过去一切的留恋。我忽然想到了她晒在阳台上的枕头，枕套上因为陈旧而变得幽暗迷蒙的花朵。在她每天每天守着这一堆羊皮和护手霜数钱的时候，她偶尔也会想起并蒂莲是如何一针一线绣上枕头的吗？

一星期之后，我离开墨尔本回国。行李箱里一块极好的羊皮，是女儿特地买来送给我的。虽说她的钱也就是我的钱，但是由她花出去再送给我，感觉就不一样。余爱华送我的果然是一大盒十二瓶护手霜，沉甸甸坠手，为了不让行李超重，我只能拎在手中。她要让杰克开车送我。杰克笑眯眯地说："亲爱的，那你要去餐馆请假，坐在车上帮我看地图。你知道我从来没有去过机场。我连墨尔本都没有离开过。"我连忙婉言辞谢："算了算了，我还是叫辆出租，大家的时间都不会耽误。"然后我就和这楼里所有的人在门口拥抱，告别。

说起来也是巧，我回国以后在南京的晚报上发表了一组澳大利亚游记，里面提到了余爱华的名字。我旧日机关的一个同事看见了，打电话到报社去，然后辗转找到了我。我们之间也是近二十年不见，彼此都搬过几次家，同事又已经退了休，如果不是由报社做中转，茫茫人海中要找到对方还真是困难。

同事走进碧螺茶馆的那一刻，我的心里有一种微微的震惊。我记得从前的她是一个四十多岁看上去苍老憔悴的女人，丈夫去世很早，两个儿子都上中学，成绩不好，调皮捣蛋，学校三天两头要把她拎过去训话。她在办公室里说起儿子就唉声叹气，有一次甚至还拿了刀，在儿子面前威胁要自杀。她最经常说的一句话是："养儿子干什么？儿子是孽债，一辈子都还不清。"看到别的同事不断张罗为我介绍男朋友，她还告诫我："结婚可以，生孩子要慎重，没有充分的思想准备，宁可不要。"

然而我现在看到的她，中等个头，微微地有一点发福，皮肤红嫩细腻，近看才能发现那些浅浅的皱纹，不用说就能知道，是经常光顾美容店的结果。头发也是认真打理过的，染的是深棕色彩油，不像很多染廉价黑油的老太太，因为颜色过浓过深，乌乌的一团，真头发看起来也显得假。她甚至披着一件高档的羊绒披肩，驼色，有长长的流苏垂下来，衬得整个人相当的富贵和娴雅。

她坐下来之后告诉我，是小儿子开车送她过来的，她住得有点远，在百家湖。我听了更加吃惊，百家湖几乎是我们这个城市里最高档的别墅区了，在那里买一套房子，百万以下的价钱免谈。她微笑着说，以她的退休工资，当然住不起别墅，房子是大儿子买的，大儿子在深圳开公司，有钱。小儿子留在身边，做点小生意，钱不多，时间多，能够随时照顾到她。她年纪大了，身体不太好，隔三岔五要往医院跑一趟，每次都是小儿子搀扶着她，忙前忙后，挂号取药的，医生护士看着都羡慕。她幸福地叹着气，责备我："你说你把孩子送到国外读书干什么？好儿女是替国家社会养的，平平庸庸的儿女才是自己的。"

这是一个人生命沉淀之后的切身体会，地地道道的经验之谈。多少人焦虑操心了半辈子之后，才会豁然醒悟：事情的最终结局并非自己当初的一厢情愿。可是我，我的半辈子还没有过完，所以我还在做着盼女成才的梦，一时半会儿不会梦醒。

我们喝着雨花茶，很快聊到了余爱华。同事今天本来就是为她而来的。退了休的人，生活优裕，闲得无聊，喜欢回忆从前的往事。我大致说了说余爱华的现状，但是没说杰克是酒鬼，更没提到深更半夜楼上的疯狂做爱。

同事问我："你知道余爱华那年为什么退党出国吗？"

我摇头。余爱华出国的时候，我已经调出了机关，这回在墨尔本又没有机会询问这些。我知道有很多事情不是随时随地都可以说的，它就像长在脸上的一颗痤疮，要挑开它，挤出刺头，必须酝酿到相当合适的时候。

同事告诉我，余爱华其实是为了王强。王强出事后被拘留的一段日子，余爱华为他做了一切能做的事。她以为王强跟妻子离婚之后，就肯定是她的了，她不嫌弃这个嫖娼的男人，男人肯定是对她感激涕零的。男人在这种情况下，没有可能不接受女人的主动示爱。可是实际上王强就是没有接受。他又去了一趟深圳，要把那个大龄的妓女娶回南京。更加离奇的是，那个女人一口拒绝了王强，理由是赚钱还没有赚够。那女人给王强介绍了另外一个愿意跟他走的女人，王强竟然就带着这个女人回来，登记结了婚。

我目瞪口呆："还有这样的事？"

同事感慨："你想象不到机关里的人有多么吃惊。王强为一个妓女把自己彻底地打进了地狱。你说王强他图什么呢？财？貌？权势？一门都不靠啊！他是自甘堕落啊。可惜了他这个青年才俊。"

作为旁观者的同事们都如此想不通，身陷其中的余爱华肯定是更加不通的。余爱华这个人，本来就自卑，保守，偏执，对自己苛刻到严厉，当王强的这些古怪举动如晴天霹雳一样朝她打过来时，她的世界肯定在短时间内基本崩溃。她后来的退党，辞职，出国，是对世事的彻底绝望，还是对王强这个旧日处长的一种信念上的报复呢？

同事最后告诉我："王强还在南京。"

我心里忽然一跳："真的？"

她点点头："在城南夫子庙，开了一家茶馆。去年我带孙子到夫子庙看灯会，看见过他。不过他没有认出我。大概是我老得太多了吧。"

她言不由衷地笑了笑，把肩上的披巾裹一裹紧，抬手抿了抿头发。看得出来，她实际上对自己相当的满意。

从那天谈话之后，我发现我开始心不在焉，做什么事情都不能集中注意力，心思老往夫子庙那边滑。我打开电脑的时候，屏幕上隐隐约约跳出夫子庙白墙青瓦的仿明清建筑。站在阳台上的时候，身体飘飘忽忽地越过小区绿化带，忽然间成了夫子庙热闹街市上的快乐一员。就连我烧开水泡茶，茶杯中袅袅升起的水雾也幻化出来一个又一个夫子庙的元宵花灯。我知道我已经走火入魔了。我这个人，遇事太容易投入，三分理智七分情绪，生命常常就消耗在这些莫名其妙的激动之中。

我决定去夫子庙一趟，寻找王强。

严格地说，我对夫子庙的熟悉程度远远不如新街口或者山西路。夫子庙太乱太嘈杂，人流量大得像是天天赶庙会，搭眼看过去全都是穿轻便装运动鞋的外地旅游者。从我的女儿长到半大不大，对元宵花灯再不屑一顾之后，我几乎就很少涉足这一带地区。而且，我的同事只说王强在夫子庙开了茶馆，并没有具体告诉我茶馆的方位：秦淮河南还是河北，文德桥还是乌衣巷，贡院大街上还是王谢故居旁……夫子庙这地方，豆腐都能卖出肉的价钱，王强无论在哪个角落里开茶馆，相信生意都不会做得差。

我特意换上一双运动鞋,打车到了夫子庙,开始一场漫无目标的寻找。我是在状元楼宾馆前面不远处下车的,然后我没有沿大街走,而是插入一条两边挂满丝绸围巾和手绘扇面的小巷。不知道为什么,我认为王强不会把他的茶馆开在人多热闹处,他做事情从来就不按常理出牌,所以他的茶馆也不会旗帜高扬醒目得像超市。我走过了一些卖金箔画的店,卖紫砂茶壶的店,卖雨花石和文房四宝的店。我在每一家卖特色小吃的饮食店和小巧雅致的茶馆门外驻足停留,观察和感觉店堂里那些坐着的和走动着的人,看他们的着装和姿态,希望能够凭我的鼻子嗅出一种不同寻常的气味。我的耳朵里灌满了青春歌星林依轮和郑秀文的别别扭扭的唱词。也许不是他们二位,而是另外的两个偶像派人物。我闹不太清。从前我跟余爱华王强同在机关的时候,歌星只有一个邓丽君,那声音一听就熟,崇拜和迷恋都是简单的事。不像现在的时代,会唱的人太多,鱼龙混杂,你永远不知道谁才是最好的。我从几个炸臭干炸鹌鹑的摊档边走过去时,头发、皮肤和毛衣上沾了浓浓的油烟,腻歪歪十分难受。其实我已经注意到这个问题,尽量从那些炸锅的上风处绕着走过,可是油烟的分子非常顽固,无孔不入,丝毫也不给行人逃遁的余地。

最后,我带着头发和衣服上的油烟味站到了王强的茶馆前。我是隔着一扇玻璃门看见他的。岁月如梭,光阴荏苒,我却能够隔着玻璃一眼就认出他来,而且有一种被电流击打之后的微微的震颤,只能说明王强当年给我的印象太深,或者说这么多年他没有太多的变化。茶馆正在营业时间,他没有站在柜台里面忙忙碌碌,也没有带着满脸的职业微笑在客人中间来来回回穿梭问询,却气闲神定地安坐店堂一角,跟一位银发老者下棋,黑白两色的围棋。他穿着一件跟茶馆陪衬的唐装，不是时下流行的花团锦簇的那种，是普通布料的，黑色，立领盘扣，没有丝毫装饰，简单随意中透着一股卓尔不群的傲气。我计算他的年纪应该是五十出头，鬓边的丝丝白发明白无误地标识着他的年华老去，可是他的面容却比从前更显清癯，举手投足从容不迫，少了那种阳光般的明朗，多了世事沧桑之后的低调和沉郁。

我在茶馆前面的书报亭里站了很久，装作翻阅几本时装杂志，实际上眼睛里看的都是王强。我借助报亭里悬挂的花花绿绿的广告，把自己隐藏得很好。我不愿意在毫无准备的情况下和他相认，那会使彼此都觉得尴尬，何况我一身都是炸臭干的油烟味，感觉上再糟糕不过。

回家之后我给余爱华打了个电话，告诉她关于王强的见闻。我的电话是打到她上班的餐馆里的，因此她那边的背景中是厨房间刺啦啦的爆锅声和抽烟机的轰鸣声。我大声地呼唤她："喂？喂？"她也大声回答我："听到了！"她一字一句说："我现在不能跟你多说话，老板会不高兴。我挂啦！"她啪地挂上了电话。

过了一星期，她把电话打过来，内容非常简单，几乎是例行公文一样，告诉我她要回国一趟，她的到达日期和航班号。她要求我去机场接机。"你一定要来接我。"她强调说，"一定一定，否则你就害惨了我。以后我再告诉你原因。"

她搭乘了南方航空公司的班机，从墨尔本飞广州，广州再转飞南京。飞机误了点，我在机场海关出口处整整站了两个小时，腰酸背痛。她推着行李车出来之后，没有半句安慰我的话，着火一样地把行李车塞到我手中，又把肩上挂着的比巴掌略大的小皮包取下来，挂到我肩上，解释说："我不能负重。"我被她弄得莫名其妙：

"什么意思啊？"她吭吭哧哧："嗨，我不能对你多说，反正是一个算命先生警告过我，最近一段时间我要避免负重。"

原来她要求我接机的原因是这个！我简直哭笑不得。

她空着两只手，心安理得地跟在我身后，一边走一边四处张望，对新机场里的一切都赞不绝口。她上一次回国的时候，从上海虹桥机场入关，然后直接搭车去了浙江的老家，根本不知道南京有这么大的变化。

我帮她订了一间宾馆客房，同时也在家里她收拾出一个房间，听她挑选。她犹豫了一会儿之后，还是决定住宾馆。她说，在国外待得久了，习惯了不打扰别人的私人生活。可是一路上她反反复复向我提及王强的名字之后，我才恍然明白，她不住我家的原因，是为了预留出她和王强两个人单独见面的空间。

既然她回国的目的是见王强，我的任务也就空前简单：直截了当带她去王强的茶馆，让他们接上头完事。她是上午十一点左右到南京的，从澳大利亚过来几乎没有时差，因此，打车到宾馆住下之后，吃了午饭，稍事休息，她迫不及待就要出发。她换了一身自以为漂亮的服装：黑色齐膝裙和格呢带毛领的宽松式上衣。她对着房间里的镜子照来照去，紧张兮兮地问我："怎么样？还可以吗？你觉得这身衣服能打多少分？"我支吾着说，可以吧。其实我觉得她还不如穿那身桃红色长毛衣和大花紧身裤，反有一股不管不顾的劲儿，让别人印象深刻。

我第二次去夫子庙，就熟门熟路了。我不必穿过那些拥挤的店铺和炸臭干炸鹌鹑的摊档，直接从僻静的居民区插到了王强的茶馆。余爱华依旧是空着两手随我而行，小肩包交给我背着，带给王强的一张袋鼠皮的椅垫也是我拎在手中。我左肩背着自己的包包，右肩背着余爱华的包包，走起路来两边的皮包都往胯部拍打磕碰，别别扭扭，路人看着肯定觉得滑稽。余爱华不管，她走在我旁边优哉游哉，一点儿不觉得有什么不妥。

在我接到余爱华要回国的电话之后，我曾经设想了很多种她和王强见面的情景：惊喜，惊诧，惊愕，百感交集，涕泪交加，结结巴巴语无伦次，拥抱甚至拥吻……等等等等。总之是戏剧性的，充满了感慨、眼泪和震撼的。可是，当我们像两个不期而至的普通茶客一样推开玻璃门，无比激动地站在王强面前时，他仅仅是张了张嘴，眼睛里掠过一瞬间的愕然，就站起身，平平淡淡地说了一句："来了？"

那时候我心里的第一个想法：王强或许不知道余爱华去了澳大利亚，他以为她一直在南京生活，今天是偶然路过此地，想起来看一看他。

王强接下来的第二句话，却说明他是知道她的一切的。王强说："澳洲怎么样？气候比南京好一些吗？"

余爱华没有回答。她知道这样的问话根本用不着回答。她轻轻地吐出一口气，如释重负的那种样子，好像为顺利度过了见面的初期而庆幸。

我忽然觉得我活了四十多岁，看似通达，其实幼稚。我先前的那些设想统统都是文学，真正的重逢就应该是这样不温不火，不卑不亢，不惊不乍。

趁王强亲自到柜台后面张罗茶水的时候，我朝余爱华丢一个眼色，悄悄转身出门。余爱华回来一趟很不容易，我不能插在当中白耗她的时间。

为了消磨这一段漫长的等候，我在茶馆附近的街道上来回徜祥，把形形色色的旅游商品一件一件看了个仔细。我发现了很多价廉物美的东西，如果把它们放到装修豪华的大商场出售，价格肯定要高出几倍。我还搜索到一些平常难得一见的民间工艺品，比如虎头鞋，比如从前我们戴在脖子上的银项圈，戴在手腕上的铜铃铛。我最后停留在一家绣品铺前，惊喜地见到了二十年前我买过的那种绣花绷架。店主人是个二十出头的小姑娘，她热情介绍绣花架的用法："阿姨你可以用它做十字绣，好学得很，像你这样聪明的人，一看就能会。"

我忍住笑，要求她试给我看看。她手脚麻利地把一块白棉府绸绷到了架子上，而后飞快地穿针引线，在棉布上绣了起来。棉布上事先已经描妥了花样，是一朵盛开的金黄色向日葵。小姑娘皮肤粉白，十指尖尖，拈针的姿势轻盈秀美，说不出来的好看。眨眼工夫她绣出一小片向日葵的丰满花盘，针脚疏密有致，均匀妥帖。她说："阿姨你看到了吗？好学吧？要是你下岗在家，学会它可以打发时间，还可以绣点枕套什么的卖钱。"

这时候余爱华走了过来。她脸上红扑扑的，眼睛里有一些羞涩，有一些迷失，还有一些从心里涌泉一样冒出来的喜悦。我刚要开口问她的情况，她忽然看见了小姑娘手中的绣具绣品，"啊"的一声惊呼，说："还有这个东西卖呀！"她问了价钱，毫不犹豫地买下了一套，包括绷架，纯白棉布，针，丝线，还有一沓纸样。她说："我那对枕套太旧了，我得重绣一对新的。"她还问小姑娘："怎么没有并蒂莲的花样了呢？现在不时兴绣那个了吗？"

我问她："看起来谈得不错？"

她抿嘴笑笑："多少年没见了呀！"又说："还不是那些话，你都猜得到的。"她扯过我肩上的小包，弹开包口，从里面拿钱，付给开绣品店的小姑娘,一边问我:"有没有看见店堂里泡台湾工夫茶的那个女孩?十六七岁,瓜子脸,长头发,挺秀气挺安静的?"

我想了想,摇头。我进门只有很短的几分钟时间,光紧张余爱华和王强见面会出什么事,没顾得上在意别人。

"是王强的女儿。"

我有点懊恼,刚才怎么就那么沉不住气,没看清什么就慌慌张张地走。现在肯定是不可以返回去了。

"他的那一位呢?"我问。

"谁?"余爱华抬了脸。跟眼前粉嫩的小姑娘相比,她脸上的皱纹明显深刻。

我说:"从深圳带回来的,跟他结了婚的那个。"

余爱华舔了舔干裂开来的嘴唇,牛头不对马嘴地说了一句:"南京的气候太干燥,我不习惯了。"然后她才回答了我的问题:"不知道。我没问,他也没说。"

既如此,我也就不必再问了。

我把余爱华送回宾馆,告辞回家。我感觉她不太愿意我总是陪在旁边。毕竟她对南京不是十分陌生,从前的同学、朋友、同事不只剩我一个人。我说:"不陪你不是不帮你,只要有需要,随时给我打电话。"

没料到她第二天下午就把电话打到我家里来了。她用的大概是公用电话,背景里一片喧闹的市声。她大喘粗气,恳求我:"你快来看看,立刻就来!"

我问她在哪儿?她说在夫子庙,王强的茶馆前面。她声音哆嗦得像是要哭。我心里咯噔一跳,放了电话,忙不迭地收拾出门。

我赶到夫子庙的时候,看见她孤零零地站在茶馆门前的秋日阳光下，双手抱肩，眼神发呆，身子微微地有一点摇晃。我再往她的身后看去，才发现茶馆已经关门歇业，门上是铁将军把门，把手上还挂了一个白色纸牌，上面是两个大字：招租。趴着玻璃门往里看，店堂里空无一人，地面干干净净，遗下的桌椅板凳摆得整整齐齐。

我惊讶地问她："怎么回事？"

她神经质地摇头："我不知道。我什么都不知道。昨天晚上我们还在一起，是他请我吃的晚饭。"

"你们说什么了吗？"

"我们说什么了？"她脸上的表情显出迟钝，"他说，从前我是个好姑娘。还说，如果我现在不幸福，一切都是他的错。"

"可是他现在却要躲避你！他害怕被你追着，连他的茶馆都不要了！"我愤怒，同时也觉得不可思议。

"他是躲我吗？"余爱华目光空洞地喃喃自语，"他只是要躲开我？"

我心里说，也许还有他自己。其实王强最想躲的是他自己。

就这样，余爱华中止了她的南京之行，心情灰暗地返回澳大利亚。我答应她，如果我再次发现王强的下落，一定及时打电话通知她。

不久之后的一天深夜，女儿忽然打电话给我，惊恐万状地报告说，杰克出车祸死了，余爱华被澳洲警察抓起来了。女儿在电话里的声音都变了调，肯定是吓得不轻。我心里怦怦直跳，追问她为什么？杰克出车祸，为什么要抓余爱华？女儿说，她也闹不太清，好像是警方怀疑余爱华在刹车上做了手脚，有谋杀嫌疑。

"天哪，杰克那辆车本来就破烂不堪，一修再修的呀！"我在电话这边着急。

女儿回答:"可是,杰克跟他太太的确经常吵架,邻居都知道的。"

我不懂澳洲法律,不知道这样的事情会如何处理。我嘱咐女儿随时打听消息,把情况告诉我。

又过了两天,女儿打电话来,说的却是她们搬家了,余爱华的事情一时不能了结,警方临时封闭了那幢小楼。

女儿她们搬到了墨尔本的市区,虽然房租贵一些,学校却近,省了昂贵的交通费。女儿还小,只是个中学生,我当然不能要求她继续关心余爱华的结局。我后来往那幢小楼里打过两次电话,线路那头都是一个柔美的女声,说的是标准英语,大概意思就是我拨的号码是空号。

余爱华又一次从我的生活中突然消失。

又过了半年,我陪同几个外地客人到夫子庙游玩。王强的茶馆改成一个快餐店,莫名其妙地经营傣家风味食品。附近的绣品店还在,那个小姑娘甚至还认出了我,她问我:"还有一个阿姨呢?买绣花绷子的那个阿姨?"我说:"她恐怕不能再买你的东西了。"小姑娘笑起来:"她上次问我有没有并蒂莲的花样,我找到了。"

她拿出一本杂志,摊开,露出夹在书页里的纸样。两朵并蒂莲,一朵大些,蛋青色的花瓣夸张地怒放,中间隐约露出一点嫩黄色花心;另外的一朵显出娇弱和羞怯,嫩黄花瓣,蛋青花心,新娘似的倚在蛋青莲花的枝下,欲开不开的,半遮半掩的,幸福绝顶的模样。

我轻轻拈起纸样,举起来,放在阳光下照了照。花朵于是就在我的手上开放了。